# 迷失在白垩纪

8

—— 林中之马的魔王 著 ——

浙江文艺出版社
Zhejiang Literature & Art Publishing House

图书在版编目(CIP)数据

迷失在白垩纪.⑧/林中之马的魔王著.—杭州:浙江文艺出版社,2023.3

ISBN 978-7-5339-5968-5

Ⅰ.①迷… Ⅱ.①林… Ⅲ.①长篇小说—中国—当代 Ⅳ.①I247.5

中国版本图书馆CIP数据核字(2019)第294131号

图书策划 柳明晔
责任编辑 诸婧琦 沈 逸
营销编辑 宋佳音
装帧设计 仙境 WONDERLAND Book design
版式设计 吕翡翠
责任印制 吴春娟

# 迷失在白垩纪.⑧

林中之马的魔王 著

出版发行 浙江文艺出版社
地　　址 杭州市体育场路347号
邮　　编 310006
电　　话 0571-85176953(总编办)
　　　　 0571-85152727(市场部)
制　　版 浙江新华图文制作有限公司
印　　刷 杭州印校印务有限公司
开　　本 710毫米×1000毫米 1/16
字　　数 253千字
印　　张 15.25
插　　页 1
版　　次 2023年3月第1版
印　　次 2023年3月第1次印刷
书　　号 ISBN 978-7-5339-5968-5
定　　价 49.00元

## 第1章 高辉的意外发现

“邱秘书长，你怎么不参会？”

万泽又一次代表地质学院来和城北联盟谈双方深入合作的事情，技术方面的问题由李乡负责，他便找了空，找到了留在自己办公室里写写画画的邱岳。

“副职，副职，”邱岳放下手中的笔，笑着站起来迎他，“我倒是想参会，不过那个事情现在不归我管了，我当然乐得清闲。倒是你，不留在地质学院镇着那些牛鬼蛇神，跑这边干什么？”

万泽坐了下来，邱岳找了个干净的杯子给他倒了一杯水，等他说明来意。

“施远他们一直在说一件事情。”两人之间也不是第一次第二次见面了，事实上，外来派能够顺利夺权，邱岳给他们出了不少主意，也用联盟代表的身份帮他们站了台，表明了联盟的立场。

“什么？”邱岳漫不经心地问道。

“他们一直都在说，当初他们之所以会输得那么惨，全是因为有人提前泄露了我们行动的信息，让何春华有了准备。”万泽拿起杯子，但目光却一直盯着他。

“哈哈，”邱岳笑了起来，“有趣有趣，他们能想出这种荒谬的借口来给自己脱罪，也是人才！”

“很多人都看到了那张字条，”万泽说道，“我专门问过被放回来的人，何春华手上的确有这东西。”

“字条?”邱岳愣了一下,“这就奇怪了,写了什么?”

“你不知道这个事情?”

“你说笑吧?我怎么会知道这种事情!”邱岳有些不高兴地说道,“难不成你们还相信了?你们的水准不至于这么低吧?字条什么的,难道不会是何春华故意造出来给你们添堵的?就那天你们那些人的表现,还用有人给何春华报信?”

“我们当然已经把这种说法驳斥下去了,”万泽说道,“我就是想听听,你怎么看这个事情。”

“要么是施远他们为自己失败找的借口,要么就是何春华搞的名堂,”邱岳说道,“不过何春华现在生死不明,就算是他干的,应该也没什么用了。”

“是吗?”万泽问道。

“你说呢?”邱岳反问道。

“哈哈,我也是这么想,”万泽笑道,同时把手里的水一饮而尽,“何春华这个人还真狡猾,真阴险!”

“是啊,”邱岳答道,“还好他已经不足为虑了。”

两人一起大笑起来,却都没有半点笑意。

高辉小心翼翼地走到那间用来堆放书籍的仓库门口,见门开着,想要走进去,却又迟疑了起来。

要怎么说呢?

“喂,你们好,我是张主席的助理,我叫高辉,今年二十六岁,未谈过恋爱,处男,以前是一家电脑公司的程序员,平时喜欢上网、玩游戏、看电影和动漫。我是来替张主席找书的。”

简直弱爆了好吗!

“你们好,我是来找书的。”

这他妈的比上面那个还差一百倍好吗!

究竟该怎么开场好呢?据说两个人能不能相爱,其实第一印象就已经决定了百分之六十的概率,所以绝对不能马虎!

他站在门口，犹豫不决。

他从来都不擅长和女孩打交道，确切一点说，其实他从来都不擅长和人打交道，从小到大，他一直都是班里最没有存在感的一员。记忆中唯一一次有机会成为人们的焦点，是高一时班级要参加篮球比赛，他因为个子还算高而被体育委员拉进了篮球队。但他拙劣的技术和糟糕的心理素质让他仅仅是在自己班级的训练赛中上场五分钟后就被彻底淘汰，连替补名单都没进。

但谁也不知道，后来他每天晚上都到家附近的一个小球场去默默地练球，到了大学的时候，虽然不敢说技术出众，但他已经可以充当一个称职的业余比赛的球员了。

他幻想着可以在大学时有机会一展所长，但遗憾而又不凑巧的是，体育委员成了他的大学同班同学。当有人提议要不要让高辉上场时，他毫不犹豫地否决了这个建议。

“他啊，白长了个子，不行的！”

他继续默默无闻了四年，毕业后进入社会，成了一个不需要和人有多少交流的程序员，然后从家里搬出来自己住，成了一个彻彻底底的宅男。

如果不是那时候下决心站出来跟着张晓舟离开安澜大厦，也许他到现在依然还是沉默于众人，依然是一个躲藏在角落默默无闻，到死也一直默默无闻下去的过客。

到现在他也不知道自己那时候怎么会突然有勇气站了出来。

是因为那时候张晓舟一个人孤独的身影像极了他二十六年的人生？让他感觉到仿佛在看自己？

还是因为在那看不到未来，也看不到希望的关口，他终于决定豁出去自暴自弃一回？反正也只是比其他人早死几天，最起码，我站出来了。这辈子，我终于有一天站在了绝大多数人的面前，接受他们诧异的目光。

值了。

他那时候真的是抱着陪张晓舟一起去死的心情，战胜了自己内心的恐惧和他一起走了出去，但他却没想到，他们非但没死，还很快就走出了安澜大厦的困局，拉起了新洲这个队伍，并且一手建立了城北联盟。

他不敢说自己在里面起了多少作用，但应该不会有人忘记他曾经参与过这件事情。

奇怪的是，当他走出了那一步，他的社交障碍好像就完全消失了，非但如此，他还变成了一个众所周知的口无遮拦、思维跳跃、漫无边际的话痨，但其实，他只是把之前二十六年没说的话补回来而已。

但现在站在这里，他才意识到，他的社交障碍其实根本就没好，而且因为耽误了治疗，病情好像更严重了。

怎么办？

其实你只要走进去，自然就知道说什么了。他对自己说道。

但脚下却像是钉了钉子，怎么挪都挪不动。

那个女孩叫什么？

他有些恍惚起来。

小蕊？

她真漂亮……

“高辉？你在这儿发什么呆啊？”梁宇手下的一个部门小头头从旁边走过，随口问道。

高辉像是中了箭的兔子，一下子跳了起来。

“路过！呵呵，路过！”他尴尬地笑着，一溜烟地跑了。

“哎……你怎么，我话还没……”对方愣了，但他已经跑得没影子了。

“你们猜，外面那个站了半天的呆瓜到底是想找谁？”房间里，女孩们轻轻地笑了起来。

“那还用说？”有人说道，语气有点儿酸。

好几个女孩都看着薛蕊，但她却低着头，只是埋头登记着自己桌子上的那些书本。

“好像是张主席的那个助理，”不知道是谁酸溜溜地说道，“有些人就是命好，也不知道是不是命里带的，一勾一个准。”

“别乱说，那叫红颜祸水，知道吗？”旁边有人看似帮忙解释，实际上却更酸地说道，“不管是什么时候，好看就是吃香啊。就是不知道是真脸还是假脸……”

“都什么时候了，还嚼舌头？你们没脑子是不是？好不容易能过上正常的生活，你们消停点行不行?”另外一个短发女孩重重地把手上的书扔在桌上,“想找男人？张开腿自己出去！外面有的是男人！别一天到晚叽叽歪歪的！谁惹你们了?”

“邓佳佳你有病是不是?”被她骂的那个女孩愤怒地站了起来。

“你才有病!”邓佳佳不甘示弱地站了起来。

“佳佳……”薛蕊急忙站了起来,伸手去拉她,“算了。”

“你就是这样才会一直被欺负!”邓佳佳大声地说道,转头又说,“死八婆！是不是要打架？来啊!”

“神经病！关你什么事!”对方的气焰一下子弱了下去。邓佳佳可是当初把何家营的人咬伤了好几个的女人,当然,她也是她们当中被折磨得最惨的一个。她脸上现在都还有一块疤,就是那个时候被打的。要不是薛蕊替她求情,她大概活不下来。

“死狐狸精!”对方不甘心地骂道。

她骂的明显不是邓佳佳,薛蕊的眼圈一下子红了,邓佳佳想动手,却被薛蕊死死地拉着,只是一个劲地摇头。

“你啊……”邓佳佳恨铁不成钢地说道。但看着她的样子,却也没有办法再吵下去。

“别管她们了,”薛蕊低声地说道,“好不容易安定下来,别惹事了。她们爱说,就让她们说去,又不会少一块肉。”

“请问……”高辉一脸茫然地问道。

“嗯,您说。”被他问到的那个女孩急忙站了起来,这反倒让他越发慌张了。

“那个……你们有人被调走了吗?”

虽然有着严重的交流困难,但张晓舟交给他的事情,他也不敢真的拖一个礼拜才办。但等到他好不容易设计好了如何开场,如何引申,如何自然地开始话题,终于鼓起勇气强迫自己走进那个房间,却发现自己喜欢的那个女孩子并不在里面。

被他问到的女孩有些失望:“是有两个人申请调走了。”

“你知道她们去哪儿了吗?”高辉焦急地问道。

“这个我就不知道了,你去问梁主任吧。”女孩微微有些不高兴地答道。那个薛蕊就这么好？在何家营的时候就是她的待遇最好,遭受的凌辱也最少,到了这里,还是一样？

老天真是太不公平了！

高辉愣了一下，去问梁宇？这当然是最有效也最立竿见影的办法，但他完全可以想象，他们会怎样取笑他。花了三天才鼓起勇气走进这间房子？

“那，谢谢你了。”高辉于是失望地说道。

“你还有别的事吗？”女孩充满希望地问道。她其实长得也不差，事实上，这批被何春华等人专门挑出来并且占有的女孩都很漂亮，即使是当前这个化妆品已经成了奢侈品的世界，她们不可能像以前那样修饰自己，却依然美丽。

她专门去打听过高辉这个人，知道他虽然只是张晓舟的助理，但在城北联盟却是资历很深的人，安澜、新洲，这两个对于联盟来说最重要的阵营，他都是创始的那批人之一。任何人都不怀疑，他只要从张晓舟助理的位置上离开，必定会是某个实权部门的一把手。

个子高，虽然不算很帅，但还蛮耐看的，比起那些曾经强行占有她们，让她们一想起来就作呕的那些人，简直就是天上和地下！

关键是，他还一直单身！说他是城北联盟最有前途的钻石王老五也不为过了！

“哦……”高辉点点头，“我要找点资料。”

“哪方面的？”另外一个漂亮女孩突然挤了过来，“你告诉我，我来帮你找！”她用热情而又漂亮的大眼睛看着高辉，让他突然有些承受不了了。

“谢谢！谢谢！你们把目录给我，我自己找吧！”他慌忙从两个女孩身边逃开，后背一下子都是冷汗。

还这么纯情！天哪！

两个曾经一起攻击薛蕊的女孩下意识地对望了一眼，彼此都看到了对方志在必得的决心和斗志。

他是我的！滚一边去！

不要脸的女人，你有什么资格！

“整理好的目录都在那边！”之前的女孩笑吟吟地对高辉说道。

“我带你去！”另外一个女孩却抢先说道。

高辉只待了半小时就不得不落荒而逃，那两个女孩一开始还稍稍矜持一点儿，但到了后来，只差没有直接把他扑倒了。

作为一个和女性有着严重沟通障碍的宅男，高辉的脑子里一直都一片空白，几乎不知道自己是怎么活着逃出来的。

好在，他还记得拿几本书。

张晓舟想要的《婚姻法》和《妇女儿童保护法》没有，就连其他法律书也很少，联盟收集到的这些书都是从各家各户的房子里搜出来的，考试用书和教材最多，其次是各种各样的小说、杂志、报纸，然后就是各种成功学的书籍，工具书极其匮乏，法律方面的书就更少了。

这既是因为人们本身就很少会买这些书放在家里，也是因为在缺乏燃料的时候，很多书都被根本对未来没有什么意识的幸存者们当成燃料烧掉了。

高辉只找到了一些关于合同法、税法、建筑法、劳动法之类的书籍，多半都是从安澜大厦这样的单位里找到的。倒是张晓舟让他找的企业管理方面的书有不少，但他在两个女孩的夹攻下根本就没有办法细看，只能随便抓了几本准备拿去交差。

太可怕了！

他的心脏到现在还在快速地跳个不停，他当然明白她们想要干什么，但恰恰是因为这样，他对她们半点兴趣都没有。

小蕊肯定是因为无法忍受她们这样的人所以才离开的！

他对自己说道，却不知道自己无意中无限逼近了真相。

高辉沮丧地从仓库抄近路往康华医院走去，路过一条小巷时，听到里面有小孩子哭的声音，还有人在低声地咒骂着。

“放手！你找死啊！”

他快走两步进了巷子，看到两个十二三岁的大孩子正在抢一个大概七八岁的小男孩的东西，那个小男孩被打得满脸是血，但却死死地拉着自己的包不肯放手。

“你们干什么！”高辉马上丢下手中的书本向他们跑去，那两个大孩子看到有人过来，放开手撒腿就跑，高辉竟然没能追上他们。

他摇摇头，转身走了回来。

那个小男孩把自己的包抱在怀里，眼泪鼻涕糊了一脸，鼻血还在流，高辉不像张晓舟这种有老婆的人，身上随时带着一块干净的手帕。他站在原地看了这个小男孩一会儿，回身走到那些书边，随手从一本书里把出版说明那几页没什么用的撕了下来，用力揉了揉，走回来给小男孩擦脸，又想办法给他止了血。

“你认识他们吗？”他一边弄一边问道。

小男孩摇了摇头。

高辉轻轻地骂了一声。

十四五岁的孩子现在基本上已经在干活了，但这个年龄以下的孩子却很让联盟头疼。一些懂事的还会帮着大人在家里的那块地里干点活，不懂事的那些就没法了，大人没时间管，孩子又正是惹是生非的时候，出了不少麻烦事儿。

也正是因为这个原因，严淇带着那群小孩虽然也淘气，但因为多少有个尺度，反倒有不少家长主动让自己的孩子跟着她玩。因为她长得漂亮又有主意，跟着她还不会被大人骂，身边聚集的孩子也越来越多。

“他们为什么打你？”

“他们想抢我的东西，”那个小男孩答道，“我在那边走得好好的，他们说了个名字，问我认不认识，然后就把我拖到了这里。”

“这群小流氓，越来越无法无天了！”高辉忍不住说道。真要抓住他们其实不难，只要肯投入人力，这个年龄段的男孩总共也没几个，一个个找过来，总能找到。但找到了又怎么办？抓起来审判，还是把他们拉去惩教科劳改？

真要赶快把学校开起来了。哪怕什么都不教，只是找几个人管着他们，也比这么让他们惹是生非好。

他在心里这么想着，伸手把男孩扶起来，轻轻地替他把身上的灰拍了。

男孩小心地检查着自己包里的东西，心痛得叫了出来：“都碎了！”

高辉好奇地看了一眼，一下子惊住了，随后一把将他的包抢了过来。

小男孩愣了一下，随即大哭起来。

之前那两个大孩子来抢，他拼了命总算能守住，可高辉一个大人来抢，他怎么守？

“别哭别哭！”高辉苦笑了起来，“我不是要抢你的，我就是看看！”

那是几个青色的蛋，蛋壳上有着褐色的不规则的小斑点，看上去就像是变了种的鸡蛋，但蛋壳已经被挤碎了，里面却只有少量的蛋液流出来，并且露出了蛋壳里的某种深色的物体。

高辉小心翼翼地把壳拨开，看到那是一只还没有发育完全的幼雏，脑袋很大，身上有些短短的黑色绒毛，看上去很怪异。

某种恐龙？

高辉马上就这样想到。

遗憾的是，所有的蛋都已经被挤碎了。

“你在什么地方找到这些蛋的?!”他急忙转过头问那个男孩。

他还在哭，高辉没有办法，把手里的包还给了他，然后用自己的T恤下摆给他擦了擦脸。

“你不认识我？我是联盟的人，你明白吗？你爸爸妈妈是干什么的？他们肯定认识我！你放心，我不是要抢你的东西或者是贪你的便宜，这些蛋还给你，你告诉我是在什么地方找到的，我用罐头和你换，好不好？我还介绍一个漂亮的大姐姐给你认识，有她关照你，以后就没有人敢欺负你了！”

“是什么龙?”老常问道。

“只会是秀颌龙，”张晓舟小心地检查着那几枚埋在落叶、枯枝、野草和泥土当中，比鸡蛋略大的卵，低声地回答道，就像是在担心把它们吵醒，“那些中型恐龙的蛋肯定比这个大得多。”

他不敢用手摸它们，也不敢改变它们的环境，生怕这么一弄就孵不出来了。

它们被埋在那些东西下面，看不出来到底有多少，但至少有七八枚。

“看周围的痕迹，至少有一个半月了。”老常说道，对于现场勘察这块他还是比较有把握的。

“随时都有可能孵出来，”张晓舟点点头说道，“从那几个打碎的蛋看，如果是同一批蛋，那最多也不会超过十天。”

秀颌龙在联盟所有成员不遗余力的捕杀下，几乎已经在城北这个区域绝迹了，和它们一起消失的还有伴随着人们一起来到这个世界的老鼠和麻雀等生物。它们在很长一段时间里是很多人唯一的蛋白质来源，人们想出了很多办法，做了许多陷阱来诱捕它们。

秀颌龙同样在捕捉老鼠，在联盟成立以前，老鼠和麻雀就几乎找不到了。

当然也有人想过是不是可以把秀颌龙像鸡鸭那样养起来，但这种看起来个体不大的恐龙却相当危险，而且性格暴烈，即便是能够把它们抓起来关在笼子里，它们也会拼命地撞，不停地嘶叫，并且不吃不喝，很快就会死去。

张晓舟一直都希望能够找到它们的卵，不管它们到底应该归属于爬行动物还是原始鸟类，从一出壳就开始养，应该会容易得多。

但他们却始终没有找到过这些动物的巢穴，它们似乎并没有筑巢的本能，而是躲在各个角落里，不时地跑出来觅食。也没有任何证据表明它们在城北这个区域有繁殖行为。

张晓舟都已经不抱什么希望了，没想到，却被高辉无意中找到了这么一窝。

“那边其实还有好几个这样的窝，可都被那些熊孩子给发现拿走了，肯定是被他们吃了！我在附近找了好久，只找到这一窝，”高辉有些懊恼地说道，“居然也没有人来报告！”

张晓舟摇了摇头。

联盟曾经下过一条这样的通知，找到恐龙蛋可以获得额外的奖励，但这条通知很多人大概连听都没有听说过。

“它们应该不孵蛋，”高辉问道，“而是像鳄鱼那样，直接靠这些东西腐烂发酵时的温度和自然温度来孵化吧？”

张晓舟点点头，他也不知道高辉怎么会知道这个，不过这和他的判断完全吻合。

“怎么办？拿回去人工孵化吗？”高辉问道。

张晓舟迟疑了一下。

以他们手边现有的物质条件，通过各种办法让房间里达到恒温，保证恒定的湿度并不是什么大问题。没有电力，烧火加温，扇风洒水降温都可以。湿度也可以用烧水和放置炭粉之类的干燥剂来调节。

在以前那个世界，人们都是用人工孵化的方式来提高扬子鳄的孵化率，可以比野外自然孵化高出好几倍。

但问题是，现在他们并不知道应该控制成什么样的温度，什么样的湿度。

如果秀颌龙的孵化类似鳄鱼，那错误的温度，甚至是把蛋用错误的方式摆放都有可能造成孵化失败。

“把这个地方用密一点儿的网围起来，”张晓舟最后说道，“尽量大一点儿，不要改变它的自然环境，安排一组人来看守它们。不用专门调民兵，有一点儿科学素养的人就行，关键是要细心，要有耐心。我列个单子，看看梁宇那里有没有温度计和湿度计之类的东西，拿过来做记录。”

他一边想一边说，心里有些激动。

狩猎的效率和危险性都远远大于养殖，如果运气好，他们也许能把这些秀颌龙孵化出来，然后用蚯蚓来喂养它们，慢慢地驯化它们。当初本来是准备把蚯蚓当作食物来养的，但它们的口感实在是不好，虽然已经养了很多出来，但却没多少人愿意吃。

但如果把它们用来养殖秀颌龙，运气好的话，也许他们就找到了最重要的解决肉类来源的途径！

“还是调一队民兵吧！”他突然又改了主意，“这很重要！千万别出问题！”

“学校的位置设在红叶酒店那个区的宏达大厦如何？”梁宇一边看着城北联盟的草图一边说道。这是龙云鸿在培训测绘人员时带着他们搞出来的东西，虽然略显粗糙，但却很大地方便了他们的工作。

“我看不错，”老常也知道那个地方，他在这个区域活动的时间比任何人都长得多，“那些会议室的光照和朝向都不错，整理一下就能拿来做教室，大堂的空间也够大，可以给他们当操场用。”

“有人住在那里吗？”张晓舟问道。

“有是有，但不算多，可以协调一下，让他们搬到楼上或者是换个地方，”老常说道，“为了联盟的那么多孩子，他们应该不会推三阻四。”

“那就定在那儿吧，”张晓舟点了点头，“老师的人选呢？

“有点儿头疼。”梁宇说道。

其实他们早就有办学校的想法，在安澜大厦的时候他们就已经做了这件事情，只不过，那时候孩子不算多，所以只是找几个老人来负责看着他们不让他们惹事，同时给他们找点力所能及的事情做做。说“学校”太高端了，那时候他们搞的，离托儿所都还有很大的差距。当时由吴建伟负责的工程技术部实际上承担了一部分教育职能，但更多的是针对没有什么技能的那些成年的成员而不是针对孩子。

联盟成立之后，因为人员分散，又没有合适的场地和人员，这件事情反倒被暂时放了下来。小孩子们都由各个团队自己负责，因为每个团队都忙着开辟自己的土地，在室内有阳光的地方种菜，没有多少精力和时间去照管孩子，这些小孩就开始放野马了。

虽然邱岳曾经提议过办学校，但那更多的是从赚钱的角度出发，梁宇认真地考虑过这个事情，因为难度太大还是暂时搁置了。

但张晓舟没有放弃，只不过，随着与地质学院关系的密切，他开始把获取教育资源的希望放在了他们身上。

高辉反映给他们的情况却让他们终于意识到，这样下去已经不行了。

他们现在所处的这个时代本身就比原来的那个世界更加危险，也更加粗放和野蛮，如果让这些孩子继续这样下去，他们的下一代很有可能会完全失去知识和修养，甚至是失去基本的道德和规矩。几代以后，他们养育出来的小孩子还会理解书本上的那些东西，明白这座城市里，因为没有电力和燃料而无法使用的那些东西是什么吗？

"再难也要把学校先搞起来，先搭起一个框架，然后再慢慢充实，总比什么都不做好。"张晓舟对老常和梁宇这样说道。

"我们不可能在学校里投入太多的人，"梁宇说道，"这就要求教师的人选素质必须非常高。可有这样的人，早就已经在联盟任职了，总不可能让他们放下手里的事情去当老师吧？那样的话，他们现在的工作又怎么办？你又不同意找点一般的应付一下。"

"教育应该是头等大事，"张晓舟说道，"以前那个世界我们吃的亏还不够？这些孩子是我们未来的希望，我们如果对他们敷衍了事，那就是对我们自己的未来不负责任。"

"话当然没错，但没有合适的人手，这是最大的问题，"梁宇两手一摊说道，"变也变不出来。"

"我们还是先考虑开些什么课，然后再考虑找什么人吧？"高辉在旁边建议道。

当前的条件下当然没有条件搞什么高端的教育，联盟要搞的也只能是基础教育。

“语文、数学这两门是基础，肯定要学，体育当然也要，我看还可以加一部分简单的军事训练，培养他们的服从性、团队合作、荣誉感和使命感。”张晓舟一边在纸上写一边说道。

“英语肯定不用了，现在的小孩真幸福，”高辉说道，“自然课要上吗？”

“当然！”张晓舟说道，“而且应该要强化一下，干脆叫科学课？这个我可以兼一部分。低年级启蒙，高年级可以是生物、物理和化学综合。”

“那……”高辉看了看在一边没有怎么发过言的夏末禅，“思想品德课？”

“这个肯定要有吧？”老常说道，“不过可以简单一点儿，和历史合并？”

“地理还要上吗？环境都已经完全不同了。”

“但气候和地理常识还是要有，要不合并到科学课里？可这么一来，科学课的内容就太多了。”张晓舟的眉头皱了起来。

“音乐和美术？”高辉问道。

人们迟疑了一下，这些东西还有保留的必要吗？

“要！”张晓舟最后拍了板，“苦难越多，就越需要这些美好的东西。精神上的需求也是重要的需求。”

“语文、数学、体育、科学、思想品德加历史、艺术，”高辉点了点，“如果把科学课分开算，要学的东西很不少了。”

“有些学科可以适当少一点儿，培养一个兴趣和基本概念就行了。我们现在的人口和条件决定了只可能搞基础教育，再往上拔高那就只能看这些孩子的天分和兴趣，专门找人再单独教导或者是自学了，”梁宇说道，“未来师带徒应该是培养高端人才的主要途径了。”

“还要加一门劳动课，教他们干农活，自己动手制作工具，”自从分管武装部后就自觉很少在内政问题上发表意见的钱伟这时候说道，“我们这个世界，小孩子必须有足够的动手能力。”

大家都点了点头。

“怎么比以前那个世界要学的还多？没其他的了吧？”高辉抓了抓头，“最后一个问题，难道还要考试吗？”

对于他这样的劣等生来说，这件事简直就是之前那个世界最大的噩梦！摧毁无数孩子美好童年的噩梦！在这个恶魔背后，是无数孩子的血泪！

但张晓舟这样的学霸却毫不犹豫地点了点头："当然要考！不考怎么知道他们有没有学进去？不给他们一点儿压力，他们怎么会有足够的动力去学？"

事情很快就定了下来，因为学生的总人数不多，为了减轻师资和教室的压力，除了体育、劳动和艺术课将集体授课外，其他课程将采取一些偏远农村希望小学的方式，将相近年龄的孩子合并为一个班级上课，由老师根据他们的年龄和掌握知识的情况因材施教。最基础的学科将安排专人负责，而科学课之类的课程将由联盟安排具有相关技能的人去轮流兼职授课。

所有老师都要兼班主任和生活老师等职务，这样一来，所需要的教职工人数就能够降到一个相当低的数字，联盟也能给予他们更好一些的待遇，让教师这个职业具有一定的吸引力。

"宁缺毋滥，一定要认真审核，"张晓舟反复对老常和梁宇说道，"人品是第一位的，基础知识教错了，以后还有重新学习纠正的机会，可如果人品有问题，把这些孩子带歪了，那就没有办法纠正了。"

张晓舟自愿负责编写生物、地理和部分自然方面的讲义，并且尽量抽时间去讲课，钱伟也愿意安排教导队去负责孩子们的军事训练，并且负责一部分劳动课。

高辉自告奋勇愿意去讲历史课，但却被所有人无情地否决了。

"从网络上看来的那些东西可不能当成历史去讲。"老常拍了拍他的肩膀，从会议室里走了出去。

张晓舟回到办公室，刚刚坐下来，钱伟就跟着走了进来。

"有事？"

钱伟的表情有些尴尬，他犹豫了一会儿，终于说道："能不能帮我个忙？"

"你说。"

"那个……艺术老师的人选。"钱伟支支吾吾地说道。

"你有人选？"张晓舟感觉有些奇怪，他还是第一次看到钱伟这么扭捏。

"你还记得刘佳嘉吗？"

张晓舟摇了摇头。

“就是那个时候，你离开安澜大厦之前……带着个小女孩的那个。”

张晓舟终于想了起来，其实李雨欢和她的关系还不错，只是他们提起她的时候，通常都称她为“小琳妈妈”。

“她以前是一家广告公司的设计师，绘画这块肯定没问题，而且她还学过钢琴，唱歌也很好听。”

张晓舟感觉有些奇怪，钱伟怎么会知道得这么清楚，但片刻之后他就恍然大悟，一边笑一边摇起了头：“什么时候的事？”

“已经有一个多月了，”钱伟稍稍有点儿不好意思，但事情既然已经说开了，他也就坦然了，“本来准备这个月在食堂办几桌，请你们吃一顿，宣布这个事情，可又出了这么多事，就耽搁了。”

“你小子隐藏得够深啊！老常和我们竟然都不知道！”张晓舟笑道，“恭喜恭喜，我真是忙得昏头了，竟然没发现这么大的事情！”

钱伟摇了摇头。

“我会把她推荐给梁宇，”张晓舟说道，“但如果有更好的人选……”

“那没问题，”钱伟说道，“我知道你的意思，我只是不想当面被他们笑话，”他站了起来，“那我走了。”

等他快要走出办公室的时候，张晓舟才问道：“她的父母后来怎么样了？”

钱伟愣了一下，轻轻地摇了摇头，然后继续走了出去。

第2章

# 丛林新危机

“你们要去丛林?”梁宇有些惊讶,“你们……身体受得了吗?”他看着她们精致的脸庞,纤细而又柔弱的身体,心里忍不住重重地摇头。

“是人际关系还是什么原因?”梁宇问道,他大概可以猜到她们想要调离的理由,这么漂亮的女孩子,本身就容易带来各种各样的问题,“如果只是你们两个人,可以给你们调整一些其他岗位,比如抄写文件,你们的字写得怎么样?”

“梁主任,我们不想被特别照顾,”名叫邓佳佳的女孩说道,“我们有手有脚,又不残废,为什么不能像其他人一样靠自己的劳动生活?”

“但你们……”梁宇想劝她们再考虑一下,但她们又不是他的什么人,他又有什么责任要替她们考虑?反正他不相信这样的女孩能在那样的环境下坚持下来,也许一两天之后,她们就会哭着来找他了。

“好吧,”他点点头说道,“你们先回去,下午四点以后再来。这个事情我要找一下丛林开发部的吴主任和秦副主任,看他们愿不愿意接收你们。如果他们愿意,那我这边就没问题。”

“谢谢!谢谢主任!”两个女孩一起说道,两人的心情也马上就变好了。

你们哭的时候别怪我就行了。梁宇微微地摇着头想道。

就在这时,那个高个子长头发的女孩却有些怯生生地问道:“主任,能安排我们去一队吗?”

“一队?你们有认识的人在那儿?”梁宇随口问道。

长发女孩的脸微微红了一下,短发女孩急忙答道:“对!对的,梁主任!拜托你了!”

“如果是这样的话,应该没问题,”梁宇答道,“你们下午再过来听消息吧。”

这就难怪了,多半是有喜欢的人在那里吧?

不知道是哪个小子这么幸运?

两个女孩千恩万谢地走了,梁宇随手翻了一下资料:“一队……嗯?是严烨那个队。”

“你们主动调到我这个队来?”严烨有些困惑,也很不情愿。

他当然知道她们是什么人,也知道她们身上发生过什么事。虽然他并不像有些无聊而又无知的人那样,因为她们曾经被何春华那些人凌辱就莫名其妙地看不起她们,但作为一队之长,他并不欢迎在他看来只会添麻烦的人。

在确保安全的前提下,尽快伐掉足够多的树木,开垦出属于他们这些人自己的田地,对于他来说是头等大事。他可没有多少闲工夫去照顾没有自理能力的人,更不想给自己找麻烦。

但他也没有理由拒绝吴工和秦继承派来的人,于是他皱着眉头看了看她们,问道:“你们都会点儿什么?做饭会吗?”

邓佳佳的眉毛一下子竖了起来:“你这是什么态度?我们可是专……”

薛蕊在旁边急忙拉了她一下,让她没有再继续说下去。

“做饭没问题,我们还会处理简单的伤势。”

“那就好。”严烨点点头,他忍不住多看了邓佳佳一眼,不知道这个脸上有一条疤的小辣椒为什么火气这么大。

“看什么看!”邓佳佳没好气地说道。

严烨懒得理她,带她们到了临时存放工具和物资的棚子,找了两套看上去还算干净的工作服给她们:“我没时间给你们上课,这是丛林工作手册,你们自己看,认真领会。这个地方很危险,每条规定都是根据前面出过的事故定出来的,要是不照做,出了事情别怪我没提醒过你们。”

“我们知道了。”薛蕊紧紧地拉着邓佳佳，生怕邓佳佳又说出什么让她难堪的话来。

“认真看！记住了之后到那边那个做饭的棚子去找刘大妈报到，我会跟她说你们的事情，让她安排你们干活，”严烨继续翻找，从一个柜子里找到了两条白毛巾，递给了她们，“把脸蒙上。”

“为什么？”邓佳佳问道。

“你怎么这么多问题？”严烨说道，“这个地方日照强，而且蚊虫很多，你们自己看规章，在丛林工作，必须时刻把自己遮盖好。记住！除了吃饭喝水，不准随便摘下来！”

他把两个女孩留在棚子里，自己走了。

其实他让她们把脸蒙上最大的原因是免得惹麻烦。在这里工作的大多数都是正当青壮年的男子，其中一半有家有室，另一半都是单身。

以这两个女孩的外表，可以想象，以后围绕她们肯定会有一大堆麻烦事儿。虽然他们肯定很快会知道来了两个年轻漂亮的女孩子，但让她们蒙着脸，好歹能不那么时时刻刻地都在刺激他们的肾上腺素分泌，给他搞出什么争风吃醋的事情来。

“你怎么不让我……”邓佳佳埋怨道。

“都跟你说了我没有那个意思！”薛蕊又羞又恼地说道，“我只是想离杀掉何春华的人近一点儿。”

“随便你吧，”邓佳佳摇头，“我看你要自欺欺人到什么时候！”她把严烨丢给她们的那本手册拿了起来，吐了一下舌头，“怎么有那么多条！”

“你们看到了吗？她对我笑了一下！”

“别发情了，你没看到她对每个过去打饭的人都笑了一下，那只是人家教养好，表示客气的意思！”严烨没好气地说道。

两个女孩终究还是没有按照他的吩咐一直裹着毛巾，一是因为太热根本裹不住，另外也是因为她们在生产队的食堂帮忙，那里烟雾缭绕，根本就没有什么虫子。看到其他在这里工作的女人都没有裹毛巾，她们也就把它解了下来，只是作为擦汗的道具缠在手臂上。

这样一来，等到中午吃饭的时候，所有人就都看到了她们这两张娇艳的新面孔。成家立业的那些还好说，单身而又觉得自己条件不错的那些人一下子就兴奋了起来。

这毕竟是人类的天性，在生存问题不那么迫在眉睫之后，本能就冒了出来。

“有什么好的？我倒觉得那个小辣椒很不错，虽然破了相，可你看她的身材！要什么有什么，啧啧！”

“短头发有什么好的，一点儿女人味都没有！还是薛蕊这样的好。简直就是完美的女神！”

“女神个屁！”突然有人冷冷地说道，“都不知道被何春华、何春潮那些人搞过多少次了，我想想都要吐了，还女神？”

本来热火朝天的讨论一下子彻底安静了，他们都是从板桥过来的，当然知道在她们身上发生过什么。这种事情本来就是一个禁忌，大家都在刻意回避，但有人揭破，场面就变得很尴尬了。

“田广，”严烨突然站了起来，走到那个身材瘦小、样子猥琐的男人面前，“今天我就当没听到，大家也当没听到。但这是最后一次，你听清楚了吗？”

那个名为田广的男子其实是因为以自己的条件肯定没戏而不爽，于是忍不住说了这么一句，没想到严烨的反应会这么大。大家都看着他，他感觉有点儿下不了台，严烨虽然年轻，却在他们这个队很有威望，他也不敢说什么，只能闷闷地点了点头。

“其他人也一样，”严烨转过身对着大家说道，“她们身上发生的事情不是她们愿意的，不是她们的错。她们和我们大家一样都是受害者，现在她们也是我们当中的一员。以后如果听到有任何人再说这些事情，我绝不客气！”

这话有点儿重，大家都默默地听着没说话。

“她们都是好女孩，”严烨继续说道，“如果有人想追，我全力支持。但咱们都是好兄弟，要是有好几个人都想追，那我就只能不偏不倚保持中立了。大家有什么本事都拿到明面上来，拿出风度公平竞争，关键是愿赌服输，别搞出什么伤感情的事情来，行不行？”

没有人回答，大家都互相看着，感觉很尴尬。

严烨把话说完，回到自己的位置上，蹲下来继续扒饭，突然说道：“其实我也比较喜欢小辣椒那种，比较有料，摸着应该比较舒服吧？”

身边的人一下子笑出了声。

“严烨，你这个闷骚货！”马上有人骂道，“你要是有想法，没说的，大家全都给你帮忙，你们说是不是？！”

所有人都跟着起哄了，重新又笑闹了起来。

“他们应该是在说你吧？”邓佳佳一边给人舀粥一边小声地对薛蕊说道，“还指手画脚的，真恶心！”

“辛苦了。”薛蕊却故意不看严烨他们所在的位置，而是对排队走到自己面前的人微笑着说道，同时双手把碗递给他们。

漂亮的女孩子总是让人心情舒畅，大多数人都会因为她这句话和她的态度而忍不住微笑起来。

“谢谢，谢谢！”大多数人都微微有些慌张地说道，就算是在以前，他们也很少会有这样的待遇。

“还是年轻漂亮的女孩子好使！”一个大姐在后面笑着说道，“你看他们平时乱成什么样子，还老是骂骂咧咧嫌这嫌那的，不是嫌我们动作慢就是嫌给少了，要么就是粥稀了，菜少了，今天一下子变得多乖！”

“张姐，我又没惹你，不至于这么损我吧！”刚好轮到的那个人大声地叫起屈来，“借我一百个胆我也不敢抱怨你们啊！”

几个女人都哈哈大笑了起来，但她们的笑意里却没有之前那些年轻女孩的嫉妒和挖苦，邓佳佳和薛蕊也只能微微有些尴尬地跟着笑了起来。

就在这时，隔壁那个队的场地上突然传来了一声惊叫，严烨马上丢下碗，抓起了放在旁边的长矛。

“都动起来！”他大声对身边的人叫道，“别傻愣着！”

那声惊叫绝对不是人们在被同伴惊吓或者是出什么事故时的反应，但大多数人并没有理解严烨的反应，只是愣了一下，手中的碗甚至都没放下，这让严烨有些焦躁。

好在，他所担心的情况并没有发生。

“大家先别吃了！”严烨大声地说道，“杨天明，陈伟，把队伍整顿一下，原地警戒！

我过去看看。”

生产二队那边的情况显然要混乱得多，好在联盟派了一队民兵在这里执勤，就在人们慌乱起来的时候，他们已经拿着武器向惊叫声出现的地方跑了过去。

严烨马上跟着他们一起向那边跑去，已经有不少人提前到了那个地方，一个年轻的男子一脸苍白地快速说着什么，但他太过于慌张，以至于人们根本就听不懂他在说什么。

“慢一点儿！慢一点儿！”民兵的队长尽量耐心地问道，但他显然是被吓坏了，依然不停地发出毫无意义、毫无逻辑的声音。

“啪！”一记响亮的耳光，所有人都愣住了，这个人的话也终于停住了。

“深呼吸，”严烨站在他面前对他说道，“安静十秒钟，然后慢慢地把你知道的事情说出来。”

“他被拖走了！”他终于说出了一句有逻辑的话。

“什么东西？有多大？有多少？”严烨问道。

“我不知道……”年轻男子不停地摇着头，“我不知道。”

“你冷静一下！”严烨大声地对他说道，“你越快想清楚，我们就能越早去救他！他也越有机会活下来，明白吗？！”

“我不知道，我真的没看见，”年轻男子说道，“它们的颜色在丛林里根本就看不清楚！我只看见他被拖走，那些东西有多大，有多少，我真的没看见。”

“在什么地方？”严烨再一次问道。

男子看了看周围，指了一个方向。

“看脚印至少有四只，”老常说道，现场已经被很多人踩过，辨认起来非常困难，“脚印之间的距离很大，在丛林里追踪它们肯定非常困难。”

“是什么？”钱伟问道。在他们周围十几米的范围内，有大概两百个民兵在小心翼翼地搜索着。

人们有些敬畏地看着丛林深处，他们曾经以为这个地方是随他们任取任予的乐园和宝库，但现在，它显然已经收回了自己的微笑。

“羽龙，”张晓舟答道，“脚印完全符合羽龙的特征，而且他们还找到了掉落的尾巴上的羽毛。”

“从城南跑出来的?”

张晓舟摇了摇头:“应该不是。从行为方式上来看,更像是从远处迁移到这里弥补空当的新来者。”

如果是城南跑过来的羽龙,那它们的行为模式应该是对没有武器的人疯狂进攻,但面对身穿铁甲、手持长矛和弓弩的人却极为慎重,甚至会主动退避三舍。如果是那些羽龙,那失踪的绝不会仅仅是一个工人,当时坐在丛林边上休息的工人都应该会成为它们攻击的目标。

它们在长达半年的猎杀中已经完全明白人类对于它们来说是一种什么样的存在,没有武器的人类极易捕杀,而且肉质鲜美,但手持武器、身披护具并且聚集在一起的人类却是比任何猎杀者都危险的猛兽。

而现在他们能够看到的这群羽龙的行为模式却完全符合新猎手的行为方式,它们应该是在之前那些猎食恐龙散布在丛林中的信息素渐渐消失后,从远处的丛林中逐渐进入这片空白区域的新猎食者。以它们敏锐的嗅觉和听力,要发现他们这么多人所在的地点根本就不会有什么难度。

它们也许对人类这种从没见过的东西很疑惑,并且已经观察了他们一段时间,然后终于在这天中午发动了试探性的攻击。

“按照工友的说法,他们几个是抢先吃完了午饭,拿着自制的长镊子在周围寻找昆虫,准备回去以后用来交换生活用品。被拖走的这个人胆子最大,比他们任何人都走得更远,”老常说道,“他大概是在进入丛林十多米的地方被拖走的,但地上没有找到血迹,也没有听到他叫或者是挣扎。如果不是那个人刚好抬起头看到他被拖走,所有人都在专心地低头寻找昆虫,也许根本就不会意识到发生了什么事。”

“怎么办?”人们都看着张晓舟。

事情已经发生了将近两个小时,严烨等人曾经冒险沿着被压倒的蕨类植物去追寻他的痕迹,但他们只有最简单的武器和装备,在深入丛林数百米后,只能沿着原路返了回来。

他应该已经遇害了。人们想要知道的,是接下来应该怎么应对这样的情况。

“它们还会再来的。”张晓舟说道。

这是毫无疑问的事情。任何猛兽都会小心翼翼地避开人类,可一旦它们意识到人类也是可以捕杀的猎物,而且比其他任何猎物都更容易获取,它们就不会再畏惧他们,反而会一直以他们为食。

“北面也不安全,中间只间隔了几公里,对于这些习惯在丛林里快速行动的动物来说,也许只是半小时甚至十几分钟的距离,”张晓舟的眉头又一次紧紧地皱了起来,“先全面停工! 把所有人都撤到地面上去!”

“短时间内中断对丛林的开发,没问题,工具改善之后我们开发丛林的效率大大提升了,也有了不少存量;但如果是一直这样下去,这一千多人相当于坐吃山空,那样的后果我们承受不了。”梁宇很多时候都在充当泼冷水的角色,但没办法,他坐在这个位置上,就必须履行自己的责任。

“这只是暂时的,”张晓舟说道,这样做的后果他当然清楚,但他不会强迫人们到没有安全保障的地方去工作,让他们生活在恐慌当中,“等我们想出解决的办法,工作就能恢复。”

“特战队的训练还没有完成,”钱伟见大家的目光都看着自己,压力突然就大了起来,“现阶段,唯一解决的办法只能是增派民兵。”

“两个开发区域加起来,外圈的范围已经接近两公里,又不可能造围墙,在围墙里面伐木。你准备派多少人? 其他事情都不干了吗?”老常摇了摇头。

所有人都清楚,在城市里猎杀这些动物和在丛林里猎杀它们是两种截然不同的概念,更何况,即便是在城市当中,他们更多的也是在应对它们的攻击时反击并杀死它们。只要它们快速跑开,就没有任何杀死它们的机会。

在情况比城市复杂了无数倍的丛林,自保也许没问题,但要杀死它们也是很困难的事情。这些动物根本就不用和你派去的战士纠缠,它们大可以暂时离开,等到你懈怠和疏于防范的时候再回来发起偷袭。

“也许我们可以设置大量的陷阱,”高辉说道,“只要能让它们受伤或者是抓住一两只,应该就能让它们明白那里并不是它们想来就来想走就走的地方。”

“说得没错!”钱伟马上说道,“可以让张四海他们把手上的事情停一下,全力做一批猎兽夹之类的陷阱,它们应该还不像城里这批那样知道那些东西的作用,只要抓住一两只，对它们来说应该会有一些震慑作用。”

“我们还是应该在两个开发区各造一个营地，”吴建伟说道，作为丛林开发部的主任，他的压力最大，“把大木头两头削尖直立起来插进土里就行，外面可以设置鹿角之类的障碍物。材料现在多的是，人手和工具也不缺乏。那样的话，一方面老弱可以在安全的区域对采集来的材料进行加工，大家也有一个安全的休息区域和躲避的地方。我们即便是要外出工作，也只需要保护少数人和少数几个点就行了，安全压力会小很多。”

这个建议让大多数人都点了点头，只有梁宇的眉头越发皱了起来。

“那样的话，我们原本准备用来种植番薯的地就都被占用掉了，”他低声地说道，“而且那些劳工本来满心相信不久之后就能拥有自己的土地，现在这个情况，会不会让他们失望甚至是绝望？”

所有人都沉默了一下。

“夏末禅。”张晓舟说道。

“张主席？”

“宣教部要加强宣传和引导，告诉大家这只是暂时的困难，我们很快就会找到解决的办法，让大家要保持信心和斗志，相信我们一定能很快解决这个问题。”

“是。”

“钱伟。”

“你说！”钱伟点点头。

“特战队的选拔和训练要加快，而且要增加相应的项目。即使是不考虑让他们去猎杀这些东西，找盐的事情也必须抓紧了。我们不能到弹尽粮绝的时候再出发。”

“我知道。”钱伟微微叹了一口气后答应道。

“尽快把板桥这批新人编入民兵，开始对他们进行训练。”张晓舟继续说道，“就算不能上战场，至少，在遇到那些畜生的时候也要有自保的能力。”

“好。”

“梁宇，你协调一下这段时间的粮食供应，不行的话，给我一个计划，我到地质学院那边去借。另外，让张四海他们设计和制作一批兽夹，速度要快！”

“好。”梁宇点点头说道。

“吴工，你来负责设计木城，工作量要尽量小一点儿，占地也尽量小一点儿。”

“好，张主席你放心，我一定尽快拿出东西来！”

“那些东西没什么可怕的！它们只是野兽而已！”张晓舟说道，“大家要记住，我们只是不想让我们的人暴露在它们的威胁下，想要给大家一个更安全的环境。我们要让大家明白这一点，避免恐慌或者是对前景失望，明白吗？”

流言却还是无法遏制地传了起来，这对于联盟来说是突发事件，宣教部以前还没有经历过这样的事情，夏末禅没什么处理经验，而他下面那几个假装服帖带着老婆孩子向他求情之后回去的刺头当然也不可能给他出什么好主意，就等着看他的笑话。

结果他们的工作重心都放在与这个事情直接相关的劳工们身上，却忽视了联盟的其他成员，不靠谱的消息很快就流传了起来，且变得越来越离谱，到后来，已经不是一个人失踪，而是十几个人被恐龙抓走吃掉了。

“让我知道是谁造的谣，非好好教育他们不可！”高辉被张晓舟派去帮夏末禅救火，造谣一张嘴，辟谣跑断腿，话是说了一大堆，事情通告也写出来贴在宣传栏上，就是不知道会不会有用。

这样的事情以前也发生过，人们的天性总是喜欢听那些夸张而又惊悚的内容，并且总是本能地怀疑上层在隐瞒现实，张晓舟也只能摇摇头。

反正真正受到影响的群体没有动摇，这是最重要的。

吴建伟的设计第二天早上就拿了出来。

简陋，这是大家看到图之后的第一感觉。但细看下来，这个设计却完美地秉承了安澜大厦只重时效不管外观的传统，整个营地的占地面积是六亩，半圆形，把升降机的吊场完全包围在里面。所有材料都是他们陆陆续续在开发丛林的过程中砍伐下来的那些木料。

最外围是端头削尖的木质鹿角，主要用来隔绝营地和平地，防止那些中型恐龙直接跳进来，否则的话，以羽龙的弹跳能力，围墙就得建五米高，这简直不可能。另一方面，鹿角的存在也可以在一定程度上阻挡大型恐龙的冲撞。它们毕竟是动物而不是怪兽，如果不是失去理智，不太可能以自已的血肉之躯来冲撞这些东西。

鹿角内则是一圈木质围墙，设计高度是三米，后面设计了可以供两个人并行的走道，当它全部完成之后，人们将可以躲在木墙之后对外射击，每隔三十米有一个简易的哨塔，可以供人们在里面休息，避雨，并且放置用来照明的火把。

不过这些东西都是后一步的事情，按照吴建伟的设计，首先要完成的仅仅是围墙和鹿角，其他东西都可以在以后一步步慢慢来。

建筑内部则是用来堆放砍伐下来的木料的空地，为了减少工程量，仓库、厨房、厕所和营房这些都贴着木质围墙来施工，这样，围墙可以作为这些建筑物的一部分，极大地减轻了工作量，而部分屋顶则可以充当走道、哨塔和平台，未来甚至可以用来安装对付大型恐龙的武器。

如果要评论的话，这个设计其实很像张晓舟在电视里看到过的客家围屋，对外除了一道正门外完全封闭，而内部则四通八达，基本功能齐全。只要他们愿意，中间的空地上可以慢慢构建出更多的功能区。

“如果四个生产队全部投入，以我们现有的工具，可以在一周以内就把围墙先搭起来，因为它只需要挖沟、吊装、插入、固定、填埋、夯实几个步骤，非常简单。鹿角的话，我们之前就已经做了不少，现在只需要把它们拆开，吊运到围墙外重新安装和固定，再看情况补充一些。到这一步基本安全就有了保障，可以恢复一部分的伐木和采集工作，其他工作我们可以慢慢来，甚至可以增加更多的设计，并且摸索和总结一些经验。”

吴建伟显然对自己的设计很满意，对着人们侃侃而谈。

“康华医院这边悬崖的高度是八米左右，而工业区那边只有六米多，只要我们掌握了纯木制结构房屋的建筑方式，完全可以在悬崖边搭建出让人行走的通道，这可以大大减轻升降机的工作量，解放出一批强劳动力。另一方面，丛林营地完工以后，初级产品都可以保存在下面的仓库中，绝大多数工作都可以放在下面完成，只需要把成品吊运上来，甚至是通过人力搬运上来。一部分人员可以直接居住在那里，这对于我们开发丛林来说将会是非常重要的一步。”

人们都点头表示赞同。

板桥来的这些人的土地以后都会在丛林下面，等到人口自然增长之后，土地面积必然会越来越广，如果每天都必须回到远山，路上往返将会浪费大量的时间和精力，造成极大的浪费。

未来他们必定要走出去，以树屋为居住点和前进营地当然也是一种办法，而且建设起来快捷得多，但从舒适、更多功能和长远的角度来考虑，这样的营地或许才是解决之道。以这样一个个的营地为中心，形成村落和农场，也许将是不错的选择。

“吴工，就这样办吧，”张晓舟说道，“借这个机会培养一批工匠出来，未来很长时间内，我们也许都不可能再建混凝土房屋，木匠会是非常重要的技术工人。”

“梁宇，如果按照这个工期，粮食够不够吃？”他转头问道。

“如果一周以后就能逐步恢复生产，那应该没问题，”梁宇低头计算了一下之后答道，“我这边会安排好。”

“好，”张晓舟高兴地点点头，“钱伟，你这边好好地计算和安排一下民兵，配合好吴工这边的施工计划。夏末禅，宣传教育工作一定要动起来，这个事情的性质已经变了，你明白吗？我们不仅仅是为了防御猛兽，更是为了未来走向这个世界在做准备。远山的这些土地终究还是太小，太分散，太贫瘠，我们的未来必定是在外面那个广阔的世界，而这次我们所做的事情，正是我们真正走向丛林的第一步，你明白吗？”

这个宣传基调显然比之前那个要令人振奋，也更能鼓动士气，激发人们的积极性。夏末禅一边点头一边拼命地在本子上写着，显然已经想到了不少可以用上的句子。

张晓舟满意地点点头，用力地鼓了几下掌。

“各位！让我们动起来吧！”

老实说，六米多的悬崖，乃至八米多的悬崖在以前那个世界都不算什么，开一辆装载机或者是挖掘机过来，也就是几个台班的事情。

但他们现在一没有机械，二没有柴油，三没有那么多人手，悬崖更是确保丛林中的动物无法直接从这里上来最重要的保障，不可能自己动手把这最重要的安全屏障给毁了。

于是他们宁愿用更为原始的升降机来运送人员和物资。

这早就让人们感到麻烦，有些年轻人往往不肯等待，都是直接爬梯子上下，但六米多的高度说高不高，说低不低，大多数人在辛苦工作了一天之后，还是宁愿坐升降机回去。

虽然用了绞盘和滑轮组，要用的力气已经没有那么大，但每天上上下下几十次甚至是上百次，对于负责这个工作的人来说，同样不是一件轻松的活儿。

这个设计在宣传栏公布之后，大多数人都表示很感兴趣，甚至有人自告奋勇地站出来，用业余时间画了不少图纸，送到联盟办公室来。

其中绝大多数设计明显是想当然了，往往只是嫌弃吴建伟的设计外观太难看，大笔一挥就是高耸入云的塔楼，对最重要的基础、支撑、承重结构和空间利用等内容，根本就没怎么关注。

也许在他们看来，地下挖个深坑，把一根长木头立进去埋上土就是立柱，再往立柱上面搭一根木头就是横梁，然后就可以开始建房子了。

简单的木屋当然可以这么建，不会有什么问题，吴建伟现在准备建的也是这种不需要考虑太多结构方面问题的平房，最多不过两层。但他们这些美轮美奂的设计，显然已经远远超出了现在的木料加工和施工能力，只能留给未来了。也许当他们在平房或者是两层木楼的施工中积累足够的经验后，可以尝试着建造超过三层的木制建筑物，但那些高塔，应该是很久以后才能实现的东西了。

钱伟动员了将近三百个民兵参与木城的施工保卫，加上日常用于防卫何家营的和充当巡查保卫工作的，新建立的民兵部队已经动员了超过三分之二的人力。好在地质学院在外来派逐渐控制了大局之后，每天也安排一百多人在南边的那段高速公路上训练，这让钱伟的压力多少能够减轻一些。

所有的鹿角都被从丛林边上搬运到工地周围，留出了一段足够预警的距离。大量之前砍伐下来的木料被小心地加工成规格统一、粗细均匀、两头削尖的木材后，又重新吊运到悬崖下面，吴建伟指挥着人们按照他事先用白色石粉在地上标注出来的位置挖出一条深一米的沟渠，然后用简单的起吊工具把这些木材一根根地立起来，插入沟渠，紧密地排列在一起，并且用巨大的木槌敲打它们，确保它们安放到位。另外一些人则用刚刚加工出来的长手钻在木料之间打出连接孔，用螺栓和短钢筋把它们连接在一起。

吴建伟不时地安排人在已经立起的木墙两侧安装斜撑，这些粗大的木头沉重得可怕，一旦倒下来，在它附近工作的人肯定是死伤一大片。

张晓舟也加入进来负责其中一个工地的管理，并且在两个工地之间搞起了劳动竞赛。这对于现代社会的人来说不会有多大意义，但对于他们这个世界的人来说，却像是给人们上了发条，让他们为了这个以前只会嗤之以鼻的荣誉努力起来。

在梁宇尽了最大努力的后勤保障之下，两座木城的施工进度都远远超过了吴建伟的预期，仅仅用了五天时间就完成了最基本，也是最急迫的外墙的施工。

获胜的毫无意外是吴建伟指挥的工业区的那个木城，他毕竟搞了多年的现场施工管理，木城的设计也是出自他的手，在现场的统筹安排方面比张晓舟要高出一筹。另外一方面，他那座木城里让人行走的回形木梯也比康华医院这边低整整一层，施工难度和工作量都小了不少。

联盟组织了一次小小的庆祝活动，让大家借此得以休憩和放松一下，也让联盟的所有成员都一起庆祝一下，以此来拉近老人与新人之间的关系。

许多没有参与这次工作的联盟成员沿着刚刚建好的木梯进入木城，亲身感受了一下别人的成果。虽然有些人觉得太过粗陋，不过想到这只是五天内完成的工作，他们也就没有多说什么。

“早有这个楼梯就好了！又省事，又省力，还节约时间！”

张晓舟不止一次地听人这么说道。所有的建筑中，最复杂，也最惹眼的就是分别沿着悬崖的边缘在木城左右两侧制造的回形木梯，它们用搭建脚手架的方式，由许多木材搭建而成，中间巧妙地留下了人行通道。这对吴建伟等长期在工地工作的人来说没什么，但对于很少接触这些东西的人来说却很新奇而且巧妙。

每座木城都建了两座木梯，一座专门向上，一座专门向下，以此来分流和减轻承重，提高通行效率。

张晓舟只能心虚地笑笑，吴建伟其实很早就提出过这个建议，但那时候他们却对这样的设计不以为意，一方面是觉得无法保障安全，另一方面是担心丛林中的有害生物有可能会沿着这条楼梯进入远山，所以没有采用他的建议。

现在看起来，的确是白白浪费了大量的人工和时间，不过这也是因为木墙的存在消除了他们之前所有的担心。

接下来将是漫长的两座木城的扩建和完善工作，计划工期长达半年，但因为有了木墙的保护，已经不需要投入这么多民兵来保证安全，大量的人手可以重新回到自己的工作岗位上。

这对于联盟来说是一次宝贵的经验,未来他们必定还会有更复杂,工期更长,工作量也更大的工程任务,而这样的大会战式的组织和工作方式,显然将是他们最好的选择。

## 第3章

# 新权上位

就在城北联盟一心一意向丛林踏出坚定的步伐时，他们的邻居也没有闲着。

地质学院内，外来派与学生派的斗争终于彻底落下了帷幕，施远等人虽然依然保留了十九人委员会中的委员职务，但在以万泽为代表的外来派委员和以李乡为代表的部门负责人的联合推动下，新的规章制度最终确定了下来。

委员会主席的权威得到了极大的加强，十九名委员之间的分工变得更加明确，与物资、人事和作战相关的权利都被转移到了外来派委员的手中，虽然学生派依然占据了重要的宣传教育等部门，但新规章制度却明确了对委员们和主席的质疑和弹劾程序，并且把任何未经程序就对委员们进行诋毁，甚至是人身攻击的行为列为严重的罪行。

这样一来，施远等人想要再采取之前的方式冲击委员会，通过不正当的手段干扰其他委员工作，以舆论反逼委员会做出有利于自己决策的做法就彻底丧失了法理依据。

他们当然还可以继续散发传单，搞街头演讲、游行甚至是静坐示威，但他们只要敢再把行动升级一步，将受到经过改组后精简到了四百人的护校队的依法逮捕。

施远等人此前一直抓着字条的事情不放，但即便是有很多俘虏都看到过何春华手中的字条，但他们却无法证明这是外来派或者是联盟的阴谋，更没有办法把自己失败的责任转移到外来派和联盟头上去。

外来派用事实洗清了自己身上的污点，即便是施远他们也无法否认当天自己在偷袭行动中的无能，活生生地把一次军事冒险变成了一场闹剧和惨剧。

学生派最终选择了偃旗息鼓，也许他们还在默默地等待着能够抓到外来派的失误，奢望着能够有朝一日卷土重来。但就此刻而言，在总体人数中占据绝对劣势的外来派占据了十九人委员会中的十个名额，掌握了大多数实务部门的管理岗位，并且获得了绝大多数在差一点儿就灭亡的危机面前醒悟过来的学生群体的支持。

万泽当选为新一任主席，明确提出了新的行动纲领并且开始一步步地执行起来。

但城南却是另外一番景象。

何家的力量受到了一次沉重的打击，这不仅仅是因为何春华的重伤，更多的是因为那些曾经紧紧团结在何家周围的家族新一代继承人所遭受的屠杀。

何春成不得不给他们更多的承诺和利益，以平息他们的怒火。事实上，如果何春华没有中箭受伤，这件事或许会变得更加难以收场。当他也因为严重失血和伤口感染而昏迷不醒时，那些屠杀遇害者的家人也没有办法再继续指责他的失职。

面对一个将死之人，他们还能怎么做?

一些家庭选择离开已经明显陷入颓势的何家，投奔了李家、赵家，试图在即将崛起的新贵当中获得更大的利益。但何春成却巧妙地利用自己的身份和影响力，以交出瓦庄村一半控制权和从地质学院勒索来的粮食的四分之一为代价，把因为高鸿昌之死而变得衰落的高家拉到了自己的阵营中。

何家的确是衰落了，但加上了高家之后，他们依然是何家营中力量最为强大的一支。

“春成，你也是个体面人，大家都是乡里乡亲的，没必要搞得面子上难看。就算是按以前的规矩，出了这么大的事情，你也该主动辞职了。死赖着有什么意思？不嫌丢人吗?”村老会上，李九德发难道。

何春成却笑了起来：“九叔，一开始我就说过，我是来给大家做事的，大家相信我，我就干下去；要是大家不信我，那我随时都可以让开。我这个人说过的话就一定算话！不过谁来接替我？至少也要有拿得出手的东西，不然，恐怕也难以让大家心服吧?”

他不等李九德反驳，便站了起来，对着其他村老说道："春华、春潮虽然不成器，搞成现在这个样子，但好歹瓦庄和板桥这两个地盘是在他们手上打下来的，给村里带来的那些粮食也是实打实的。现在地质学院那边还陆续有粮食送过来，让大家还有吃的，也是春华的功劳！说句不好听的话，要是没有我们何家的人，现在外面那些人早就死光了！大家哪还有心情在这里瞎扯淡？！要我交出这个位置？可以，拿出点样子，搞点实际的东西出来，别他妈的只会动嘴！随便来个人就想让老子让位？他妈的就算我愿意，大家肯吗？"

他的话让李九德的脸色一下子难看了，他嫡亲的孙子李坚马上跳了起来："你们何家让村子损失了多少人手？又把粮食来源都给丢了，你他妈还好意思拿这个来当自己的功劳？何春成，你这是不要脸了？"

"你这个只会缩在窝里搞女人的垃圾有什么脸来说我？"何春成冷笑了起来，"你算个什么东西？有什么资格在这里说话？给老子滚一边去！"

李坚的脸一下子涨得通红，他伸手握住刀子就向何春成那边扑过去，却被身边的人又劝又哄地拉住了。

"何春成！你这是不讲规矩了？"李九德大声地说道，"当初要不是我们几个叔伯帮你拉票，你能坐得上这个位置？你当这何家营就是你们何家的天下了？你不要忘了！我们能让你上去，自然能够让你下来！"

何春成再一次笑了起来。他看着房间里的人，大声地问道："各位叔伯兄弟，你们都这么想？"

大部分人默不作声，反正不管谁上台都要拉拢他们，都要许给他们好处，也都要依靠他们才能统治外面那些人。无非是给出的好处有多少的问题。

现在谁要当这个村长，当然也得这么来。

但也有少数人低声地劝道："春成，没必要搞得这么僵嘛。大家和和气气地把事情办了，那多好？你在这个位置上也坐了快六七年了，够辛苦了。换个人来操这个心，你休息一段时间，好好地照顾春华，那不是更好？亲兄弟不比这个狗屁位置重要？"

"行！"何春成说道，"既然各位叔伯兄弟这么说，那我也不矫情！咱们还按老规矩来，还有谁想坐这个位置的，站出来，咱们现在选就是了！"

李九德却急了，地质学院那边还有上百吨番薯没送过来，这个事情他是清楚的，之所以忙着要在这个时候把何春成轰下台，也是为了要合理合法地把这批番薯据为己有。可如果比身家，比谁更能出血，他们李家怎么比得过何家？谁知道何家兄弟俩藏了多少粮食！

“这不合规矩！”他急忙大声地说道，“你先辞职下台，村子里的事情由村老会暂时管着，这样选起来才公平！各家各户都有德高望重的长辈，难道大家还信不过？”

“有道理。”

“说得没错。”

几个老者都点起头来，李九德显然是拿这个拉拢了他们。虽然他们未必能有多少实际权力，但再怎么说，也比现在这个有名无实的村老会要有权威得多。

何春成冷笑了起来：“行！那就这样吧！我倒要看看谁他妈有本事和我选！不过我先说好了，当初定下来，瓦庄是我们何家的地盘，瓦庄的所有产出都是我们何家的。谁要是敢往那边伸手，就别怪我翻脸不认人了！”

李九德等人根本没有想到，一贯以平和、妥协面目示人的何春成在从那个位置上下来之后，会突然变得铁血起来。

李家和赵家的人想要通过何春华修筑出来的那条隧道到瓦庄去接俘虏，却直接被堵在了隧道里，交涉了几个小时，差一点儿就因为缺氧而死在里面，只能灰溜溜地原路返回。

村老会把何春成找来，但他却一口咬定瓦庄按照之前村老会的协议已经交给了何家，那些俘虏也是属于何家的战利品，当初何春华进攻地质学院的时候村子里没有给出任何援助，这些俘虏没有任何理由交给村子。

双方的口水仗一直打了几个小时，何春成死咬着这一点不放，私下开始串联那些中间派的村老。他的做法与李家不同，李家承诺的东西当然比何家多，但谁也不知道最后是不是能拿得到，能拿到多少。何春成却是直接带着番薯去找他们，让他们考虑。

“我会把那些番薯拿一半出来分给支持我的人，”他对人们说道，“私下给的，不过公账。”

李九德也想这么干，但何春成却派了不少人，死死地看着村里的仓库，让他没有办法在里面过手。

村老会上的风向开始变化了，村老会能够掌权当然好，但如果控制不了粮食，那又有什么意义？

“其实春成这几年干得很不错，”有墙头草开始说道，“咱们这些年来盖了这么多房子，每年还有几万块的分红，不都是他搞出来的吗？”

“那你们知道他自己搞了多少钱吗？”李九德愤怒地看着这些叛徒，大声地责问道。

“反正别人上台还不是一样搞钱，他至少还知道分点给大家，”那人低声地说道，“反正你那个时候我们是什么都没拿到。”

“那能一样吗？再说了，那时候村里没分红吗？这还是我创下来的！”李九德气得血管都快爆了。他说了算的时候这片区域还没发展起来，周围都还是一块块的地，顶多靠公路的地方能租点地给人家盖厂房盖修车厂饭店之类的东西，村里主要还是靠种地种菜为生。那时候他当然也过手了不少钱，可总量就那么多，他能拿出来分给大家的就只有那么点儿，当然，他自己能吞的也只有那么点儿。

“这么折腾下去也不是办法，”另外一个人劝道，“都是一个村子的，难道还真打起来？还是按老办法，一家一票选吧！”

“这不行！”李九德说道。

以前何家就是靠提了上百万守在投票箱旁边，验一张选票发一个红包上的位，现在他们手上有的是粮食，完全可以干同样的事情。

他承诺给村民的利益当然比何家能给的多得多，可他很清楚村民的想法。少量的当前利益和丰厚的长远利益之间，他们永远只会选择前者。

“这也不行那也不行，那怎么办？”

“他何春成不是口口声声要来实的吗？”李九德咬咬牙说道，“那我们就来实的！村里之前不是说定了要把那些恐龙杀掉出去种地？咱们就比比，看谁先杀掉外面的大恐龙！”

他所说的大恐龙就是暴龙，这东西对于何家营外出种地计划来说是最大的障碍，厚厚的围墙和村子外围的各种各样的障碍物足以把它们挡住，让它们不过于靠近村子，对于村里的人来说已经没有多大危险，但如果走出去，它们绝对是最大的威胁。

因为人都在瓦庄藏着，李九德不知道何家的精兵在之前的事情里消耗了多少，但从何家那一派的村民家家挂白的阵势来看，他们的损失绝不会小！如果不是这样，何春成也不可能这么容易就同意让出自己的位置。

即便是拉上了一个高家，他们的力量也绝对不可能强得过加起来已经有了将近九百个私兵的李家和赵家！

现在就是他们最虚弱的时候，不然的话，凭借他们手上的粮食，要不了一个月，他们马上又能拉起更大的队伍来。

何家最能打的两个人，一个死了，一个还不知道活不活得了，何春成这么多年养尊处优，不可能干得了这个事情。只要能抢在他们前面杀掉一只大恐龙，就能彻底盖过何家的声望，而那么多的肉拉回来，也能收买到足够多的选票了！

"正好东面西面各有一只，"李九德说道，"我家负责西面那只，何家负责东面那只，哪家先得手，哪家就当村长！"

"行，"出乎李九德预料的是，何春成竟然毫不犹豫就答应了他的提议，"这也公平，那就各凭本事说话吧！"

"爷爷，你疯了吧？让我带队出去杀那种怪物?!"

让李九德没有想到的是，第一个跳出来反对的却是他自家的孙子。

嫡亲长孙李坚当然不可能去冒这样的风险，但次孙李新也死活不肯。

他可是跟何春华一起去收复板桥的人，何春华中箭，他的手下慌慌张张带着他就往回跑，把其他人就直接丢在了板桥，北面的那个路口也就这样直接露了出来。

根本就没有人提醒李新等人，他那时候正带着自己的人到处搜刮东西，转过一个路口，便毫无遮蔽地看到了那个庞然大物。

他到现在都不记得自己是怎么逃出来的，只知道自己身边的人死了好几个，就连车子也在慌乱中撞坏了一辆，差一点儿就回不来了。

"哪个王八蛋想上位自己去！反正我不去！"他大声地嚷嚷道。

李九德气得浑身发抖，却奈何不了他。他咬咬牙，把目光转向了李坚，可李坚却低着头，拼命地看着地板上的花纹，死活不敢抬头。两人的爹则是闭着眼睛，就像是在考虑什么重要的问题，又像是已经睡着了。再看自己的另外一个儿子，正和他的儿子女儿说着什么，半天都不把头转过来。

“行！那我老头子去！我去！行了吧！”李九德愤怒地叫道。

“爹！爷爷！”几个人终于又活了过来，但劝他的话说了一大堆，却没有一个肯站出来的。

“爷爷，我们干吗非要先跳出来？”李新说道，“让赵家去不行吗？”

“赵家去赵家去！要是赵家人得了手，他们还肯放手？那时候还有我们李家什么事！”

“那……那看何家怎么干我们照着干不行吗？反正西面的这只离得近，东面那只离得远，我们终究还是有优势吧？”李新又出了个主意。

“他们成天就躲在瓦庄里面，你能知道他们都干了什么？！”李九德恨铁不成钢地叫道，“我还能干几年？要不是为了你们几个，我好好地当着村老有什么不好，非要跳出来跟何家的小辈抢？你们，你们这些不成器的东西！真是气死我了！”

“春成哥……这个事情……”霍斯面露难色，何春华何春潮都不行了，何春成自己当然不可能上，难道要让他带队？！

“不急，”何春成却笑了起来，“就凭李家赵家那些歪瓜裂枣，哈哈……”他一边摇头一边大笑了起来，“你只管去挑人，把队伍重新好好拉起来！时间我们有的是，至于办法，难道你还不相信我？”

“请我们帮忙？！”

张晓舟几乎不敢相信自己的耳朵。

钱伟无奈地摇摇头：“那个何春林就是这么说的。说了一大堆唇亡齿寒的道理，按照他的说法，只要我们同意，一切都好商量。”

“他们究竟想搞什么啊？”高辉不解地说道。

对于城北联盟来说，城南的那两只暴龙与其说是敌人，更不如说是牵制了何家营绝大部分实力的帮手。

有了连接三个村子的地下通道之后，它们的作用已经不那么绝对，但依然是何家营到现在也没有踏出村子最重要的原因。正是因为它们的存在，何家营的人口实力到现在也没有办法真正体现出来。

“这事我们绝对不能帮!”梁宇一脸坚决地看着张晓舟说道。

他很怕张晓舟又说出一番“何家营那些人也是人类的一分子,何家营大部分人是无辜的”这样的话来。城北联盟的情况比起刚刚成立的时候的确已经好了不少,但这并不是他们可以忽视何家营的威胁,做这种吃力不讨好的事情的理由。

暴龙的存在就是一道保险,至少在城北联盟有把握对付何家营之前,都没有任何针对它们的理由。

“他还说了别的吗?”老常问道。

“反正说来说去都是那些东西,人口、机械设备、零件之类的,只要我们愿意,什么都可以谈。”

“真的有那么困难吗?”高辉有些不解。联盟杀死城北的这三只暴龙已经是很久以前的事情,他甚至有些不太记得被它们堵在建筑物中的那种恐惧。

这种身材巨大的东西并不像人们想象中那么厉害,它很难在城市里隐藏自己的身形,目标巨大,很容易就能被击中。以何家营那么多人的实力,消灭这个东西还需要向联盟求助?就算是找不到像昌鹏家具这样适合设置陷阱的地方,只要肯动脑筋,杀死它应该不难吧?

“他们应该还不知道怎么增强燃烧瓶的威力。”钱伟说道。

联盟也是有了高辉这种不走寻常路的选手之后,才知道往汽油里加入不同的东西可以带来不同的效果,否则的话,单凭燃烧瓶,应该也很难杀死前两只暴龙。至于第三只,如果不是已经有了正面赶走那些中型恐龙的实力,他们也不可能有充足的时间和空间去设置陷阱。如果没有张孝泉拼死刺瞎它一只眼睛的壮举,那只暴龙也不一定会一头钻进陷阱当中。

何家营会有高辉、张孝泉和当初的新洲团队那样的人吗?

理论上来说当然应该有,但在那样的环境下,又有谁愿意用自己的命去拼?也许有人有这样的本事,但他们却不一定愿意站出来。

“等下次他们来的时候,婉转一点儿回绝他们。”张晓舟对老常说。外联部最终没有成立起来,对外这一块的工作现在还是由老常在负责。

“放心吧,”老常点了点头,“他们现在应该不敢和我们撕破脸。”

“他们是这么说的?”何春成一脸平静地问道。

何春林点点头。

这并没有超出何春成的预料,但他这样做的目的,更多的其实是在向联盟示弱、示好,同时试探他们的态度。

“那就靠我们自己吧,”他对自己的叔伯兄弟们说道,“他们那么早以前就能干掉三只暴龙,说明里面肯定有什么诀窍,只要想通了,那东西应该不难对付。”

“春成哥,这可不好……”霍斯急忙说道。他最怕的就是何春成把事情落实在他头上。

“放心,我不会让你们白白拿命去拼的,”何春成说道,“悬赏下去,任何人只要能拿出除掉暴龙的办法,重重有赏。你们也一样,不管是谁,只要能拿出办法,女人、粮食,只要我拿得出来的,什么都好说。”

## 第4章

# 将计就计

“去！去！”何家营一角的外墙上，李坚焦急地大叫着，捡起一块砖头砸了出去，试图把那几只正在撕扯尸体的中型恐龙赶开，但它们对于高高的房屋顶上的人类早已经见怪不怪，丝毫不理睬他们丢下的东西，反而扯着那具刚刚被丢下去的尸体，向着远离何家营的方向跑去。

“真该死！”李坚愤怒地说道。

那具尸体里用注射器注满了用水溶解了的老鼠药，他们本来准备用它来毒杀那只暴龙，但谁知道，当他们趁着暴龙经过，把尸体推下去之后，它根本就没有注意到这边发生了什么，摇摇晃晃地直接走了过去。而在它离开后不久，这群中型恐龙马上冲了过来，把尸体拖走了。

那些老鼠药是他们好不容易才找到的，因为担心剂量不够，所有药都注射到那具尸体里了，结果就这么连泡泡都没冒一个就不见了？

“也许能把那些恐龙毒死，然后那只大恐龙又去吃掉它们然后被毒死？”一个小弟在旁边说道。

李坚也曾经在一部武侠小说里看到过这样的桥段，这让他又燃起了希望，但那几只中型恐龙却把尸体拖到了他们看不到的地方。

它们到底会不会死啊？

李坚急得心痒痒的,但却又没有任何办法。

“你们几个在这里好好地看着,要是有什么异状马上来告诉我。”他大声地说道。

“浪费啊！浪费啊!”李九德还在摇着头。几个孙子死活都不愿意出去杀那只恐龙,最终他们只能选择这个办法,但这也意味着,就算是真的把那只大恐龙给毒死,它身上的肉也不能吃了。

何春华之前传来的消息里,城北那些人杀了他们那边的恐龙之后吃了好长时间,就连那个什么张晓舟都是因为这一手才获得了所有人的支持,当了联盟的主席。可以预想,如果他们李家能够杀掉一只,把那几吨肉带回来……

李九德原本还指望着用这些肉来收买人心,和何春成好好地比一比,可现在……一想到这个,他就气不打一处来。

“成了吗?”

李坚这时候走了进来,大家不约而同地围上去问。

“被叼走了,”李坚说道,“跑到看不到的地方去了。”他在这里打了一个马虎眼,没说到底是什么东西把尸体叼走了。

“有人盯着了吗?”李九德急忙问道。

“有了,我专门派了好几个人在那边盯着,要是有用,肯定能看到。”

“唉……”李九德深深地叹了一口气,“那就等着吧!”

漫长的等待之后,李坚留下的卫兵终于看到了他们想要看到的东西。

三只中型恐龙开始狂叫着在附近的街道上用诡异的姿态奔跑,并且很快就撞在周围的建筑物上,其中一只倒在距离他们不远的地方,不停地做着蹬腿的动作,身体明显绷得紧紧的,肌肉不时地抽搐着。

大约一个小时以后,这三只恐龙终于停止了呜咽,死在了他们面前。

“哈哈哈……”李坚忍不住大笑了起来,“知道人和动物的差别了吗？只有傻子才去和这些东西硬拼!”

这样的消息让李九德也亲自到这里来看了那三只恐龙的尸体,虽然那些肉很可惜,但如果能够这么轻松就把大恐龙除掉……

“不行!”他突然说道,同时把李坚拉到了一边,“这个消息一定要封锁起来。”

“爷爷?”李坚有些不解。

“如果那只大恐龙真的中了毒,一定不要声张,知道吗?”李九德压低了声音说道,“赢得太容易,就会让人觉得没什么功劳了,要是它死在周围那当然没办法,但如果它死在远处,那你就带人出去做出一副和它拼杀过的样子,然后把它的头砍下带回来!”

“可是,这也瞒不了多久啊?”李坚说道。

“不用瞒多久,只要过了推选那一关就没关系了,”李九德说道,“那时候我们可以自己把这个事情爆出来,证明我们比何家那些只会蛮干的家伙聪明!”

“好……好吧。”李坚迟疑了一下,终于点了点头。那三只恐龙中毒死去给了他极大的信心,只要那只暴龙过来把它们三个吃掉,应该就没有什么问题了吧?

唉……他不禁叹了一口气。

要是早知道这些东西这么好对付,那他们又何必被吓成这个样子?

接下来又是漫长的等待,那只暴龙似乎并没有发现这里有三具倒毙的恐龙尸体,反倒是那些很小的,站在何家营这里几乎看不清楚的秀颌龙渐渐聚集了过来。

毒药对于它们纤细的身体来说更加有用,许多秀颌龙甚至只是把那三只恐龙的肉吞下去不久就出现了中毒的症状,随后一群一群地死在了尸体周围。

越来越多的尸体在高温和极度潮湿的环境下迅速腐败,并且很快引来了更多的秀颌龙和中型恐龙,只有极少数的品种感觉到了这里的诡异,强忍着食欲逃之夭夭,而更多的恐龙却无法理解这里发生了什么,面对这些送上门的大餐,它们兴奋地大吃起来。

仅仅是在哨兵们能够看到的地方,应该就有几十只秀颌龙和七八只中型恐龙中毒死去,应该还有大量恐龙死在了他们看不到的地方。

让他们有些担心的是,毒药的效果显然没有武侠小说里那种生生不息的威力,第二批恐龙坚持了更长的时间才终于倒在地上。

如果那只大恐龙再不过来,也许老鼠药的药性就要没有了!

似乎是听到了他们的祈祷,那只暴龙终于姗姗来迟,它面对这些尸体没有丝毫犹豫,一口一个,把它们全都吞了下去。

“太好了!”李坚在房顶上兴奋得几乎要跳起来,“快去告诉我爷爷!算了!我自己去!你们给我瞪大眼睛盯好它!”

夜幕很快降临，他们彻底失去了暴龙的踪迹，但就在凌晨的时候，他们却听到板桥村的方向传来了巨大的，动物临死之前痛苦的哀嚎。

"应该是它吧？"李九德和自己的儿孙们都从沉睡中被叫醒，站在何家营西侧外围的房子里看着那边，有很多人都被这个声音惊醒，但他们却不知道这究竟意味着什么。

痛苦的哀嚎持续了将近一个小时才渐渐弱了下去，随后几乎就听不见了。

"明天一早你们就带人出去，把它的头带回来！"李九德对两个孙子说道，"当初何春华不就是靠着一个恐龙脑袋让大家服他的？你们现在带回这么大的一个脑袋，谁还敢质疑我们李家？"

李坚和弟弟对望了一眼，心情颇有一些复杂，这到底是冒险还是抢功的机会？那只大恐龙真的死了吗？

"春成哥？"

瓦庄村里，人们当然也听到了这个声音，他们距离板桥更近，听得也更加清楚。

何春成的脸色一下子难看了。

这么大的声音当然只有一种动物能发得出来，但这深更半夜的，有什么东西能够置它于死地，让它这样一直哀嚎下去？

凭李家的那些人根本就不可能，难道两只暴龙打起来了？

"准备一下，"他对霍斯说道，"明天一早我们过去看看！"

如果暴龙就这么死了，那他也不介意把它带回来作为自己的功劳。

李家西何家东？

搞笑吧，谁会死守着根本就没有任何意义的约定，看着李家捡便宜？

有这样的好事，当然是谁先下手就是谁的功劳！

第二天一早，李家的哨兵就开始拼命地在板桥方向寻找那只暴龙的下落，也许它真的已经死了，往日总会沿着自己的领地巡视一圈的它没有出现。因为被毒死了不少，就连那些总是在凌晨更加活跃的中型恐龙也没有见到几只。

这终于让李家兄弟下了决心。

“哥,你是嫡孙,要是有个闪失可怎么办?这种事情就让我去吧!你像往常一样在家里主持大局就行了!”

“李新你说什么,我什么时候待在家里过?什么事情我不是自己亲力亲为?倒是你,平时瞌睡最多了,昨晚你肯定没睡好,赶快补觉去吧!这事你就别操心了。”

两人一开始的时候还一副兄友弟恭的样子,很快就开始相互讥讽,到后来,几乎要打起来了,好在有人悄悄去告诉了回去补觉的李九德,老头子气得话都说不出来了。

“爷爷你来得正好!这主意是我出的,从头到尾也是我一个人干的,李新他有什么资格掺一脚?”

“什么叫我掺一脚?我这是关心你!你不是嫡孙吗?从来都不敢出门,摔了扭了脚怎么办?”

“都给我闭嘴!”李九德怒吼道。两人终于不作声了。

“你们两个不争气的东西!”李九德突然觉得很累,何家兄弟怎么就没有闹出这种事情?别说他们,就是他们的堂兄堂弟也比自己这几个亲孙关系好得多。自己活着的时候也许能把那个位置抢回来,可自己要是死了,就凭这些不成器的儿孙?

“别说了,你们两个一起去!”他无力地摇摇头说道,“看看何家兄弟是怎么做的!以后这些东西都是你们兄弟俩的,有什么不好说?非要抢?我们自己人都这样,怎么和何家斗?怎么让其他人心服?!”

“爷爷!”李坚不高兴地说道。

“别说了!你们两个一起去,好好的,拿出点样子来给大伙看看!”

车队磨磨蹭蹭地从何家营的西门出来,向板桥的方向驶去。

虽然有更环保更便捷的地下通道可用,但李家兄弟还不至于傻到认为何家会让他们借道通过,更何况,即便是他们真的能够通过,把那个偌大的暴龙的脑袋运过来也不是人力能够做到的事情。

平时总是在村子周边跑来跑去,试图寻找机会对人们发起攻击的恐龙一下子都消失了,这让开车出来的人们竟然有一种相当不真切的感觉。

眼前的这个世界荒芜而又寂静,除了他们开出来的这三辆经过改装的卡车发动机的轰鸣，什么声音都没有。

“喂——！”李新忍不住把手放在嘴边对着远处大叫了一声，他的声音和发动机的轰鸣声一起远远地回荡着，却什么都没有发生。

“你有病是吧？发什么疯？”李坚不满地摇下车窗玻璃对着他叫道。

兄弟俩之间的关系从小的时候就不好，李九德是个很守旧的人，长子嫡孙在他眼里比其他孙辈都重要得多，这也导致了明明是亲兄弟，李坚和李新两人从小接受的教育、待遇等等都完全不同。

李坚的学习成绩要好一些，但在何家营的土地全被开发区征用，只留下一些土地全部盖成村民的自建房和大大小小的市场、厂房，每一个村民仅仅是凭借户口就能每年分红之后，他就失去了读书的全部动力，迅速地堕落了下来。

而弟弟李新则从小就没有人关注他的学习，他自然也顺应大家的做法，自暴自弃地成了村里有名的无赖混混。

如果说何春华是村里的第一代混混头，那他应该可以在何春华老了之后顺利地成为第二代或者是第三代混混头的有力竞争者。

但两者之间的差距却比山与海之间的高度还要大。李新他们这一代，多半都是打电话叫人来给自己撑场面，靠人多吓走对方。他说狠话比谁都厉害，但他那因为吸食软性毒品和过度纵欲而瘦骨嶙峋的身体，很难让人生出什么畏惧之心来。

“我去你妈的！”李新直接骂道，浑然没有意识到这句话大有问题。

三辆车子小心翼翼地向板桥的方向行驶。

因为长期没有人或者是动物活动，这片区域已经彻底沦为荒野，大量的野草从人行道的地砖缝隙中长了出来，就连柏油路面和一些建筑物的墙上都已经冒出了绿色。一些暗红色的属于人类的骸骨四散在路面上，应该是这半年多以来，陆陆续续从何家营里被抛出来的那些尸体。

开车的人不得不小心翼翼地绕过这些骸骨，不是因为敬畏死者，而是担心那些尖锐的碎骨刺破轮胎，把他们彻底困在这个地方。

“快！快！”李坚却不停地催促着，他有一种感觉，瓦庄那边应该不会就这么无视他们行动。没有拿到那只暴龙的脑袋之前，一切都是虚的，只有抢占了先机，才能切切实实地算是把这场功劳拿在了手里。

车子终于走上了正路，随后加快速度进入了板桥的地界，再一次慢了下来。

那些被焚烧过的房子和倒在地上的护栏还保持着李新等人逃离时的原状，地上散落着他们仓皇逃跑时丢下的东西，但大多数都已经在这些天的大雨中变得不像样子。

“四处找找，小心点！”李坚说道。

李新却指挥着自己坐的那辆车子，向之前那次他曾经发现过不少好东西的仓库驶去。

那些暴动者离开的时候仅仅带走了所有的粮食，其他东西都留了下来，对于李新来说，反正有哥哥在，这次行动中他也分不到多少功劳，倒不如搞点实惠的东西回去。

“靠！真是糊不上墙的烂泥！”李坚骂了一声，让车子向另外一个方向驶去。

跟在最后的那辆车子迟疑了一下，不知道自己应该怎么办，最后还是跟着李坚的车走了。

“春成哥？”霍斯说道。车子的轰鸣声从不远的地方一晃而过，显然，已经有人抢在他们前面进了板桥村的地盘。

“我听到了，”何春成皱着眉头说道，“快！”

他们正在清理被暴动者们堵住的通道口，几天没有抽水，通道里的积水已经到了小腿那么高，好在当初施工的时候质量还不错，雨水没有渗进来把通道淹没。

他们行动的时间其实比李家要早得多，但通道本身没有办法容纳太多人，而且当初那些暴动者把人沿着这里赶回瓦庄之后，用大量的砖头、木头和杂物堵住了这个地方。狭窄的工作面上要把这些东西全部搬开绝对不是一件容易的事情，他们指挥劳工们轮换着足足干了一个多小时，通道口的亮光才越来越透亮。

“捡起那根长木头！”何春成说道，“几个人一起用力捅！”

十几分钟后，他们终于从通道口爬了出去，而发动机的轰鸣声已经停了下来。

“它死了吗？”

人们低声地说道。

他们很容易就找到了这只暴龙，周围一片仿佛地震肆虐过后的惨状，各种各样的碎片满地都是，一些房子甚至已经出现了裂痕。很显然，凌晨的时候，这只暴龙为了转移自己所遭受的痛苦，疯狂地对周边的建筑物进行了撞击，造成了巨大的破坏。

车子没有熄火，不过怠速时的声音已经没有那么大了。李坚打开车门站在驾驶室的边上，而车厢里的人都已经小心翼翼地走了下来。

他们距离那东西将近五十米远，它倒在一片废墟当中，看不到脑袋。

“你过去看看！”李坚对一名部下说道。

那个人的脸一下子苦了下来，但他没有办法，只能小心翼翼地向那边走去。等他的距离和那只暴龙不超过二十米时，他捡起一块砖头，远远地向它砸了过去。

所有人都做好了马上逃跑的准备。

但那块砖头在暴龙的腿上重重地撞了一下，高高地弹起来，却没有带来任何动静。

“胆小鬼！”李坚压低了声音骂道，“它已经死了！你怕个屁！快点儿过去拿长矛戳它一下！”

你要是不怕，倒是走近一点儿啊！

那个人腹诽着，但还是只能胆战心惊地继续向它靠近。

一块石头突然从旁边的房子里落了下来，所有人都吓得转身就跑，排在前面李坚的那辆车子也向前蹿出去十几米后才在李坚气急败坏的咒骂声中再一次停了下来。

“一群没用的东西！”他破口大骂道，“快点儿给我滚回去！”

车子又重新倒回那个地方，那个倒霉蛋已经逃到了同伴的身边，却只能在李坚的逼迫下再一次向那边走去。

这一次他终于鼓起勇气把手中的长矛重重地扎了下去，人们的心都提到了嗓子眼，幸运的是，那只暴龙没有丝毫反应。

“看到了吗？”李坚的声音猛地大了起来，“我早说它已经死了！把斧头和锯子拿下来！抓紧时间把它的脑袋弄下来！快！快快快！”

“你们在搞什么？”一个声音却在他们背后冒了出来。

李坚猛地转过身，看到何春成带着三四十人分散开来包围了他们，李坚刚想说话，几把弩箭便对准了他。

“别乱来！”李坚急忙说道，“人人都看到我们出来，要是我们不回去……”

“谁知道你们是怎么死的?”站在何春成身边的霍斯狞笑了起来。

“我弟弟也来了,他就在附近!”李坚急中生智地叫道,“你们瞒不住的!”

霍斯愣了一下,何春成却笑了起来:“都是一个村子长大的,说什么打打杀杀的?霍斯你这小子,这种玩笑不能乱开的,知道吧!”

李坚松了一口气,但对面的弩箭却还是没有放下来。

“春成哥,你这是什么意思?”

“没什么,”何春成说道,“你们可以走了。”

“我靠!”李坚一下子愤怒了,但看着对面的弩箭,却又只能把火气压了下来,“这是我们李家负责的那只恐龙!”

“谁说的?”何春成说道,“明明就是我负责杀的那只,只不过昨天晚上它偷偷跑到了这边而已。”

“你!”李坚被气得说不出话来了。

“你走不走?”霍斯大声地问道。

李坚心里无数个念头转来转去,但对方人比他多,武器比他好,又占据了先手,他还能怎么办?

“你们有种!”他点点头,大声地叫道,“我们走!”

“等一下,”何春成说道,“谁说你们可以开车走了? 自己走回去。”

“何春成! 你不要太过分了!”

“就当是我跟你借的,”何春成说道,“我好不容易杀掉这东西,但是没法把它搬回去。这时候你正好路过,就主动把车子借给我,我说的没错吧?”

李坚已经气得说不出话来了。

“你放心,车子我一定会还给你,我还送你半箱油,怎么样? 你不亏了吧?”何春成大笑起来。

李坚深深地吸了一口气,努力让自己平息下来。

“好! 你有种! 这件事情没完!”

“就凭你?”何春成冷笑了起来。

就在这时,那个距离恐龙最近的人突然瞪大了眼睛,却因为极度的恐惧而叫不出来。

正在对峙的双方却没有人意识到这一点。

或者说，他们根本就没有意识到，危险其实已经到了眼前。

“我们走！”李坚再一次叫道。

他身边只有二十来个人，算上李新带走的人，其实和何春成带来的人手差不多，但对方的人聚集在一起，而他们的人……谁知道被李新带到什么地方去了。

连带着，他把自己的弟弟也一起恨上了。

要不是这个不争气的东西！

一个身影突然越过人群，重重地飞了出去，撞在一幢房子上掉了下来。

人们惊惶地回过头，才看到一条粗大的尾巴在半空中挥舞着，那个巨大的身体在地上挣扎着，似乎想要爬起来。

逃！

所有人脑海里唯一一个念头冒了出来，只不过，李家的人是四散惊逃，或者是向那两辆车子逃去，而何春成却是带着自己的人往地下通道的入口逃去。

后面那辆车子慌张地加速向前冲去，直接撞上了停在前面的那辆卡车，两辆车子外面胡乱焊起来的钢管卡在了一起，反倒让车子没法动了。

就在这时，暴龙终于挣扎着站了起来，并且极度愤怒地咆哮了起来。

它的身上都是鲜血，那是它在凌晨的时候因为剧烈疼痛而疯狂向四周撞去而造成的伤口。现在，它终于有了发泄愤怒的对象。

人们哭喊着放弃了车子，一些人下意识地跟着何春成等人就逃，那只暴龙这时候已经把两辆无人的车子掀翻，向着人最多的这个方向追了过来。

何春成毫不犹豫地抽出随身携带的砍刀，一刀砍在自己身边的一个李家私兵的腿上，李家私兵猝不及防，惨叫一声摔了下去。霍斯吓了一跳，随即马上学着他的样子，一刀砍翻了自己身边的另外一个李家私兵。

他们突兀的举动让人们惊讶万分，但他们却头也不回地继续向前逃去，那两个人哭号着从地上爬起来，试图逃开，却因为受伤而没法跑快，被追上来的暴龙一口咬住，狠狠地甩在了旁边的墙壁上。

啪的一声，就像是一只蚊子被拍死在了墙壁上。

然后又是一下。

它的行动因此而缓了一下,人们终于逃到了安全的地方,向着那个小小的入口疯狂地挤着。

"守住! 一个李家的人都不要放进来!"何春成刚刚冲进去就马上叫道。

"何春成,你不得好死!"跟在他身后的那些李家私兵绝望地叫道,但面对明晃晃的砍刀和长矛,他们只能绕过这个地方继续向周边逃跑。

一些聪明的人逃进了路边的房子里,暴龙没有办法撞破房子冲进去吃掉他们,他们至少暂时是安全的,但如果没法进入那个通道,又没有汽车,他们活着回去的希望已经微乎其微。

暴龙向通道口的那间小屋子直冲了过去,人们惊叫着逃进地下的洞里,一声巨响之后,整个房子都垮了,洞口也彻底被埋了。

"你们守在这里,谁也不准进来!"何春成撤得早,除了满头满脸的灰尘之外什么事都没有,他哈哈大笑了起来。

暴龙的咆哮声、建筑物倒塌的声音和人们的尖叫声从外面隐隐约约地传来,让他的心情分外愉悦。

李九德,你最喜欢的孙子死在这里,看你还有什么心思和我抢?

"春成哥,要是他们有人逃回去……"霍斯略微有些担心地说道。

之前把他们一锅端了当然没有后患,可现在这种局面,没办法保证李家的那么多人一个都回不去。

"逃回去又怎么样?"何春成大笑了起来,"他们有证据吗? 我们今天可是一直都待在瓦庄想办法杀那只恐龙,一直都没有出来过。李坚这个废物自己想来捡便宜死在恐龙手上,关我们什么事?"

"但是李家会不会和我们翻脸……"

"我会怕他们? 而且,你觉得我们现在还不算翻脸?"何春成笑道,"李家也就是李九德那个老不死的还有点儿斤两,其他的全是废物! 要是他死在我们手上那又另说,死在恐龙嘴里,那是他们自己作死,和我们有什么关系? 不过你说得也对,我现在就赶回村里去! 你盯住这里,绝不能让他们有机会从这里通过!"

抓紧时间的话,十几分钟就能赶到何家营去,再找几个村老糊弄一下,搞个不在场证明,李家就算是有个把人能逃回去也没法把这件事情硬扯到他身上。

李坚死了最好，不死，那又有什么关系，反正两家已经摆明了相互作对，难道他活着就会有什么不同？

李坚平日里养尊处优，体力反而比不上其他人，好在他头脑还比较清楚，知道自己逃不过暴龙，何春成拔出刀砍向他的手下时，他便毫不犹豫地钻进了旁边的房子里躲了起来。

他缩在一个角落听到外面那些人的惨叫很快就停了下来，接着听到那只暴龙沉重的喘息和愤怒的咆哮声。

怎么办？

他脑子里一片空白。

谁来救救我！

“爷爷！不好了，大哥被恐龙吃掉了！”李新带着他那辆车子的人慌慌张张地冲进何家营，一心等着看两个孙子凯旋的李九德在看到只有一辆车子回来的时候就已经有了不好的预感，原本还期望着另外两辆车是在后面拖着那只暴龙的脑袋，这辆车是回来报信的。

听到李新的这句话，他眼前一黑，突然就什么都不知道了。

“爸！爸！你醒醒！”

“爷爷！爷爷你怎么了？”

他身边的儿孙们乱作一团，拼命地掐人中，掐虎口，也有人忙着去叫医生，忙活了好一会儿，李九德终于深吸了一口气，悠悠转醒。

“爸！您老节哀啊！”他的小儿子正在他面前干号，他不知道从什么地方生出的力气，一掌把儿子推开，硬生生地把李新拖了过来。

“到底是怎么回事！怎么就你一辆车回来了！你哥到底怎么了？”他的目光里就像是有一把刀子，就差没说为什么死的不是你而是你哥，这反倒让李新冷静了下来。

凭什么？

你这个老不死的狗东西！

同样是你的亲孙子，为什么差别就这么大？

“那只恐龙根本就没死，大哥冒冒失失地跑到它面前，被它……被它……”他低声地说道，想要挤几滴眼泪，却怎么也挤不出来。

“你怎么不拦着他！”李九德大声叫道。

“他要去，我怎么可能拦得住？”李新说道。

其实他并没有看到李坚被吃掉，但他们远远地看到那两辆车子被处于极度暴怒状态下的暴龙碾成碎片，看到那些人被它抓住后要么被咬成碎块，要么砸在墙上，哪儿还有胆子留下来看是什么情况！

可兄弟俩一起出去，他却一个人回来，如果让老头子知道他丢下李坚，甚至是知道他从一开始就没有跟李坚一起走，所有的怒火一定会全部倾泻在他头上，逼着他冒着送命的危险去救李坚。

反正李坚也肯定没救了。

李新对自己说道。

就算是李坚还活着，只要没有人过去营救，他也死定了。就算李坚能幸运地逃过那只暴龙的袭击，他又要怎么穿过这一公里长的已经变成荒野的路，从那些猎食者的口中逃脱？

李家的继承人也该是我了！

“我亲眼看见，大哥他……大哥他……”他悄悄地用力掐着自己的大腿，终于挤出了两滴眼泪。

没有人怀疑他所说的话，李九德气得高血压发作，让人送进了卫生院，李家的事情暂时由李坚和李新的父亲负责，而众所周知，他是一个出了名的纨绔子弟。

何春成万万想不到自己等来的会是这样的结果，他愣了片刻，然后摇着头大笑起来，差一点儿就把眼泪都笑出来了。

要派人去找一找李坚是不是还活着吗？

他脑海中突然闪过这样一个念头，但很快就被否决了。

李家兄弟内斗的价值远远比不上李九德一蹶不振这件事，让李坚回来，李九德说不定就好了起来，那对他来说绝对不是什么好事。

“派人到通道口去守着，”回到瓦庄之后，他对霍斯说道，“不管什么人靠近，格杀勿论，一个都不要放过！”

时间一点点推移，但却丝毫也看不到有人会来救援的迹象，少数几个被分别困在破败建筑物中的幸存者小心翼翼地站在楼顶的天台上相互交换着消息，能够听到的却都是坏消息。

何家的人把那条唯一的逃生之路给堵住了，那只暴龙还一直在周围活动，房子里找不到吃的，也没有水，李新带着人跑了。

最后一条曾经带给他们希望，但现在看起来，那个该死的一定说他们全死了，否则的话，他们所期待的救援不会到现在还没有影子。

“那个贱种！何家营的这些人都是贱种！他们全都不得好死！”人们在天台上绝望地咒骂着。

李坚躲在一幢房子里，不敢像他们一样冒头。

谁知道那些恐龙会不会听到他们的声音，记下来，然后撞开房门来找他们？

他们能够逃进去的房子大多数门都已经被破开了，这也是他们能够毫不费力跑进去的原因。这样的门不可能挡住那些无孔不入的猎食者，而他根本没有听到有人尝试着搬东西去堵住门。

他小心翼翼地搜索着自己藏身的房子，这里一定已经被人搜索过很多次，一点儿能吃的东西都没有，他早上出门前吃的那点儿微不足道的早餐似乎已经被彻底消化完了，饥饿开始一点点地折磨他，让他越发绝望了。

李新那个该死的东西！

他也忍不住开始咒骂起来。

如果不是他带走了三分之一的人手，如果不是他见死不救，如果不是他知情不报……不对，他肯定不是知情不报，而是故意报了假消息，不然的话，爷爷怎么可能到现在都还没派人来？

要怎么才能让人们知道自己还活得好好的？

他突然想出一个主意来。

“你们几个，快点儿收集可以生火的东西！”他终于急匆匆地跑上天台，对着周围的那些人大声地叫道。

那几个人愣了一下，他们没想到他竟然还没死。

他们犹豫了一下，却没有人动。

“快啊！”李坚大声地叫道。

“要干你自己干！”其中一个人说道，“都什么时候了，你还想使唤我们？去死吧你！”

“我们得点起一股烟！”李坚说道，“也许他们看到之后会来救我们的！”

人们愣了一下，真的会吗？

如果他们有办法把李坚还活着的消息送出去，也许会有人来，但仅仅是一股烟？

“你们之前约定过拿这个当信号吗？”之前的那个人问道。

李坚愣了一下，但他马上说道：“试一试总比等死强吧！”

人们迟疑了一下，终于行动起来，但他们分散在各自的房子里，能收集到的可燃物其实很少，也没有能力一个人把那些柜子之类的东西搬到楼顶，只有一幢房子里逃进了三个人，他们相互配合，把房子里所有木头制成的东西都搬了上去。

火焰点燃，他们开始把海绵之类的燃烧后会大量发烟的东西扔在上面，浓烟开始翻滚着向天空而去，所有人都怀着最后的希望看着何家营的方向，但等了一两个小时，那边都没有任何动静。

“我们死定了。”有人绝望地说道。

李坚不知道该怎么鼓励他们，事实上，他们何家营的人向来都是把这些人当作奴隶一样使来唤去，从来不考虑他们的感受，而现在，身陷困境，自己身上的光环被无情地剥离，他便不得不考虑如何说服和拉拢他们了。

“也许我们还有机会。”他小心翼翼地说道。

“去死吧！你这个垃圾！”有人大声地叫道。

城中村的房子之间相隔得不远，这让他们彼此之间都能清楚地听到对方的声音，甚至看到对方的表情。但是距离却又足够远，让他们没法聚集在一起。

“我们总不能等死吧？”李坚再一次说道。年少时所接受的那些教育和培养终于从他的内心深处被挖掘了出来。其实他也曾经被寄予厚望，只是过于优渥的生活麻木了他，让他失去了所有努力的动力，但现在，为了保住自己的命，他的聪明才智终于又爆发了出来：“难道我们就这么活生生地饿死？渴死？”

这样的假设没有人能够接受。

“那你说怎么办？”

"有人能看到那只暴龙吗?"

"它还在下面。"马上有人回答。其实大家都能听到它的咆哮声,这东西怎么就好像不会累一样。

"有没有其他恐龙?"

人们都四下寻找和观察着,那些东西应该都被吓跑了。

"听我说,"李坚其实只是要一步步让人们重新恢复到按照他指令行事的惯性中去,"我们唯一的生路是那条通往瓦庄的地下通道,那是最近的一条路了。"

"已经被堵住了,"马上有人说道,"洞口的房子都被撞垮了。"

"我们可以把那些东西搬开。"李坚说道。

"你说的倒是容易!谁去?"

"当然不是现在!"李坚说道,"等那只暴龙走开或者是平静下来后,我们再悄悄地过去。"

"何家的人不给我们进,"远处的另外一个人说道,"之前我都差不多跑进去了,但他们突然就对我们的人乱砍乱杀,我听到有人在叫'一个李家的人都不要放进来'!"

人们忍不住一阵大骂。

"听我说,"李坚在他们稍稍平息了一下之后说道,"那是因为我不在。我是李家的嫡长孙,他们不敢对我动手。要是我死在他们手上,就是我们李家和他们何家开战的时候了。让我死在这里对他们有什么好处?我可以和他们做交易,让我爷爷主动退出这次村长推选!我以后是李家的家主,我可以保证以后都支持他们何家!他们一定会同意的!"

他的话终于打动了这些幸存者,他们终于有了希望,也终于冷静了下来。

"李大少,你大人不记小人过……"之前骂过他、质疑过他的那个人小心翼翼地干笑着说道。

"你放心,只要能回去,你们就是我最信任的人!"李坚说道。

他们缩在各自的房子里等待着那只暴龙走开,但它体内那些毒药所带来的痛苦却让它一直保持着愤怒,幸运的是,在夜晚即将来临的时候,它终于蹒跚地向北面走去,或许是去积水的隧道喝水去了。

人们小心翼翼地行动起来。

他们很自然地汇拢在李坚身边，所有人都明白，他是他们能够通过这条地下通道的关键。抛开他，谁也没有信心能够获得何家那些心狠手辣之徒的通行许可，更没有信心在恐龙最活跃的这个时段走那么长的路逃到有人的地方去。

“快！”李坚低声地说道。

人们跟着他小心翼翼地向地下通道的入口跑去，那里已经被反复堵塞又疏通过许多次，到处都是建筑垃圾和各种各样的东西。

李坚让两个人负责放哨，其他人则没命地干了起来。

“谁？”里面马上就有人问道。

他们的动作不由自主地停了下来。

“我是李坚！我有重要的事情要和何春成谈！”李坚急忙对着那个洞口大声地说道，“很重要的事情！”

那边的人迟疑了一下，然后说道：“等着！”

“我们继续干我们的。”李坚低声地说道。

“李坚？”大概过了半个小时，他终于听到了何春成的声音。

“春成哥！是我！是我！”

何春成笑了起来：“你要和我谈什么？”

“你救救我，我可以说服我爷爷退出推选！”李坚急忙说道，“你知道他最看重我，以后李家的家业也是要交给我，他一定会听我的！”

“有意思，”何春成笑着问道，“空口白牙，我怎么信你？”

“你可以把我扣下来！”李坚早就已经想到了这一点，“让我写一封信给我爷爷就行了！等到推选结果出来你再放了我！这件事没人会知道！他为了我一定会保守秘密的！”

“呵呵。”何春成再一次笑了，却没有回答。

“我还可以向你效忠！”李坚急忙说道，而他原本不想把这个筹码抛出来，“我可以写一份宣誓向你效忠的信！春成哥，只要你救救我，这辈子我都听你的话！我发誓！”

何春成终于像是心动了：“好，你进来我们再细谈。那只暴龙走了吗？”

“早就走了！”李坚欣喜地答道。

两边的人一起行动，堵住洞口的那些东西很快就被掏出了足够一个人爬进去的口子。

“快点儿进来!”何春成在里面说道,“你们还有多少人啊? 快点儿!”

所有人都欣喜地鱼贯而入,里面很狭窄,只够两个人并排躬着身子站着。

“春成哥!”李坚抓着何春成的手说道,“你放心,李家从今天开始,唯你们何家马首是瞻!”

“都是一个村的弟兄,”何春成笑着说道,“外面还有人吗? 我们要把这个口重新堵起来了!”

“都进来了!”李坚看看身后的同伴答道。

真是个蠢货! 李坚在心里想着。等我回去以后,一定要把你们落井下石、乘人之危的事情告诉所有村老!

“春成哥,你是我们李家的大恩……呃!”

剧烈的刺痛从腰上传来,一下,然后又是一下,所有的力气都像是被抽走,让他迅速失去了所有的行动能力。

在他身后,所有的手下也都遭到了出其不意的偷袭。他们谁也没有想到,何家的人会在这个时候突然对他们下手!

“你……你……”他软软地倒了下去,却被何春成又捅了一刀。

“你知道我最不喜欢你们李家什么吗?”何春成摇着头说道,“一点儿自知之明都没有,明明全是垃圾货色,却偏偏要跳出来恶心人。李九德那个老不死的是这样,你们这些年轻一辈的也是这样。你以为我不知道你想干什么吗? 你这些伎俩,十年前我就已经玩得不想再玩了。”

李坚终于呼出了最后一口气,倒在了地上。

“把他们扔出去!”何春成说道,“小心一点儿,尽量扔远一点儿! 让那些东西吃干净点儿!”

彻底除掉一个后患,让何春成的心情变得很好。

李家算是彻底废了,李九德最好是一病不起,凭他那两个儿子和几个不成材的孙辈,根本不足为虑。

谁会选一个半死不活的老头子当村长? 难道不怕他突然死了,何家反扑吗?

“别管赌约的事情了，经过这事，李家没人敢再出来了，”何春成对自己的兄弟们说道，“但我们要抓住这次机会。那只暴龙虽然没死，但肯定还是中毒了，现在就是它最虚弱的时候。如果这个时候不动手，等它好起来，那就更难了。”

“但我们现在还不知道城北联盟是怎么干的。”何春林说道。

他是何春成的堂弟，何春华和死去的何春潮都要叫他哥，以前他在村里开了一家小超市，算是何家营的村民中，为数不多在吃房租和分红款的同时还愿意做点儿事情的人。正是因为如此，在意识到发生了什么事情以后，何春成一直把他留在身边作为助手，就像何春华对待何春潮一样。

“春华怎么样了？”

“醒了几次，但情况还是不太好，很虚弱，”何春林说道，“要救他，唯一的办法也许只有把他送到城北去了。他们不是一直说那个张晓舟是个软耳朵，也许——”

“能坐到主席位置上的人，即便是个软耳朵，也一定会有过人之处，”何春成摇摇头打断了他的话，“春华和他们照面太多，他们对他已经很了解。他留在这里我们至少还能用最好的手段来救他。送到那边去，人家搞点什么手脚，你还得谢谢人家。”

他深深地叹了一口气：“他从小命就硬，一定不会有事的。”

“对了，”他突然想到了什么，“我们手上不是还有将近一百名俘虏吗？霍斯，去问问他们，知不知道城北联盟是怎么把那些暴龙杀掉的！谁能把他们的办法说出来，我们就马上放他回去，还附送他一个女人！”

这一手却起到了意想不到的作用，被俘虏的人当中，还真有一个是当初跟随施远、万泽等人到城北联盟去出使的随员。虽然并不知道具体的手段和过程，但当初张晓舟向他们介绍城北联盟杀死那三只暴龙的时候，多多少少透露了一些信息。

“用燃烧瓶密集攻击？”何春成的眉头皱了起来。

何家营用燃烧瓶攻击暴龙已经不是一次两次了，暴龙和那些中型恐龙不同，它身上只有一些很短的毛，而且油脂不多。燃烧瓶砸在它身上，虽然也会燃烧，但却很快就熄了，顶多就是烧掉它身上的一些毛，让它吓一跳，不能构成什么威胁。也正是因为这样，何家营更多的是使用发烟球来驱赶它而不是直接用燃烧瓶去攻击它。

“他们用的燃烧瓶应该和我们的不同，”何春成马上意识到了这一点，“有人知道配方吗？”

问询的结果是零，他们这群人虽然也有喜欢上网的，但大多数人更关注的是明星八卦、体育新闻、撩妹秘籍和网络游戏，也有人见过燃烧瓶的描述，但根本就没有往心里去。

“找点儿东西来我们自己试一下！”何春成说道，“既然他们能大规模地用，那就应该不是什么难找的东西。”

结果很让他们吃惊。

结果真的不同，加了不同物质之后，燃烧瓶的威力果然变得更加惊人了！

“春成哥，我真服了你了！”霍斯由衷地说道。

何春华的确是能砍能杀，但说到动脑筋，他和何春成一比真的就逊色得多了。

“发射的工具我们早就有了，”霍斯兴奋地说道，“当初春华哥到他们那边去的时候，偷偷看到了，回来就让我们做了不少！”

但却没有告诉村里。

何春成微微地摇了摇头，不过这也好，至少现在，这就是只属于何家的秘密武器了。

“城北的能人不少啊。”他叹了一口气说道。

这已经是好几个月前对方就已经做出来的东西，对于他们来说却是威力强大的秘密武器，那现在，对方究竟又走到哪一步了？

当何家真正把何家营掌握在手中时，还能够席卷整个远山吗？

“让下面的人拿石头练习一下，”他对霍斯说道，“事不宜迟，明天早上你们就去把那只暴龙干掉！”

# 第5章
# 寻求变化

“小心一点儿！别吓到它们！”张晓舟下意识地压低了身体，看着那些在草丛里跳来跳去的小小的墨绿色躯体。

它们的体形看上去只有刚刚孵出来的小鸭子那么大，但却瘦得多，从它们孵化出来到张晓舟等人听到消息赶来这么短的时间里，它们已经可以敏捷地在草丛中穿行，甚至能够跳来跳去，让人不由得感叹基因的强大。

“它们吃蚯蚓吗？”李雨欢在旁边问道。这东西被划入了农林牧产部管辖，理论上来说和在安澜大厦时一样是张晓舟负责，而她依然兼任常务副主任。

不过她这个副主任已经比在安澜大厦的时候有底气得多了，毕竟，那时候她还是一个对于种植作物一无所知的种子公司销售员，而现在，在经历了一次收获季之后，她已经可以骄傲地说，在城北联盟的六千多人当中，她的农业知识已经超越了绝大多数人。

农林牧产部下一步最重要的工作就是育种，一方面是在那些精心保存的玉米亲本受潮前尝试着培育出第一批亲本和杂交种，以保证联盟能够源源不断地继续产出高产量、高抗病性的优质种子；另一方面则是为联盟的大部分家庭培育家家户户都种在窗前屋角的蔬菜种子，毕竟大多数人种了都是吃，不会刻意考虑留种的问题，这就必须要由联盟出面来解决。

不过现在看起来,这些小家伙也将是一个重点了。

“吃的,而且还抢起来了！满满一盒都被它们抢着吃完了!”专门被调过来负责这个事情的女孩说道,“这些小东西凶得很,一点儿都不胆小,相互之间还会咬！有一只都被咬伤了！不过看起来应该没事。”

“有几只?”张晓舟问道。

“五只!”女孩很肯定地答道。在它们争抢食物的时候,她已经很认真地数过了。

少得可怜,应该有好几只蛋因为某种原因而孵化失败了,但自然孵化的成功率本来就不高。

怎么辨别它们的雌雄,多久能够开始繁殖,产蛋的频率是多少,孵化的温度和湿度又是多少,容易得什么病,要怎么预防和治理,一系列的问题没有几年时间根本就不可能搞清楚,更不可能实现大规模饲养。

要培育到可以像鸡鸭那样给人们不时改善一下伙食,不知道是多久以后的事情了。

最好的结果,也许不过是把它们圈养起来,以半自然的方式让它们在联盟开枝散叶繁衍下去。

“我会让人来加固这些围网,”张晓舟说道,“做成双层的防止它们逃掉,里面也应该搭个棚子让它们有地方避雨和睡觉。”

“你这是准备把它们当鸡养啊?”李雨欢笑了起来。

“谁也没养过恐龙,”张晓舟无奈地摇了摇头,“只能按照和它们最接近的东西来养了。”

那个女孩也偷偷笑了起来,最起码,她的工作保住了,而且看起来这算是比较轻松但又比较重要的一份工作。

“我会给你们编一套手册,”没想到张晓舟却说道,“每天都要按照手册仔细观察,及时记录,这对于联盟来说很重要,一定要执行到位,知道吗?”

“队伍还有多久能够成型?”训练场边上,钱伟悄悄地向龙云鸿问道。

“至少还要一个月,最好是两个月,”龙云鸿答道,“这一个月的时间他们只能接受最基本的训练,再盲目地加训练课目,营养跟不上,他们的身体都会垮掉的!”

“但是当初新洲团队建立的时候并没有训练那么长时间。”

“那是特例，”听到“新洲团队”这个名字让龙云鸿微微有些生气，但他还是耐着性子说道，“你应该知道，当初他们建立的时候有着太多的偶然因素，淘汰率也高得惊人。难道我们现在也要把这些人全部投入到丛林里，用危险的环境和死亡来逼迫他们成长，淘汰掉不适应的人？”

钱伟摇了摇头：“我不是那个意思。”

“那我们就必须按自然规律来办事，拔苗助长的事情只会造成无谓的伤亡，我不会让我训练出来的战士在没有做好准备的时候就去白白送死！”

“但联盟需要盐！”钱伟压低了声音说道，“你明白吗？即便是把这些人都投入到丛林里去，我们也不知道什么时候才能找到盐，在这么热的天气下，盐的消耗量很大！”

“我知道，”龙云鸿说道，“但我必须为我的人负责，我们如果派他们去执行任务，那要的就是他们活下来，带着好消息回来，而不是让他们一批批地死在外面。”

这样的话无疑有着指责联盟之前那种做法的嫌疑，钱伟看着他，最后点点头说道：“抓紧时间！”

“我会尽快开始丛林内的训练课目，”龙云鸿说道，“如果可能的话，我还是希望能把严烨调过来，毕竟他现在可以算是之前那几次行动中，对于丛林情况最熟悉的人了。有他在，进度也许会加快一些。”

“这有点儿困难，”钱伟说道，这并不是龙云鸿第一次这样要求，所以他已经知道严烨的答案，他也不想在两人之间制造隔阂，“严烨那个队是现在丛林开发的主力军，丛林开发部那边不会放他过来的。”

龙云鸿有些不能理解，一方面是不断催促他加快进度，另一方面却卡着他需要的人不放？

但他早已经习惯于服从和不去追根问底。

“我会尽量加快进度。”他对钱伟说道，随后向训练场走去。

经过半个多月的训练和不断筛选，一百六十六人的队伍中已经有五十二个人被无情地淘汰了。他们当中绝大多数人都是因为无法忍受近乎严苛的纪律而选择了退出，其中甚至包括六名原新洲团队的成员。

钱伟、齐峰，甚至是张晓舟自己都曾经分别找龙云鸿谈话，希望他能够稍稍降低一些对纪律的要求，却都没有办法说服他。

“纪律是一支队伍最基本的东西，如果他们连训练期间的纪律要求都无法遵守，那遇到艰苦的任务需要他们咬牙坚持的时候他们会怎么做？遇到危险状况或者是需要他们做出取舍、做出牺牲的时候，他们又会怎么做？你们告诉我要我来训练一支有战斗力的队伍，所以我以军人的标准来要求他们。纪律只有服从和不服从两种，我不知道还有第三种，服从一半？服从三分之二？他们不能接受，那就必须离开！或者是让我离开！没有第三条路。”

张晓舟和钱伟最终都默认了他的这种死板和教条，但齐峰却在又一次与他交涉时被他激怒了。两人在训练场上大吵了一架，齐峰直接找到张晓舟和钱伟，要求他们把龙云鸿调走，或者是把自己调走。

“有他没我，张晓舟，就这样了，”他的怒气稍稍平息了一些，但还是坚持这样说道，“我从来没见过这种人！退伍兵很了不起吗？”

“你觉得他做错了吗，是不应该要求那么高吗？”张晓舟倒了一杯水给他，让钱伟把老常和高辉也叫了过来。

“这不是要求高不高的问题！”齐峰说道，“他已经到了专门针对我们新洲的人的地步了！”

我们新洲的人。

张晓舟忍不住微微叹了一口气，然后悄悄地看了看钱伟。

其实之前就有新洲团队的人来找他们反映龙云鸿的问题，而他和钱伟那时候就悄悄地去观察过教导队的训练，冲突和呵斥的确是经常发生在龙云鸿和原新洲团队成员之间，但那更多的并不是因为龙云鸿刻意针对他们，而是因为新来的那些人往往比较服从，而少数原来新洲的成员却总是会不由自主地想要同龙云鸿对抗。

“我就是要把他们这种莫名其妙的优越感打下来！”当他们专门去找龙云鸿谈这个事情的时候，他甚至直言不讳地说道，“每支队伍里都会有刺头，这不奇怪，有本事的人当然会比一般人有脾气。只要能扭转过来，那就是最好的战士。但如果拗不过来，那他们再有本事也只能请他们离开。不然的话，有这些刺头在，你就无法用严格的纪律去要求其他人，有本事的人只按照自己的想法行事，那还能做成什么？整个队伍直接就散了。”

这样的说法当然没错,张晓舟和钱伟于是让杨鸿英、齐峰和高辉去做那些刺头的工作,但效果却并不理想。张晓舟自己也很多次私下找他们谈话,但他们却只有抱怨和不满,从来也不肯反思。到后来,他们甚至都不对张晓舟讲什么心里话了。

“我拿他们没辙,”高辉不止一次地对张晓舟说道,“怎么说他们都不听,就是觉得我们在乱搞,没把他们当自己人,偏袒外人,老是说一个新人有什么资格之类的话,搞得我都想跟他们吵架了。要我说,干脆就把他们调走算了,大家都轻松,也没有那么多破事了。”

但张晓舟还是希望能够把他们转变过来,这些人曾经是联盟最好的战士,他绝不希望他们就此埋没掉。

但他却没有想到,齐峰没能劝服他们,反而被他们成功地影响了。

这对齐峰来说却是很自然的事情。

一开始的时候他当然认同张晓舟和钱伟的想法,他也对新洲团队中一些人的做法有些不高兴,觉得他们玷污了这个名字,但因为他们都是自己人,不太好对他们说重话。

弄一个愣头青来管管他们,让他们收敛一下,把他们磨炼成更好的战士,让新洲成为联盟的标杆,这没什么不好。

但他渐渐发现,龙云鸿的做法并不是要让新洲变得强大,恰恰相反,他正在极力消除新洲的影响。

“我不管你们以前做过什么,在训练场上,你们都是新人！都要从头开始!”

龙云鸿总是喜欢这样讲,而每一次听到这句话都会让齐峰感到很刺耳。

但他却无法说服张晓舟和钱伟,张晓舟固执地认为,新洲的唯一出路就是正规化,成为联盟的尖刀,钱伟很支持这一点,但所有新洲的成员都无法接受。

我们做的哪里不好了？为什么要这样对我们？凭什么这样对我们!

齐峰一开始还试图去劝说他们,让他们熬过这一个月的训练就好了,但面对那么多人的抱怨、唠叨和不满,渐渐地,他的心态也开始变化了。

龙云鸿的做法在他看来越来越另有目的,越来越别有用心,而他渐渐地也累积了越来越多的不满情绪。

“一个新人,他有什么资格这么做?”

"联盟成立的时候他在哪儿？还被那些恐龙堵在那个什么厂里等死！当初还是我们新洲的人把他救出来的！现在他倒是翻脸不认人跳起来了?!"

"我们那些兄弟就算是没有功劳也有苦劳吧？他这么做，根本就不把我们新洲的人放在眼里!"

"他这是在打我们所有新洲人的脸！挖我们的根子啊！再这样下去，新洲就被他活生生地拆散了！齐哥！不能再这样下去了！这是联盟的根子啊!"

人们一天天在他面前说这些话，而现在，他终于把这些话一股脑地倒给了张晓舟他们。

老常想要说什么，却被张晓舟拦住了。

"齐哥，你觉得他们说的有理吗?"

"有些当然不对，可难道全都说错了?"齐峰闷闷地说道，"张晓舟，我知道你的想法，但再这样搞下去，我们自己的根就被挖断了!"

"这不就是我们想做的事情吗?"张晓舟却说道，"但断的不是联盟的根，只是新洲这个在特定时段出现的小集体的根，它曾经是支撑联盟发展壮大的一个基点，而且是很重要的基点。但齐哥，你难道没有发现，在成为这个基点的同时，它也开始盘踞在联盟这棵渐渐成长的大树身上，开始吸血了。"

"你说得太夸张了，"齐峰有些不高兴地说道，"我们的人是有一些问题，但那都是小问题，只要我们不断地提醒他们，让他们注意，情况就一定会好转的。他们都是我们的兄弟，你难道信不过他们?"

"齐哥，你没有明白我的意思，"张晓舟却说道，"这不是我信不信得过他们的问题，而是联盟发展到了现在这个阶段，已经不需要新洲团队这个游离在联盟之上，把自己和联盟的其他成员分隔开，觉得自己高人一等的团队了。同样地，我们也并不需要安澜这个有着同样倾向的团队存在。否则的话，不需要有人做什么，我们自己就会与越来越多的联盟成员形成隔阂，并且把我们这些人变成其中的异类，最终被所有人排斥在联盟之外。真的到了那个时候，我们这些人还能在联盟生存下去吗?

"就连康华医院的人现在都已经融入了联盟，已经没有人记得他们来自哪里，只知道他们是联盟的一分子。安澜的大多数人也开始淡化自己的身份，可为什么，就只有新洲的人一直抱着自己的身份不放呢？难道他们真的有什么不同，非要标新立异站在所有人的对面？我们不能继续让新洲这样发展下去，而是要帮助他们，甚至是逼迫他们真正融入到联盟当中！”

齐峰默不作声。

“你忘了我们修改规章制度的初衷吗？难道其中很重要的一部分不是想要让新洲脱胎换骨吗？齐哥，这对于所有新洲的人来说是最后的机会，如果中途放弃，那新洲就永远只是一群拿着武器的老百姓，永远也成不了真正的战士。而他们如果不能正视这一点，也必然会被其他人抛在身后，甚至被联盟排斥。”

“哪有那么夸张！”

“现在当然没有，但如果一直这样下去，这就是唯一的结局！”张晓舟在老常的提醒下意识到自己的口吻太生硬，于是顿了一下，稍稍地调整了一下说话的语气，“齐哥，你还记得我曾经和你说过的那些事情吗？难道你希望他们继续发展下去，最后让我们不得不亲手来处理他们？我们一起建立起了城北联盟，一起努力让每个人都平等自由地生活在其中，我们努力让每个人都有了希望，看到了未来，难道我们要在这时候建立起一个特权阶级，亲手葬送掉它的未来？”

高辉在这时候插嘴道：“老齐，有几个人真的让他们离开也好，每天就是他们在里面搅来搅去，本来没什么的事情，就是他们几个抱怨来抱怨去搞成现在这个样子！让他们去干点儿日常工作，离开这个环境，他们也许反而能够像其他人那样老老实实地放下心里的成见，真正成为联盟的一员。”

齐峰觉得张晓舟说得太过夸张，他不相信新洲的这些人会像他说的那样，一步步走下去，让自己凌驾在其他人头上。当然，他更加不接受高辉的说法，让这些曾经和自己一起战斗的兄弟离开，去干“日常工作”。

一些成员言行不当，给新洲团队带来了强烈的负面影响是实际已经发生了的事情，他无法否认，更无法辩驳，但他始终认为，那只是小事情，不会带来张晓舟所说的那么大的影响。只要不断地提醒他们，让他们稍稍注意一点儿，就不会有太大的问题。

现在以这样的理由让他们这些在联盟建立过程中起到了重要作用的人离开，会不会有点儿过河拆桥，太不顾他们的脸面了？

“我们不能躺在以往的成绩上吃一辈子，”即便是大多数人都能猜到他有这样的想法，但作为普通党员的张晓舟也还是第一次这样对身边的人直接说出自己的心里话，“难道因为我们是联盟的创立者，联盟的成员们就天然欠了我们什么东西，必须永远回报我们？服从我们？不，齐哥，我并不觉得应该是这样。世界上从来没有过，也不会有这样的事情。潮起潮落，人来人往，这是很自然的事情，我、你、钱伟、高辉、老常，我们只是在正确的时间做了我们应该做的事情，这并不会让我们就比别人高一等。我们当然应该为自己曾经做过的事情感到骄傲和自豪，但这却不能成为我们故步自封，甚至是沾沾自喜、停滞不前的理由。”

“人们已经给予了我们足够的回报，他们信任我们，支持我们做出的决定，按照我们的指引去努力工作，甚至是去冒险，去牺牲！联盟有现在的局面，当然有我们的贡献，但更多的，是所有人共同的努力！没有他们的信任和支持，只靠我们几个人，只靠新洲的这么几十个人，能够做到所有的事情吗？我认为绝不可能！我们决不能只看到自己的贡献，而无视更多人默默付出的努力，”他看着齐峰，但却是对房间里所有的人说道，“齐哥，这是一份责任，很重的责任，我们只能更努力地去工作，去证明自己适合这个职务，而不是以自己以往的功劳为由，认为自己天生就应该待在这个位置上，甚至认为自己应该永远待在这个位置上。”

“能者上，庸者下，这是任何组织能够健康发展的基本原则之一。当我们老了，迷惑了，跟不上时代时，当我们无法再继续承担这份重任时，我们当然应该把它交出去，”他的声音渐渐变得更加坚定，因为他不仅仅是在说服齐峰，更是在鼓励自己，“如果有一天，人们认为我已经不能继续带领他们前进，不能继续做出正确的判断，有更出色的、更愿意承担这个重任的人站出来，我一定会欣然地把这份责任交给他，并且尽我最大的努力去帮助他。齐哥，我认为这才是我们这些人，在这个世界、在这个历史时段和这个位置上应该做的事情！这才无愧于我们曾经做过的那些正确的事情，无愧于我们曾经付出的那些努力！只有这样，联盟才会一直良性发展下去，带领所有人过上幸福的生活！”

房间里沉默了，所有人都在想着张晓舟所说的这些话。

这样有如理想主义者呓语的话当然不可能让齐峰心服口服，但张晓舟已经摆出了这样的姿态，他还能说什么？

难道对他说，你张晓舟愿意让出位置是你自己的事情，不要拉上我们其他人，我们就是希望能够享有特权，就是希望能够一直待在这个位置上？

他连主席的位置都可以不坐，那新洲这些人的这点小小的特权和地位又算得了什么？根本就不会在他考虑的范围之内。

但齐峰还是有话在喉咙里憋着，不吐不快。

“张晓舟，你觉得你真的能成功吗？”他其实也并不是现实主义者，当然，他也绝不是理想主义者，他会为张晓舟的理想所感动，但这并不意味着，他就能成为一个和张晓舟一样的人。

他觉得自己这样的人应该是联盟里的大多数，乐意为了一个美好的愿景而去努力，去付出，甚至去冒险，但也会自私，也会考虑自己和自己身边那些人的利益，这才是正常人的本能。

而张晓舟所要求的，是远远超出了人类本能的东西。

“你真的觉得所有人都会像你这样想？我相信你们几个都能做到，我也能做到，但其他人呢？你不能要求所有人都像你一样崇高。大多数人都是普通人，你不能要求他们辛辛苦苦一辈子，好不容易有点儿成绩，然后就因为他们老了，不行了，就被赶下来。你觉得这样就公平吗？”

“那你觉得呢？”张晓舟平静地反问道，“你觉得我们应该怎么做？”

齐峰语塞了，世界上很多东西其实大家都明白是怎么回事，但它却没有办法冠冕堂皇地说出来，因为只要说出来，就一定会被驳斥到完全站不住脚。

所有人都知道它是错的，但它偏偏能够一直长久地存在下去。

这就是所谓的潜规则。

它有着无数种存在方式，贯穿于人类社会的每一个时段、每一个地点，古今中外，概莫能外。

每个组织都有它灰色的地带，可以让一些人可以不被规则约束，做一些违规，但后果又不会那么严重的事情。人情往来，利益交换，一切都可以在这个灰色地带得到解决，得到妥协。

它并不是位高权重者的特权，即便是处于社会底层的人同样有着各种不同的潜规则。就像是办公室里最低级的文员，他也许接触不到太高级的利益，但他同样可以把办公用品偷偷拿回家去用，只要数量不严重到过分的地步，不会有什么人非要拿这些事情来对付他。

食堂里负责打菜的员工也可以多给自己喜欢的人一点肉，而让自己不喜欢的人只有更多的配菜，反正只是手腕稍稍抖动一下的问题，谁也不会较真到为了几块肉的差别而把事情闹大。

这不算是什么权力，但却能让这些小人物感觉自己获得了满足。

有时候，这种特权往往能够成为上位者拉拢心腹的法宝，当他把践踏规则的特权分给那些人时，往往可以让那些人感觉到自己与其他人是不同的，他们也许不一定会去利用这个特权践踏规则，但拥有这样的权力能够让他们感觉自己已经进入了一个更高的阶层，而这往往成为他们死心塌地为给予他们这一切的上位者效力的原因。

就像邱岳未必会多看重惩教科贪污挪用得来的那些东西，但他却深蕴这种潜规则的力量。于是他默认这种规则的存在，让自己手下的骨干能够比别的人有额外的收获，自己也接受一份让他们可以消去良心上的不安。这种收获比起他们日常从联盟所得的报酬其实不值一提，但对于那些人来说，其意义却比他们原有的工作更加让他们印象深刻，而他们也因此很自然地认为，容许他们拿这份额外收入的邱岳比给予了他们这份工作和收入的张晓舟更值得信任和追随。

新洲的人们也是如此。

其实大多数人未必会真的想要有什么特权，也未必真的会想要用这种特权去欺压什么人，获取什么不该获取的东西。但他们相信，自己对于联盟来说应该是和别人不同的，自己在联盟高层的心目中应该是不同的，因为他们曾经与张晓舟一起从新洲酒店那个必死的地方杀出来，并且最终促成了联盟的成立。

联盟当然应该是一个众生平等的地方，但他们理应比别的人稍高一些。

但很显然，张晓舟不准备在联盟默认任何潜规则，他想要改变这一切。

齐峰只能摇摇头。

“我不知道该怎么做，但你这样肯定不行。”

这甚至比徒手杀死一只暴龙更加不可能，暴龙至少是有形的物体，如果够幸运，又足够机智和强大，总会有可以利用的东西，还有那么一点点成功的希望。

但改变恒固于人们内心的、无形的思维惯性？你甚至看不见它，不知道它藏在什么地方，不知道它在什么地方悄无声息地流传，更不知道它会在什么时候爆发出它的能量。

你又怎么可能战胜它?

“都还没有尝试,你怎么知道不行?”张晓舟却说道,他看着齐峰,看着高辉、老常和钱伟,大声地说道,“我们要做出改变!我们必须做出改变!

“我一直在想,在这个时间点上,我们到底应该做什么?之前我们一直都只是在求生,疲于应付这个世界粗暴丢给我们的命运,一切都只能见招拆招,见子打子。但现在,我们已经建立起了自己的一套规则。当然,它现在还很简陋,甚至可以说是漏洞百出,但是,既然我们所处的环境逼迫我们必须做出一些修正,那么,为什么我们不能再稍稍努力一下让它变得更好一些?”

这个想法其实由来已久,但真正进入他的考虑之中,并且渐渐明确起来,却是不久以前的事情。事实上,如果不是夏末禅发现了存在于宣教部的腐败,如果不是那天晚上与夏末禅的那番交谈,他也不会把这一切变成一种明确的信念。

他看着站在自己面前的人们,他们也许是在这个世界上最肯支持他的人,也是联盟最有权威的几个人,如果他连他们几个都无法说服,那他的这个构想就不可能推行得下去。

“我们必须做出改变!”他深深地吸了一口气,让自己更加坚定地对他们说道,“因为这个世界在逼迫我们,让我们必须更有效率,更团结,每个人都付出更多才能生存下去!这就要求我们必须做出改变!朋友们,我们没有那么多人,那么多时间,那么多资源来浪费,来消耗,更没有推倒重来的机会。我们只有一次机会,所以我们必须做到最好!我们应该吸取之前那个世界好的地方,把它一代代地传承下去,摒弃那些糟粕的东西,让它们在我们这一代人之后就消失掉!也许我们没有办法对抗人类的天性,但我相信很多东西并不是人类的天性,只是寄生在人们身上的陋习!我们可以让那些糟粕的东西没有生存的空间,让人们认识到那是不应该的,是应该被谴责的,然后让它们彻底消失!

“我们是不幸的,因为我们到了这个世界,孤立无援,一次大的天灾就有可能让我们彻底消失,甚至无法在这个世界上留下自己来过的痕迹。但我们也是幸运的,因为我们可以重新开始,我们可以站在前人的肩膀上重新开始我们的历史。我们也许没有办法在有生之年把我们曾经有过的物质生活复制出来,也许我们不太可能给予我们的子孙后代最好的物质生活条件,但我们可以给予他们一个精神富足的世界!

"我们也许没有办法发电,没有办法开矿、办厂,重新修筑高楼大厦,没有办法生产汽油和汽车,没有办法重新建立起网络和电子通信,这些硬件方面的东西需要投入太多的资源和长时间的技术积累,甚至需要一些运气才能重新复制出来。但良好的社会风气和公平的制度却没有这么多限制,不需要几代人的努力,我们这些人就能做到!最起码,我们可以为我们的子孙后代开一个好头,让他们不必站在泥沼中谋求解决之道。当我们站在这个路口,为什么我们有更好的路不走,非要继续带着那些毫无价值的东西一起前行呢?难道这就是我们想要留给后人的东西?"

坐在他对面的几个人都目瞪口呆,他们当然知道张晓舟是个什么样的人,也知道他的思维方式,但他们却没有想到,他会这么天真。

张晓舟安静了下来,等待着他们的回答。

"我的命是你救的,"老常摇摇头说道,"老实说,你的技术很差。那个刀口时不时折磨我,提醒我,是你在那里动了刀。"

张晓舟不知道该说什么,他还是第一次听到老常说起这事,这样的说法让他不安起来。

但老常笑着摇了摇头:"我不是在指责你,张晓舟,段宏给我看过,虽然你做得很不好,但如果当时你不那么做,我肯定已经死了。"

"我不知道自己还能活多久,也许两三年,也许四五年,我在这个世界上大概也不会留下子女了。不过我愿意尝试一下,把自己剩下的生命用在你说的这件事情上,如果真的像你说的那样,如果我们成功,那也许我至少还能在我们的这段历史上留下自己的名字。"

"算我一个!"高辉紧跟着老常说道,"张晓舟你说得对!我们应该给这个世界留下更好的东西,而不是好的坏的都继续流传下去!我应该告诉过你们吧?我以前可是个超级愤青!我可不希望以后自己成为子孙后代天天咒骂的人!"

钱伟没有说话,但他的目光和表情已经说明了一切。

他们的目光又都回到了齐峰这里。

他还能怎么说?"让我们看看到底会怎么样吧,"齐峰摇着头低声说道,"最起码,就算是失败了,情况也不会变得更坏吧。"

"老齐,不会变坏的!"高辉重重地拍了一下他的肩膀说道,"你到街上去随便找个人问问，有谁会喜欢那些东西？相信张晓舟，相信我们自己！一切都会好的！”

“如果是这样的话，我们需要更多的人加入，”梁宇说道，“仅仅是靠我们几个人，不可能成功。”

被高辉从办公室叫过来，听完张晓舟再一次经过梳理的那番话，他很快就理解了他们想要干什么，并且简单地表了态。

没问题。

他并不特别赞同张晓舟的话，当然，他也不特别反对。事实上，张晓舟会有这样的想法在他看来再正常不过了。

但这有什么坏处？

任何社会、任何组织都会鼓励良好的风气，任何人都会希望生活在这样的氛围当中。在白垩纪的生活已经如此艰难，还会有谁期望成天面对人与人之间的钩心斗角？有谁会不乐意自己身边的人都值得信任，都愿意帮助别人，也帮助自己？

谁不希望反腐，反对潜规则，鼓励人才选拔任用，鼓励组织的自然轮汰？

既然他们处在现在的位置上，那他们这么做，既顺应民心，也符合惯例，还能给自己建立一个良好的形象，没什么不好。

他甚至觉得，张晓舟把一件很正常的事情拔得太高了。他所担心的那些事情当然有可能出现，但那也必定是很久以后的事情了。至少在他们这一代人，在这样的生产力和生产关系下，很难真正出现张晓舟所担心的那些问题。

不过有一个明确的理念和目标，总比没有好。最起码，这个看起来很美好的理想应该能够把更多的人团结在张晓舟周围。如果有这样一批理想主义者加入，他们的各项工作应该会更加顺畅，也更有目的性和延续性。

从他以往的经验来看，一个有着某种共同愿景的团队，只要方向不出大问题，怎么也比没有这些东西的要强。

如果是从未雨绸缪的角度出发，那现在就把这些东西明确下来，也比出了问题之后再来想对策要好得多。

所要担心的只是底层那些办事人员的不满，但在联盟，乃至在远山这样的一个对于任何人来说都极其封闭的环境当中，他们难道还有更好的选择？有谁会因为上层要搞廉政和高效而闹事？

说到底，城北联盟只是一个很小的圈子，几年以后，也许大多数人都会相互认识，在这样的环境中，原本没有可能实现的事情反倒变得有了可能。

最起码，应该能够形成路不拾遗那样的社会风气吧？至于以后能够做到哪一步，这个美好的愿望能不能实现，甚至于，他们当中的一些人会不会改变，那就交给时间去见证吧。

这样的事情，有人愿意做，总比没有好。

“夏末禅，他应该和我想的一样。”张晓舟说道，他的那篇稿子用了笔名发表，并没有引发多大的震动，但却让夏末禅像是找到了方向，变得积极起来。

他年轻而又缺乏经验，但恰恰是因为这样，他才更加容易认同张晓舟的这些理念。

“段宏应该也会支持我。”他补充道。那同样是一个理想主义者，他在康华医院之前的那个染缸中没有被染黑，这便足以说明一切。

“江晓华也肯定没问题。”老常说道。

这个年轻人做事要更圆滑一些，处事的方式也更灵活，裁决庭的事情在他手里算是从无到有，一步步地建立了起来。里面当然有不尽如人意的地方，但却没有出过什么让人们不满的事情。

他每次都会先把结果拿来给张晓舟等人通气，以此来获得联盟高层的支持，避免出现严重的分歧。

这样的做法或许有点儿不纯粹，但在大的原则问题上，他其实算得上是一个现实的理想主义者。

老常甚至觉得他比钱伟或者是高辉都更适合成为张晓舟的继承者，不过他还没有对任何人说过这个想法。张晓舟即便是真的想要离开主席的位置给联盟树立一个好的榜样和传统，那也应该是好几年以后的事情，没有必要在这么早的时候就给予这些年轻人太多的压力，让事情变得复杂。

“龙云鸿应该也会支持，但他支持的理由也许和我们都不一样，很可能纯粹是因为这是联盟的决策。”钱伟说道。

“老杨和武文达应该也会支持，”齐峰微微地叹了一口气说道，“至于王永军，他对这些事情应该根本就没什么兴趣。”

“我们不可能让每一个人都完全认同这种想法，也不能把事情极端化和扩大化。如果抱着这种态度，那我会劝你们趁早放弃。”梁宇说道。

“这也是我的想法，”张晓舟说道，“只要不反对，那就可以成为我们的同志。”

“这又太宽泛了，”梁宇说道，“团结大多数人肯定是对的，但最起码，想进入我们的核心圈子肯定要认同其中的大部分想法。不过张晓舟，你得抽空把你的想法再提炼一下，形成一些纲领性的东西，现在的这些听上去鼓舞人心，可实际上却很空泛，没什么很实际的内容，也缺乏可执行性。”

张晓舟点了点头，这也是他自己的感觉。

“如果这样的话，其实大多数人应该都会支持我们，”高辉说道，“难道还会有人站出来说我们就是要把那些糟粕传承下去？我们就是要有私心杂念？”

“这种事情说简单也简单，但说复杂，它还真的很复杂，”老常却说道，“喊口号的时候肯定人人都会支持，因为大多数人根本就不会觉得这些东西和自己有什么关系，也不会觉得自己身上有这些问题。但当这些东西变成一条条的规章制度，变成绑住他们的绳子，约束他们的行为，他们还会觉得无所谓吗？”

“最难改变和控制的就是人心，因为这会是一场旷日持久的战争。把那些陋规和陋习一时压下去不难，难的是一直把它们压下去，”他微微地叹了一口气说道，“开始的时候什么都看不出来，也没有人会去琢磨那些条条框框里的漏洞，尤其是在我们还没有完全稳定下来，还面对诸多困难和外敌的时候，这些东西应该不会严重，顶多就是到新洲或者是惩教科的那种程度。等到一切稳定下来，问题和矛盾才会渐渐涌现出来。我当警察这么多年，尤其是当经侦的那几年，很多公司最后闹翻，都是因为内部斗争，因为蛋糕做大了以后分配不均。

“我们的对手是我们自己手下的人，甚至是我们自己，你觉得这会很容易？他们不会用激烈的手段来和你对抗，只会不断地干扰和影响你考虑问题的出发点，寻找规定中的漏洞。很多人的聪明就是会用在这些地方上，他们也许未必能够做出什么有利于大多数人的举措，但他们一定能找到一切规矩中可以钻的空子和可以牟利的地方。现在你们都觉得容易，等到几年以后，大家都有了密切的关系和感情，你们还能对任何事情都秉公而论？有时候，也许你无意中做了违反自己最初想法的事情，但你却意识不到。”

“让我们慢慢来吧，”张晓舟点点头说道，那种豁然开朗的爽快感终于在老常的提醒下慢慢平息了下来，“老常说得对，这是一场旷日持久的战争，希望我们都能坚守下去。我们日常该做什么事情还是继续做下去，不同的只是大家在日常的工作和交谈中注意引导，把这种观念慢慢传递出去，影响更多的人。另外，请大家也多多观察，把那些支持这种观念的人找出来，进一步鼓励和培养他们。”

“宣教部和学校是两个重点，还有武装部，”老常说道，“说到这个，我现在倒觉得江晓华很适合去做学校的校长。裁决庭的事情不多，他可以有比较多的时间去关注那边。”

“我再考虑一下吧。”张晓舟说道。

当初对于廉政纪检这一块的工作其实是交给江晓华的，但宣教部出这个事情他却没有任何察觉，显然有些失职了。

这当然有宣教部那些人行事隐秘，也没有人举报投诉的原因，也有他一个人单枪匹马无法兼顾那么多方面的原因。

也正是因为如此，下一步张晓舟决定加强这一块的工作，投入更多的人员。

这将是他刚刚形成的理念中很重要的一环，这时候再让江晓华去做学校的工作，显然和他的设想矛盾了。

但学校教育的是联盟的未来，如果不是一个高度认同他们这种想法的人，显然也不适合，这个人选在这种时候，让张晓舟变得更加头疼了起来。

“慢慢来吧！”梁宇再一次说道，“大家都留意，考察，总能找到合适的人选，不行的话，张晓舟或者是老常，你们中的哪个先兼着校长，把学校先办起来。”

人们四散离开，张晓舟一个人坐在办公室里，突然忍不住摇着头笑了起来。

本来只是为了安抚齐峰对龙云鸿的不满，谁知道竟然会变成现在这个样子？

他随手在桌上写下了那些人的名字，在这个时候他才发现，这些人同时也是他之前就比较信任，也愿意重用的人。

而像邱岳这样的人，虽然能力很强，张晓舟也曾经把他提拔到核心圈以内，但却一直都没有办法真正去相信这个人。

原来我早就在不知不觉地挑选着身边的人了吗？又或者，这证明了我的想法并没有错，真正优秀的人，都会认同我的想法？

这样的想法让他再一次激动起来，他试图按照梁宇的建议把自己的理念整理出来，但笔落在纸上，却心潮起伏，不知道应该从什么地方写起。

# 第6章 合作

“何家营杀掉了一只暴龙，很显然，他们正在策划杀掉另外一只，这张主席你们应该已经知道了吧？”万泽再一次代表地质学院到来，而这一次，他们准备与城北联盟真正就一些核心的问题达成共识。

张晓舟点点头。

事实上，之前板桥村里发出怪声的时候就引起了他们的关注，加上之前何春林的到访，这让他们足以确认这是何家营方面做出的某种尝试。

他们也看到了后面的车队以及板桥村的烟火信号，但却无法判断其中发生了什么。张晓舟猜测也许他们是采用了投毒的办法，但暴龙却没有像他们预期的那样死去，以至于他们损失了两辆车，人员也被困在板桥村。

但第二天上午瓦庄方面就出动了多达十辆车的车队，并且在高速公路附近的一块空地上通过不断发射的燃烧瓶烧死了它。

他们采用的方法比当初联盟采用的野蛮得多，也主动得多，那些经过改装布满了尖刺的重型卡车慢慢向暴龙靠近，然后开始用安装在车上的发射器向它投掷燃烧瓶。

他们显然已经掌握了让这种武器威力扩大的秘密，就在那只暴龙依照惯性准备吓走他们时，十辆车同时向暴龙发动攻击，很快就让它淹没在了火海当中，它试图逃到积水的隧道灭火，但最终却死在了逃亡的路上。

当初联盟用燃烧瓶伏击那只暴龙的时候能够动用的资源和人力远远不能与他们的这次行动相比，即便是现在，联盟的汽油储量也不足以支持一次这样大规模的行动。

这让人们对于何家营方面的物资储备情况和动员能力又有了新的认识。

某种意义上来说，当何家营掌握了燃烧瓶威力升级的秘密以后，对于城北的威胁已经大大增加。何家营也许没有强劲的弓弩，没有久经考验的战士，但如果这样铺天盖地的燃烧瓶飞过来，以城北联盟现有的作战方式，必将面临惨重的损失。

这也是地质学院在近距离旁观了整个过程之后，马上决定与城北联盟全面合作的最重要的原因。

“何家营的策略很显然已经出现了根本性的转变，学校管委会认为，我们双方必须更加紧密地联合起来，这样才能给予他们足够的威慑，让他们不会错误地判断形势，用激进的手段对待我们双方中的任何一方。”

“这一点我完全赞同。”张晓舟答道。这也是他一直以来努力想要达成的目标。

“这是我们希望和城北联盟达成的合作项目，请张主席和常秘书长过目。”万泽把一份手写的文件和两份副本交给张晓舟，每份文件都有十几页，除了列明项目之外，还详细地阐述了他们这样做的理由和对双方的好处。与其说是一份谈判文牍，倒不如说是一份两家公司之间的项目合作建议书。不过这样的方式反倒让他们的诚意表现得非常充分。

“我们会尽快给地质学院答复。”

“如果有任何不清楚需要解释或者是你们觉得需要商榷的地方，你们可以随时派人来通知我，我会马上过来进行说明，”万泽说道，“希望我们能够有更多的共识，达成更加亲密的伙伴关系。”

“这也是我的希望。”张晓舟和他握了握手说道。

张晓舟马上就召开了会议。

地质学院列出的合作项目很多，很杂，主要包括五大方面的内容。

首先当然是作战方面。

地质学院提出了一个联合训练、联合防御的计划，具体的做法本质上和现在的状况没有什么不同，依然是地质学院负责防御高速公路的西段，而城北联盟负责防御东段和中段，双方都负有增援和救护的责任，及时共享情报，双方的装备情况、训练课目都对友军公开，并且不定期进行交流和切磋，以实现共同进步的目的。

这一点对于联盟来说比较吃亏，因为很显然，联盟承担了更多的防区，而且就双方的战斗力来说，开放训练课目其实更有利于地质学院方面追赶双方的差距。

但地质学院提出由他们负责为城北联盟拉两条通信线路并且负责安装电话机，一条从新洲酒店到康华医院的联盟总部，而另外一条则从新洲酒店到地质学院的管委会办公室，如果有必要，双方的负责人可以通过电话直接进行交流。

地质学院甚至承诺可以把磁石式电话的技术与联盟共享，这对苦于一天内必须在新洲酒店阴暗而又狭窄的楼道内上上下下传递信息的人们来说，无疑是一个很有诱惑力的交换条件。

但计划中最大胆的一点却是，当何家营对地质学院负责防御的高速公路西段发动进攻时，联盟应当立即对瓦庄发动攻击，以此来减轻地质学院方承受的压力。而相应地，如果联盟遭到攻击，地质学院也应该立即对板桥（地质学院判断何家营应该会很快收回这个地区）发动攻击，以此来牵制何家营的力量。

双方将把作战联盟的信息通过官方渠道传递给何家营，以此来实现对他们的震慑。

第二点则是医药方面。

地质学院列出了校医院所拥有的医疗设备和库存量比较大的药品的清单，也列出了主要医务人员的清单和各自的专长，希望能够与康华医院方面进行交流，必要的时候双方可以请对方的医务人员会诊，或者是交换某些药物。

这一点上当然还是联盟比较吃亏，康华医院再怎么不正规，也曾是通过国家认证的医院，拥有比较全面的检测和医疗设备。这些东西虽然不能用，但都小心翼翼地保存着，等待着重新投入使用的那一天。

而地质学院的校医院其实就是一个社区医院的水平。不过他们在灾难爆发时搜刮了学校附近几个小诊所和药店的所有库存，如果只论药物的存量，其实他们与城北联盟这边并没有根本性的差别，双方还是有一定的合作空间。

第三点关于农牧业。

地质学院希望能够用番薯与联盟交易玉米，用手头拥有的番薯苗和菜种交换玉米种。

大家都清楚长期以某种单一作物为主食很容易带来健康问题，这样的交易对于双方来说都有好处。

地质学院之前交给何家营的番薯都是煮熟之后晾干的，以保证何家营没有办法拿这些番薯作为种子。但现在，他们却愿意把番薯种交给联盟，而不要求联盟把玉米的亲本交给他们，从这一点上来看，他们可谓是诚意十足。

更让张晓舟他们感到激动的是，地质学院愿意交给联盟两只公鸡和四只母鸡，并且与他们交流饲养、防病和人工孵化的技术。这就意味着，他们可以开始着手培育联盟自己的鸡群。

在张晓舟看来，这件事情的意义甚至比什么都大。

家养的鸡与野生动物不同，繁殖周期短，出肉率高，产蛋多，与它们相比，之前他们获取的秀颌龙简直没有什么利用价值了。如果认真管理，一年之内，也许联盟就能提供鸡雏给家家户户饲养。配合之前推广的蚯蚓养殖，给人们带来稳定而又安全的蛋白质来源。

“他们的诚意很足啊。”老常在看到这一条的时候忍不住也说道。

联盟早有这个想法，希望与地质学院通过谈判获取一些鸡种，但却因为担心要付出过多的代价而没有摆上日程，没想到地质学院自己就摆出了足够的姿态。

第四条关于工程机械。

目前双方都没有真正的工业能力，因为缺乏可靠而又廉价的能源，现在充其量只能叫作手工作坊。

联盟的作坊源自安澜大厦时代钱伟和张孝泉带出来的团队，现在已经交给了张四海。这个团队从无到有做出了很多外表难看但却很实用的工具和简易的机械，张四海的到来则让他们的设计和加工能力有了进一步的提高。

而地质学院的作坊则源自他们的校办工厂。

这些年来，地质学院为了生源和就业的问题一直在不断地调整学校的院系，大多数院系的实习都已经放在了社会上相关的单位去进行，好在因为地盘大，终究没有把早已经停止使用的校办工厂推倒，而里面那些已经显得很落伍的机械和大量用于手工使用的工具反倒在这个时代更加实用。

但事发时留在学校的老师们几乎都不会使用这些工具，现在掌控这些工具和机器的，其实是后来逃难到地质学院的外来者和他们在这半年时间里带出来的学徒。

从实际经验上来看，或许联盟一方的队伍做出了更多的尝试，但学校一方却在很久以前就复制出了弓弩，谁更胜一筹很难评说。

在这一点上真的是只能交流了，但这对于远山城人类的长远发展来说却是最重要的。未来他们能够走多远，能够复制出多少科技成果，也许就全靠这些人了。从这个角度出发，思维和技能的交流对于双方来说都是非常有益的事情。

最后一条则是关于外部世界。

地质学院所在的区域周边的悬崖高达三四十米，几乎是整个远山城落差最大的地方，这让他们在踏出那一步的时候必须付出比联盟高很多的代价，所要冒的风险也大得多。

另一方面，地质学院较小的人口压力、更多的土地资源和更发达的农业生产也让他们缺乏到丛林去冒险的决心。

也正是因为如此，即便是到了现在，他们对于丛林的开发依然停留在获取燃料这个方面，甚至还没有在丛林里建立一个哪怕临时性的落脚点。

他们希望能够获得联盟已经取得的对于白垩纪丛林的知识，并且派人加入联盟对于丛林的探索行动。作为回报，他们将提供勘探和测绘人员，配合联盟对于联盟北方的广大丛林进行勘察，初步考察地面矿物的分布情况，并绘制详细的地图，为将来的进一步开发而打下基础。

计划书中专门有一个段落用于阐述双方合作寻找各种矿物，尤其是盐矿的必要性和迫切性，地质学院本身就有这些专业，虽然近年来衰落得很厉害，事发时也没有很多老师在学校，但根子还在，也有给学生们实践用的设备和器材，随时都可以投入使用。

他们还有大量采矿工业和基础工业的教材，这也是当初他们有信心凭借自己就逐渐恢复文明的信心根源所在。

“我觉得他们的这份计划书很实在，”张晓舟一直等到所有参会的人都轮流看完之后才说道，“付出和要求基本平衡，对于我们双方来说都有付出有收获，没有哪一方明显吃亏或者是占便宜。你们觉得呢？”

“原则上的问题应该没有争议，”梁宇点点头说道，“大致上也符合我们之前的想法，他们应该也做了不少工作。”

“但是这样一来，地质学院将会迎头赶上我们。”王牧林在这时说道。

与地质学院的合作是联盟的头等大事之一，张晓舟把所有执委一级以上的人都召集了过来。

“他们给予我们的都是我们很想要，但并非必须得要的东西。而我们给他们的都是他们既想要又很迫切的东西，”王牧林一边看自己记录下来的要点一边说道，“换个说法，我们得到他们这些东西，只能改善生活，却无法提高实力。而我们给他们的东西，却能让他们的实力很快追上我们。”

他的说法就像是当面泼了一盆冷水过来，本来感觉很高兴的张晓舟深深地吸了一口气，然后问道：“那你的意见是什么？”

“我不反对联盟和学校合作，任何人都知道这是必由之路，我只是觉得，有必要把他们暗藏的目的指出来。”

“的确是这样啊！”旁边有执委低声地说道，其中一份计划书正好在他手上，他快速地翻阅着，不时地点着头，“我们最看重的电话、鸡和采矿人员，其实就像王牧林说的，都只是改善生活条件，或者是很久以后才用得上的东西。而他们看重的训练方法、开发丛林的经验，他们拿到了马上就能追上我们……”

邱岳坐在远处看着张晓舟的脸色，微笑着摇了摇头。

如果是他的话，就不会这么快把自己的意图表露出来，而是会交给所有人讨论，把所有利弊搞得清清楚楚，然后再出来高屋建瓴地做一个总结并且拍板。作为一个高层，让别人看穿自己是一件很危险的事情，因为别人会觉得你也不过如此，你也会犯错误，你还不如我。

这是最基本的领导艺术之一，但张晓舟显然不懂这个，而他身边的那些人也不懂这个。

他迫不及待地第一个站出来表明态度，结果被王牧林指出了他没有关注到的东西，于是就很尴尬了。

“他们有那么多青壮，要是被他们学去了，我们还能压得住他们吗？”另外一个执委也低声地说道。

会议的风向突然就这么偏了。

张晓舟想要开口，但老常却在旁边轻轻拍了他一下。

他很清楚张晓舟想要说什么，但作为联盟主席，如果立场鲜明地亲自下场争取某种东西，绝对不是明智之举。

老常一开始也没有意识到这一点，但他看到邱岳的表情之后，突然就想到了这个。

“让别人来说，”他低声地对张晓舟说道，“现在你不能站出来。”

“你们的目光太短浅了。”钱伟终于站了出来，虽然并不是有意识地要替张晓舟解围吸引火力，但却无意中起到了这样的作用。

“你们认为我们在军事这一块的优势很大，只要藏着掖着，地质学院永远都没有办法追上吗？”他作为武装部的主任，对于这个问题当然是最有发言权的人，“地质学院可是有好几个退伍军人的！你们认为我们不把训练的内容向他们公布，他们就会永远被我们压着抬不起头来？”

“难道不是吗？”马上有人问道。

“你们或许都在用特战队的标准去想我们的民兵，但事实是，我们的主力是民兵，而我们的民兵和地质学院的那些学生差距并不是很大，”钱伟有意识地把新洲用特战队这个新的名字来代替，有些人愣了一下之后才明白他说的是什么，“他们比我们弱并不是因为他们的训练不行，而是因为之前他们的内部斗争太激烈，导致他们缺乏统一指挥和明确的目标，大部分人的精力都消耗在了内斗上，真正有能力的人不愿意站出来。但现在外来派已经在地质学院站稳了脚跟，之前那些不愿意站出来的人也已经开始做事了。我可以很负责地告诉大家，即使是我们藏着掖着，他们的实力也会很快就追上来。”

“要保持我们对他们的优势，应该指望的不是藏住我们训练的方法，那东西藏也藏不住，而是要从根本入手，从我们的规章制度，从我们的执行力，从我们的动员力和后勤保障，从人们的勇气和精神这些方面去战胜他们，只有这些才是他们明知道是怎么回事，但不向我们靠近就永远不可能战胜我们的法宝！而这些，正是我们现在正在做的事情。”

执委们低声地议论起来，这样的话显然不可能简单地说服他们，有人继续向钱伟提出质疑，钱伟则一一作答。

“我认为我们需要考虑的另一个方面是，”梁宇说道，“地质学院还能给我们什么？或者说，我们还应该要求什么？他们现在已经向我们释放了足够的善意，至少，他们已经把能够拿出来的东西都拿出来了，如果我们在这种时候摆出一副将他们排斥在外，防备他们、压制他们的姿态，会不会对我们之间刚刚好转的关系造成损害？我们只有和地质学院联盟才能对何家营具备优势，如果我们与地质学院交恶，那得益的会是谁？”

这样的理由反而比钱伟所说的那些抽象的东西更具说服力。能做到执委的人，判断力最起码也比一般人强上一些，所能接触的东西也多一些，他们当然不会幻想着仅仅凭借联盟一家的力量就把何家营吓住，尤其是在他们有可能大量使用改良过的燃烧瓶的情况下。

要知道，他们可都是在民兵团里挂职的人，真要打起来，说不定还得上战场。

“这我不反对，但我们不要忘了，地质学院曾经把大多数人都拒之门外，只收留他们需要的人。这种做法甚至连何家营都不如！”王牧林说道，“我不是反对和他们合作，我刚刚就说了，这是我们必须要走出的一步，但第一步就必须迈得这么大，把我们所有的东西都毫无保留地交出来？不接受他们的条件就会和他们交恶，那他们到底算是盟友还是敌人？”

“那你觉得第一步应该怎么走？”张晓舟强忍着站出来辩论的欲望问道。

“地质学院那个地方，谁知道他们会不会某一天又突然抽风了？以我对他们的了解来看，他们爆发一次什么冲突把现在掌权的这伙人推翻也不是不可能的事情，”王牧林说道，“我觉得步子不要太大，可以先从一些不太重要的地方开始合作，慢慢熟悉和了解了他们那些人的秉性，确认外来派站稳脚跟之后，再考虑进一步的合作。”

“但我们缺乏的恰恰就是时间，”张晓舟说道，虽然老常已经提醒过他，但他还是不吐不快，“这份合作本身就是对万泽他们的一种支持，用来帮助他们在地质学院站稳脚跟，取得优势。如果不是这样，他们也不会一次就抛出这么多的合作项目。我们已经知道施远他们那帮人是排外的，而万泽他们则希望与我们达成盟友关系。从我们的长远利益出发，我们也应该帮助他们坐稳现在的位置，防止地质学院的排外势力再次拥有话有权。”

王牧林的嘴动了一下，想要说什么，但却自己止住了。

“这些合作项目中，少数是短期的，大部分是长期的，恰恰能够加强我们之间的联系，消除我们双方之间的误解和怀疑，增进我们之间的了解，让我们的联盟更加紧密。而这是我们最希望看到，也最希望达成的目的。”

张晓舟不由自主地又站了起来，侃侃而谈。

“地质学院的起点比我们高，曾经拥有比我们更多的人手和资源，但他们的封闭政策和他们内部的斗争却让他们落后于我们。这应该让我们警醒和深思，”张晓舟继续说道，“我们现在的人员已经比地质学院多得多，从发展的态势来说，我们也领先他们。我们与他们的合作的确要开放一些东西，让他们有追上来的机会。我们姑且不去考虑这些技术的封锁有没有什么实际意义，在我个人看来，地质学院强大起来并没有什么不好。一个有力的盟友肯定比只会拖后腿的累赘要强！而他们紧追上来，反过来也可以鞭策我们，让我们有动力去努力发展，继续保持领先，而不是现在就开始故步自封，沾沾自喜，停滞不前。

“我希望各位执委的眼光能够放得更长远一些，不要总是把地质学院看作是竞争对手。整个远山就只有这么一点儿人，难道我们要永远这样分裂下去？难道我们的未来就是在这个小小的角落不停地内斗，把我们的精力和智慧都花在这个地方？

“你们不要忘了，我们对地质学院开放自己的同时，他们也必须向我们开放。我相信联盟的规章制度是优于他们的！随着我们之间各种交流活动的进行，随着我们之间的了解加深，我相信，他们将会渐渐认同联盟的规章制度和做事方法。当这种认同渐渐深化，在未来某个时候，整个城北将真正合为一体！而在那之后，在适当的时候，我们将解决何家营的问题，把远山所有的幸存者都联合起来！”

执委们愣住了，这样的说法他们还是第一次听张晓舟说起。

“我们的目标不应该是远山这个小小的角落，我们的对手也不应该是我们身边的同类！这个世界对于我们这么点人来说，几乎是无穷的，这个世界的资源对我们来说也是无穷的。我们的目标不应该局限在城北联盟这个地方，而应该是整个白垩纪世界！”

会议室里突然安静了下来，人人都在努力消化着张晓舟所说的这些。

几秒钟后，突然有人鼓起掌来。

邱岳。

他一边笑着，一边摇着头，一边站了起来，用力地鼓着掌，而这最终带动了大家，让所有人都跟着他这样做了起来。

真是出乎意料，这些话其实和他曾经对张晓舟他们说的那些没本质上的不同，但从张晓舟的口中用另外一种方式说出来，却更正义凛然，更温情脉脉，不像他所说的那些那么赤裸，那么暴力，那么血淋淋而又充满了阴谋的意味。

更有欺骗性，当然也更能感染和鼓动人。

真是出乎意料的篡改和演说，让邱岳也忍不住要为他鼓掌叫好。如果这是故意的，那张晓舟显然已经成长了。

张晓舟自己却在这样的掌声中变得有些惶恐了。

“这当然是一个远期目标，但为了实现这个目标，我认为，当前与地质学院的合作应该是我们必须要做，而且要全力推动的事情！”

会议的风向再一次扭转了回来，开始向着张晓舟所希望的方向前进。

会议结束时，天已经黑了，王牧林疲倦地扭动了一下脖子，用手捏了捏自己的鼻梁，人们纷纷道别，向各自的住所走去，于是他也向安澜大厦的方向走去。

他转过一个路口，却看到有个黑影站在那里。

这吓了他一跳。

“王执委，有空聊聊吗？”那个人低声说道。

“邱副秘书长？”王牧林听出了他的声音，有些警觉地说道，“你想聊什么？”

两人说不上熟悉，但也不算陌生人，在邱岳掌管宣教部的时候，两人因为工作关系也曾经有过不少交道，但终归还是隔了一层，没有什么交情。

“随便聊聊，”邱岳笑着摇了摇头，“不用那么大反应，某种程度上说，我俩应该算是同病相怜，不是吗？至少在对张晓舟这个人的话题上，我们应该会有不少共同的看法吧？”

“我不太明白邱副秘书长你想说什么，抱歉，改天再聊吧。”王牧林说道，随即从邱岳身边走了过去。

每个执委都清楚邱岳在这个位置上只是一个过渡，当他的影响被彻底消除，他很可能就会因为某个原因而被打发到边边角角的地方去，然后成为联盟的边缘人。

不会有人想要和他扯上关系。

“你甘心吗？”邱岳却问道，“梁宇、高辉、钱伟，这些人真的比你强吗？还有常磊，你真的觉得他比你更适合坐在联盟秘书长的位置上？我听说当初在安澜大厦里，真正能做事的人并不多，你绝对算是其中的一个。但其他人都已经身居高位，只有你还留在安澜，做一个小小的执委，你甘心吗？”

王牧林快步往前，但邱岳却跟了上来。

“因为你和他发生过争执，是吗？”

“这不关你的事。”王牧林说道。

“知道我是怎么沦落到现在这个状况的吗？”邱岳走在他旁边，幽幽地说道，“和你一样，因为工作上的事情和他发生了争执！

“他把自己塑造成一个道德完美的圣人，一个一心为公的完人，但其实呢？他不过是刚愎自用的伪君子！他总认为只有自己才是对的，总认为只有自己才看清了一切，别人都是目光短浅的庸人！所有人都必须按照他的指挥棒行动，如果有人反抗，有人质疑，就会遭到他的迫害和排斥，就像你和我一样！完全无视我们的贡献，无视我们的能力，仅仅是因为我们不肯迎合他！”

王牧林的脚步终于停了下来。

“就像今天的会议一样。你出于公心和对联盟的责任感提出了你的看法，这本来是很正常的事情，但结果呢？”

“你到底想要干什么？”

“我想干什么，你应该明白，”邱岳说道，“王牧林，你并不是唯一一个这样想的人，也绝不会是最后一个，已经有很多人对那个伪君子感到不满，随着他的倒行逆施，被他迫害的人必然会越来越多，更多的人会清醒过来，看清楚他的真面目。”

“这不关我的事。”

“联盟成立的时候很多东西都太草率，”邱岳却继续自顾自地说着，“联盟执委会主席的任期是多久？这么重要的事情竟然没有明确。联盟秘书长这样一个重要的职位，竟然由个人任意指定而不是经过公正公开的推选？你认为这合理吗？”

“你走吧，这些话我就当没听到，也不会告诉任何人。”

邱岳却继续说道:“我们必须站出来揭露这种不公！我们必须站出来把错误纠正过来！这是为了联盟的所有成员,当然也是为了我们自己!”

“你不可能成功!”

“也许吧。要揭穿他的假面具确实很难,至少在近几年都不可能,”邱岳说道,“但我认为,重新推选联盟秘书长并不困难。这对于联盟来说是通往公正的必由之路,也是结束一言堂的第一步。联盟秘书长不应该由某个人私下任命,而应该由所有成员共同推选出来。而我认为,最适合、最有资历当选的人应该是你,而不是那个自始至终什么都没有做过,仅仅是因为没有自己的想法,一味迎合某个人就上位的警察。相信我,这并不是我一个人的看法。”

王牧林的脚步再一次停下了,他转过头,久久地看着邱岳,却一句话都没有说。

“你想要自己一个人干,还是和我合作?”邱岳站在黑暗中问道。在这里,王牧林已经完全看不清他的脸,更看不清楚他脸上的表情。

“你想要什么?”王牧林深深地吸了一口气后问道。

“一个有名有实的副秘书长,”邱岳答道,“我要拿回本来就属于我的东西,就像你一样。我不能容忍那个什么也不懂的傻子把我一手建立起来的宣教部毁掉。”

“合作吗?”他的手伸了出来,在黑暗中,看上去就像是魔鬼的爪子。

# 第7章 派 对

两个生产队的人中午挤在同一个木城当中吃饭，突然就让人感觉连站的地方都没有了，很多人打了饭之后就爬到房顶的平台上去，在上面一边越过木墙看着周围的风景一边吃饭。

下面的世界拥挤而又喧闹，充斥着草木灰的气味，汗臭和饭菜的气味，这些味道混合在一起，绝对不是什么好享受。

但近在咫尺的这片空间却空旷而又自由，因为要考虑承重的问题，人们也不敢挤得满满的，后来的人只能感叹自己为什么没有捷足先登，摇摇头回到下面那个世界去。

只要不下雨，这种时候总是能让占据了先手的人感到很惬意。

“又是玉米面煮树叶……”有人一边吃一边抱怨着。

“不错了，总比树皮粉强吧？”

“不是说马上就会从地质学院那边换一大批番薯过来吗？怎么还不见啊？”

人群里总有消息灵通的人，他们总是喜欢在看似不经意间抛出一些别人不知道的消息，以此来吸引别人的眼球，获取那种被人围拢在中间的满足感。

“怎么回事？快给我们说说！”人们马上围了过去。

李思南却一个人坐在靠近木墙边缘的位置，默默地吃着属于自己的那一碗玉米面树叶粥。

目光不经意地从食堂面前划过，那两个已经让人们习以为常的靓丽身影映入他的眼帘，心里的那种痛楚突然又翻了上来，让他不得不放下碗，用力把它压下去。

如果她不反抗得那么激烈，能不能也像邓佳佳她们那样活下来？

虽然很清楚这样的想法毫无意义，但他却总是忍不住会这样想。即便是那天在混乱中已经亲手把那个何家营的禽兽杀死，可心里的这种痛楚却总是如影随形，让他无法解脱。

“老李，心口又疼了？”旁边一个一起干活的同伴问道。

他勉强地挤出一个笑容，微微地摇了摇头。

“你这个毛病还是得去看看，”那个人却自顾自地说道，“趁着问题还小，好解决。不然哪天突然倒下去了怎么办？我们这里离医院可远，现在又没有个救护车什么的。”

李思南只能听着他好意的唠叨，慢慢地喝着粥。不过有这么一个人在旁边打着岔，那种心痛的感觉却也稍稍好了一些。

想办法调走吧。

他对自己说道，离开这个地方，看不到这两个女孩，或许就不会一直回想那些事情了。

这时候，布告栏那边喧闹了起来。

有好事的人跑过去打探了一下，又垂头丧气地走了回来。

“什么情况？”

“招人。”那个人说道。

“招人？是哪个部门？”很多人的眼睛亮了起来。

“切！你们都没戏！”那个人说道，“学校招老师，要能教一到六年级语文和数学，还有初中数理化的，你们有这个本事吗？”

人们一下子像霜打的茄子那样蔫了。

李思南却迟疑了一下。

要去试试吗？

"李思南?"张晓舟问道。

"是我。"

"你为什么觉得自己有能力做这份工作?"张晓舟问道,"从你的档案卡上看,你以前是搞销售的,而且学的也不是相关专业。"

"之前调查的时候没问,我就没说,大学毕业以后我在山区支教过三年然后才回来重新找的工作。"李思南答道。其实他是一家电气设备厂在远山设的办事处的技术员,负责编写标书的技术部分和接洽一些售后服务的事情,不过一般人没那么讲究,说是搞销售的也没什么大错。

"哦?"这个答案让张晓舟的眼睛亮了起来。

某种意义上说,他们现在所要办的学校还真和山区的那些学校差不多。当然规模肯定要大一些,学生也多一些,但老师必须身兼数职,几个年级要合并上课这一点和那些山区学校是一样的。

这个李思南曾经在那种地方支教过,他的经验对于联盟正在筹备的学校应该是一个有益的补充。

当然更让张晓舟看中的是支教三年这个行为本身所代表的意义。因为他知道有少数去支教的人不过是抱着旅游的心态,选择短期甚至只是周末去玩玩,也有些人是想要去镀一层金回来考公务员或者是为考研加分,能够坚持三年才回来的人,抱的应该不是这样的心态。

"能给我们说说吗?"他对李思南说道。

"这个……"李思南愣了一下,"说什么?"

"什么都行,关于学校,关于学生,关于你支教的那个地方,你的感想,想到什么说什么就行。"

"我支教的那个地方叫三棵松,是一个高寒山区,彝族居多……"李思南一边回忆一边说了起来。

穷困的高寒山区,厌学只想早点长大出去打工赚钱的学生,艰苦的教学和生活环境,这些东西缓缓地从他的口中说出来亲切又动人。

老常微微地对张晓舟点点头,按照他的判断,这个人应该没有说谎。

"如果让你再选一次,你还会去支教吗?"张晓舟问道。

李思南愣了一下，随即摇了摇头："老实说，我不知道。去了才知道一切都没有宣传的那么好，一时的热血和激情在困难和艰苦的生活环境面前很容易就烟消云散了。大部分孩子根本就不像宣传的那样渴望读书，他们从小到大就没有人告诉他们读书的意义，大人都指望着他们能早一点长大帮家里干活，早点结婚生孩子。"

"想象和现实的差别太大了，"他轻轻地摇着头说道，"但我还是改变了几个孩子的命运，让他们能够跳出那个地方，过上不一样的生活。即便是为了他们，也许我还是会做同样的选择。"

"我明白了，"张晓舟说道，"谢谢，结果会在三天以内通知你。"

李思南站了起来，这时候，张晓舟快速地在一张纸上写了一个地址，然后递给了他。

"今天晚上如果你没有特别的事情，可以到这个地方去看看，有个活动，也许你会喜欢。"

李思南有些疑惑，但他还是接了过来："谢谢！"

"你觉得如何？"当他走出房间，张晓舟对老常问道。

"做老师的话应该足够了，但如果是校长……"

"观察他一下吧。"张晓舟于是说道。

吃完晚饭之后，李思南拿着张晓舟给他的地址一路找了过去，随即发现，那是一幢没有人住的三层小楼，以前大概是什么单位的办公楼。

有个男人站在门口，李思南知道他是联盟裁决庭的召集人江晓华，这让他犹豫了一下，但江晓华却已经看到了他，对着他笑了笑："你是李思南？你来得真早，欢迎欢迎，先进去喝点水，人一会儿就到齐了。"

李思南感觉自己骑虎难下，他跟着前面的那个人慢慢地走了进去，到二楼走廊尽头的一间会议室里坐了下来。

旁边有一个小炉子正在烧水，有几个之前到的人正在忙着烫杯子，倒水。

李思南感觉自己就像是无意中进入了一个奇怪的聚会现场，但这明明是联盟主席介绍他来的啊？

有人注意到了他，开始向他介绍参会的人，他只记得有一个是联盟武装部的成员，而其他人则似乎并不是什么很显要的人物，多半都是像他一样的联盟普通成员。

人越来越多，当江晓华最后一个进来坐下时，房间里大概已经有了二十个人，其中绝大多数都是三十岁以下的年轻人，他在里面应该算是年纪最大的一个了。

“今天的书记员是谁?”江晓华一坐下来就问道。

“是我！”其中一个人举起了手，李思南记得他曾经自我介绍说是机械加工厂的人。

“好吧，我先介绍一下今天的新人，”江晓华说道，“来自丛林开发部生产一队的李思南。”

大家都鼓起掌来，这种局促不安的感觉李思南已经很久没有过了，在所有人的注视下，他只能站了起来，简单地介绍了一下自己。

“李思南曾经支教三年，下一步他有可能去联盟正在筹建的学校任职，”江晓华说道，“今天是他第一次参加我们的小组活动，所以我现在简要地介绍一下我们这个活动的目的和方式。”

李思南这时候才知道张晓舟推荐他来参加的是个什么性质的活动。

江晓华显然是小组活动的召集人和组织者，他们这些人聚在这里，只是讨论一些关于联盟未来的想法，应该怎么做才能让联盟和整个远山的人们迎来更好的未来。

每个晚上的议题都会有一个大致的主题，比如今天晚上就是关于联盟下一代的教育问题，讨论的内容和范围可以很广，有些人明显是在空谈，而有些人则关注细部的问题，还有人直接抱怨着自己连个女朋友都没有，没法去考虑这么远的问题。

气氛很宽松，有热水喝，还有一些简单的小点心可以吃，有些人明显是闲着没事来打发时间的，但也有人是很认真地在进行讨论。

李思南不是个爱说话的人，他更喜欢在旁边听别人说什么，但江晓华却有意无意地一次次把话题引到他这里，让他讲述自己的看法。

他们在用这样的办法考察和遴选人员。

李思南很快就意识到了这一点。

这个小组应该属于那种很低级和外围的组织，用轻松的氛围和话题吸引对此感兴趣的年轻人，然后由江晓华这个组织者来引导话题，同时观察所有人的反应。

有资格做书记员的应该是已经比较符合要求的成员，他们同时也负责一些组织的工作,帮助江晓华引导话题和思考问题的倾向。但总体来说,这还是一个以休闲聊天为主的沙龙,并没有太多的其他要素在里面。

这也许是联盟用来培养“自己人”的方法?李思南猜测真正通过遴选的人员参与的应该是另外一种形式的活动,应该比这个更有目的性,也更正规。

但他并没有想要加入其中的想法。

也许有人想要积极地加入联盟的事务,承担更多的责任或者是争取更好的前途,但他现在只想离开那个总是让他想起那些不堪回首的往事的地方,到一个能够真正忘记一切的地方去。

这也会是考察的一部分吗?

他突然这样想到。

也许只有思想上,至少是表现出来的思想上符合他们需要的人才能获得这份工作?

那他应该怎么做?刻意地顺着那几个骨干的话题去发言吗?

真累啊,已经到了白垩纪这样的世界,还是必须面临这些东西吗?

但就在他犹豫不决的时候,江晓华却宣布今天的活动结束了。

人们说笑着站起来,帮忙整理和收拾东西,有些人还在继续之前的争论,李思南注意到,江晓华对于这些较真的人更加关注一些。

李思南也帮忙把椅子放回原位,帮忙冲洗杯子,灭了炉子里的火。

可以离开了吗?

这时候江晓华却向他走来。

“你感觉怎么样?”他微笑着问道。

“很有意思。”李思南言不由衷地答道。他已经三十岁了,在社会上摸爬滚打几年以后,早已经过了那种喜欢和人讨论甚至是争论的年纪。在他这个年纪,很难和一群并不熟悉的人敞开了聊点什么。

“我从你身上并没有感觉到这一点,你有点过于拘谨了,”江晓华说道,“你其实可以再放松一点儿,就当是闲聊和放松,不必考虑那么多。我们记录的是讨论当中一些有价值的点子,准备拿去给上层做参考,不会记录除此之外的任何东西。其实我们甚至专门会有骂各个部门甚至是联盟执委会的主题,没有人会因此而遭遇什么区别对待，更不会遭到打击报复，你大可以放心。很多人第一次参加活动的时候都和你一样，来了几次以后就放得开了。”

李思南勉强地笑了笑。

“这个活动来去自由，如果你喜欢这里的氛围，欢迎你继续参加，我们每隔一天都会在这个时间这个地点组织活动，”江晓华继续说道，“希望后天晚上能够见到你。”

后天晚上？

想到张晓舟给予他的承诺是三天内给他消息，这让他患得患失起来。

但让他没有想到的是，第二天就有人送了一份调令过来给严烨。

“借调去学校？”大多数人都有些吃惊，因为李思南平时真的不怎么说话，在他们的感觉里，能当老师的人就算不是话痨，至少也应该是喜欢说点什么的人，不可能像他这么沉默才对。

不会是搞错了吧？

“恭喜你。”严烨对他说道。他还记得这个人，当时在板桥的时候，就是这个人第一个站出来响应了他，这让他对这个人的印象不错。

“说不定我妹妹以后就归你管了，要是她不听话，你尽管狠狠地骂她！不用考虑我！这死丫头，越来越夸张了！”

这样的话李思南当然不会当真，大多数人这么说的时候，潜台词其实都是：看在我俩的交情上，多少给点照顾。

“严队长，你放心吧，”他于是点点头说道，“我会尽我所能照顾好她的。”

接下来就是一系列的杂事，让他感到吃惊的是，学校竟然算是直接隶属联盟执委会管理的部门，而联盟中心学校的校长则由张晓舟兼任，这或许表明了联盟高层对于下一代的态度。

算上李思南自己，老师只有五个，总务部那边临时抽了好几个人过来帮忙打扫卫生，配齐了桌椅板凳和用来写字的白板和水性笔，还送来了一批教材，但数量很少，不可能交给每一个学生。

按照张晓舟的说法，他们必须自己编写教案，然后授课。这将比以前那种照本宣科的教学方式困难很多。

张晓舟也和他们一起卷起袖子干了大半天，等到所有教室都整理干净，他便拉着其他老师一起，拿出所有六岁到十四岁儿童的名单，开始分班，排课程表。

“李老师，我们都是门外汉，你要多提点意见。”他对李思南说道。

这样的态度让李思南有些受宠若惊，他一直等待着张晓舟来问他那个活动的事情，但自始至终，张晓舟就像忘记了这个事情，根本就没有提起。

在忙碌中，两天时间很快就过去了，层出不穷的问题让李思南忙得脚不点地，既没有再回想过去，也没有时间去考虑晚上的问题。

直到去食堂打饭的时候，他才终于想起了已经迫在眉睫的选择。

去，还是不去？

“你来了？”江晓华看到他的时候显然一点儿也不吃惊，似乎早已经猜到了这个结果，“先进去，人一会儿就到齐了。”

李思南默默地点点头，江晓华却突然说道：“今天由你来做书记员可以吗？”

李思南愣了一下，随即点了点头：“好，没问题。”

## 第8章 丛林竞赛

“随时注意脚下，踩着其他人的脚印走！小心陷阱！”龙云鸿对着排成三列站在自己面前的队员说道，“丛林最大的危险并不是动物，而是迷路、疫病、昆虫和意外伤害。你们被恐龙吃掉的危险性当然有，但概率并不会比其他危险性更大！与这相比，我更担心你们崴了脚成为同伴的负担，或者是因为忘了补充水分而中暑晕倒！

“排头兵不需要考虑恐龙的问题，你的责任是行军时为整个队伍选择一条最安全最方便通过的线路，排除前进道路上的危险！观察远处是你的战友的责任，你要相信他们！排第二的人负责正前方，排第三的人负责右侧，第四名负责左侧，第五名是队长，负责指挥和协调所有人的行动，查漏补缺，发布命令。第六到第八名负责扛器材和工具，第九名负责观察后路。每个人之间保持两米到两米五的距离，每走三十米就要停一下确认全队的位置，同时观察周围的情况。如果真的有恐龙出现，不要惊慌，发出信号警告其他人，同时向队长所在的位置靠拢，以战斗队形迎敌。

“勘测作业时，第六到第八名配合队长，其他人负责安全保卫，每个人都要保证百分之百完成自己的任务，同时完全相信自己的战友！这是你们第一次进入丛林执行任务，宁愿慢，不要快！出现任何问题，哪怕只是被虫子叮了一口都要马上暂停行动向队长汇报，队长如果判断存在风险，马上向我汇报，明白吗？”

“是！”所有队员都大声答道。

龙云鸿说道："刘海平负责一小队，姜家骏负责二小队，罗迪负责三小队，王志强负责四小队，五小队由我负责，跟在你们后面作为后备和后勤。这是你们今天的任务路线，如果有任何不清楚的，现在就问清楚，搞清楚了再出发。"

"龙副，今天我们只负责勘测五百米的路线？"有人用比例尺算了一下后问道。

"五百米对你们这些菜鸟来说已经够多了！"龙云鸿说道，"还不会走就想飞？"

"我们四个小队之间的距离很近啊！"另外一个人说道，"我们二小队在中间，两侧都是友军……"

"姜家骏，你要是再这么想，那你这个队长就别干了！"龙云鸿说道，"这是实战演习，你们必须当作自己的队伍单独在丛林里执行任务，明白吗？！"

"是！"那个人急忙答道。

几个小队长都埋头研究自己的线路，随后点点头。

"都清楚了？"龙云鸿反复问了几次，确认所有人都清楚了自己的任务之后，终于下达了命令，"很好，我们现在开始第一次丛林实战。全体都有！向左转！出发！"

按照他的想法，至少还要半个月才能把这些新人投入丛林，但联盟没有这么多时间，只能把训练和实操结合起来。钱伟安排的计划是用半个月的时间把两座木城周围三公里以内的范围全部摸清楚，把地图标注出来，在这个过程中完成最后的训练，然后就开始深入丛林寻找盐矿。

武文达他们之前那次失败带来的唯一成果是确认了远处的那个水体是淡水湖而不是大海或者盐湖，这其实也算是一种成果。就像是科学研究，证明了某个方向走不通，其实也代表着缩小了研究的范围，距离成功更近了一步。

肉食动物也许可以通过汲取肉和血里的盐分来满足自己的需求，那些体形较小的恐龙也可以通过植物甚至是其他动物的粪便来获取自己所需要的盐分和微量元素。但那些身材巨大的鸭嘴龙却不可能不需要补充盐分。

经过实地考察，武文达认为沼泽中的植物已经提供给它们足够的食物，唯一驱使它们在夜晚离开安全的沼泽深入陆地的原因应该就是寻找和补充盐分，只要跟随它们的脚印，应该就能找到盐矿。

这一点张晓舟非常赞同，但经历了前面两次损失惨重的失败之后，他们不得不对这项任务慎重起来。

就像龙云鸿所说的一样，他们需要的是派出去的那些人活着，给他们带回好消息，而不是仓促上阵一次次地牺牲在丛林里。

“有什么了不起的。”当他们从距离伐木场不远的地方走进丛林，有人酸溜溜地说道。

“没什么了不起的你当初为什么要去报名啊？”旁边的同伴取笑他道，“第一轮就被刷下来的滋味不好受吧？”

“去死吧你！”那个人恼羞成怒地说道。

“你俩要是休息够了，就去把老王他们换下来。”严烨在一边说道。他们于是很快就老实了，开始一边休息，一边小心地观察着周边的丛林。

自从那次袭击过后，同样的事情就再也没有发生过。张四海他们赶制出来的兽夹被密密麻麻地放在周围的丛林中，却从没真正猎取到什么东西。

丛林再一次彻底恢复了平静，人们的精神紧绷了一段时间，很快又松懈下来。

毕竟，没有人能够每时每刻都对周边的环境保持高度的警觉，那样做的话，人很快就会疲惫不堪。

两座木城为大多数丛林开发者提供了一个安全的庇护所和工作场地，但伐木和采集植物依然需要走出木城进入危险的丛林。武装部很难长时间在这里维持大量民兵的投入，于是在难民中抽出一部分作为专职的防御者就成了唯一的选择。

严烨这个队在这件事情上又无意中取得了优势，成了四个生产队中的标杆。他的队员中有很多是当初暴动中表现出色的人，他们中的绝大多数人后来都自愿留下来阻击何家营的追击。他们不但青年人较多，而且组织性和战斗力都要比别的队好得多。

偶尔会有一些秀颌龙在附近出没，在他们丢弃废物的垃圾堆附近寻找食物，严烨之前找关系弄来那几把弓弩对他们进行训练的成果在这个时候派上了用场，他们成功地猎杀了其中的一些，给生产队里的同伴们改善了一下伙食，让旁边那个队羡慕得不得了。

这让他们这个队充满了乐观主义精神，人们都相信，只要那些恐龙敢不长眼跑到这里来，一定会成为他们饭盆里的加餐。

“好久没吃肉了，它们倒是来啊！”

“你小子到时候别吓尿了就好!”

人们不一会儿又说笑了起来,严烨知道以自己的年纪始终没有办法吓住他们,让他们老实,于是摇了摇头,走到伐木区的边缘,谨慎地看着周围的丛林。

齐哥,你们不能输啊!

他这样想着。

教导队里的矛盾对于联盟来说几乎已经不是什么秘密,有人在悄悄地议论,这其实是齐峰对于张晓舟的一次反抗,甚至于,是整个新洲团队对于张晓舟的一次反抗。

很多人其实不太能够理解这一点,因为在他们看来,新洲是张晓舟一手拉出来的队伍,他没有任何理由故意去打散他们,消除他们的影响。但也有一些人认为,这正是张晓舟值得被人们拥戴和信任的地方。

“他大可以让这些人成为他的爪牙,就像以前的康华医院,甚至是像何家营那样,以这些人来压迫我们,把联盟渐渐变成他自己的东西。但他偏偏选择了对自己不利但却对联盟有利的做法。这足以证明他的操守和品格,联盟有这样的领导人,是我们所有人的幸运!”

严烨对这样的说法嗤之以鼻,这种拙劣的宣传肯定是出自那个接替了邱岳的新人,也许一般人会被这样的谎言迷惑,但却绝对瞒不了他。

张晓舟这么做不过是为了继续塑造他圣人的形象,同时把他们这些对联盟有影响力的人赶出去,换上那些听他话,对他唯命是从的新人。

刚刚从旁边走过去的龙云鸿就是最明显不过的例子。他对联盟来说没有任何影响,也就不可能对张晓舟的地位有任何威胁。而张晓舟把他从一个难民骤然拔高到教导队教官,拔高到特战队领导者的位置,他必然对张晓舟感激涕零,死心塌地。

张晓舟就是喜欢用这种没有自我思维、没有独立意识的人,老常是这样,梁宇是这样,钱伟就更不用说了。就像邱岳说的那样,正是因为他身边都是这样的人,他才可以随心所欲、为所欲为!

一定要赢!一定要赢!

严烨忍不住再一次这样在心里说道。

就在龙云鸿带着一半人在东城周围进行丛林实战训练的时候,齐峰也正带着另外一半人在北城周围做同样的事情。

龙云鸿这个组全部都是新人，而齐峰那个组则以原来新洲团队的成员为主。战斗力当然是齐峰那个组更强，但勘测绘图这块他们却是新手，这让比赛充满了变数和不确定性。

双方都憋着一口气要战胜对方，证明自己。

站在严烨的角度，当然立场鲜明地支持齐峰那一边。

“快！快！”另外一边，以新洲队员为主体构成的队伍快速地在丛林里前行着。这一方面是因为北城周围的丛林事实上已经经历过两次探索，大家对这里的环境已经比较熟悉，另一方面则是因为他们心里憋着一口气，一定要让那个姓龙的知道新洲团队的厉害！一定要让张晓舟他们这些人知道，新洲团队才是联盟唯一可以依靠的力量！

齐峰在那次和张晓舟等人谈过之后已经彻底明白张晓舟等人的想法，这让他不得不改变了以往的一些做法，开始试图引导新洲的队员们不要继续往对抗的方向去走，但冰冻三尺非一日之寒，已经在人们的意识当中形成并且变得根深蒂固的东西又怎么可能那么简单就发生转变？

他们好不容易才憋着一口气熬过了在他们看来毫无意义，只是践踏和摧残他们人格的新兵训练，好不容易强忍着不满向龙云鸿学习勘测绘图的办法，为的不就是在这个时候彻底战胜他，狠狠地打他的脸？

“我们的任务只有他们的三分之二，如果不能用他们一半的时间完成，那我们就输了！”

“我们可以超额完成任务！”另外一个人说道，“钱伟下的命令是三公里？那我们就把半径五公里范围内的地图全部绘出来好了！”

“你们给我冷静一点儿！别满嘴跑火车！”齐峰不得不说道。说这个话的人显然没过脑子，半径三公里和半径五公里，增加的工作量和危险性可不是三到五这个量级，而是将近三倍的面积。“不要忘了，这片丛林和之前已经不一样了！那些肉食动物已经回来了！好好地完成任务就行了！”

“齐哥，你别泼冷水啊！”人们抱怨了起来，“难道你不想给那个姓龙的一点儿颜色看看？”

“你们别老废话了！”齐峰说道，“我们不是来旅游的！别忘了之前武文达和王永军他们的事情！这里不是你们想怎么样就怎么样的地方！”

人们终于稍稍冷静了一些。

虽然他们看不起龙云鸿，但武文达和王永军都是新洲团队的标杆人物，在这里的人谁也不会说他们无能。

“先别想着要打败什么人，把我们的任务好好完成了再说！”齐峰趁热打铁地说道。

两个组的行动方案其实都一样，是经过龙云鸿草拟，交由武装部审核通过之后发下来的。但正是因为知道它出自龙云鸿的手笔，新洲的这些队员才不愿意完全按照这个来做。

有些东西当然是有一定道理的，他们也不至于傻到明明知道是正确的东西，只因为龙云鸿提出来就故意要反其道而行之，拿自己的生命安全开玩笑。但也有一些东西，他们认为毫无道理。

“齐哥，他这些东西明显都是针对新兵，”人们对齐峰说道，“四个班齐头并进，安全性是保障了，可效率实在太低了。”

齐峰没有说话，而是默默地考虑着。

龙云鸿向钱伟说明这个行动方案的时候他也在旁边，龙云鸿采取的是循序渐进，让新兵们逐渐适应，逐步加强任务量的方针，对于新兵来说当然是必要的。他们中的大多数人都没有和恐龙面对面战斗过，谁也不知道他们在面对突如其来的危险时，会不会承受不了压力而突然崩溃。

正是因为如此，让他们尽可能在一起行动，相互之间可以形成支援和保护，可以帮助他们克服恐惧心理。

但问题是，新洲团队的人员需要这个过渡期吗？

“我们可以以两个小队并行，”人们继续说着，“而且间距可以拉大一点儿，这样安全性同样可以保证，效率却可以提高很多！齐哥？”

齐峰最终采取了这个方案，于是北城的探索队分成四个小队，沿两个不同的方向行动，第一天的任务量也比东城的要大得多。

效果立竿见影，头三天，北城分队完成的任务量几乎是东城分队的五倍，几个新洲团队的成员故意在龙云鸿面前炫耀，甚至扬言可以在七天以内就完成北城的所有任务。

但龙云鸿却不为所动，非但如此，他还特意给东城分队放了一天假，让所有队员以小队为单位集体讨论三天来的经验和收获，查找和分析自己身上的不足，然后由小队长汇总到自己这里。

“龙副，这样不行啊！”他的部下们忍不住说道，“不能让新洲那些人爬到咱们头上！”

“什么新洲？现在没有新洲，只有特战队！”龙云鸿大声地说道。

这些新兵作为联盟成立之后才加入的新成员，并不知道所谓的新洲团队是什么东西，有什么样的辉煌历史。他们只能看到，这是一个极度排外、目空一切而又自大的小集体。新洲团队的人不接受新人加入他们，当然也不会主动放下身段去加入新人，这让双方之间的隔阂渐渐加深。

同样的训练，他们这些新人可以咬牙完成，但那些人却总是要无理闹三分。同样是内务，新兵们在龙云鸿的敦促下可以认真完成，而他们总是不以为意，甚至因为折被子的事情闹过好几次。

“会叠个破被子就能杀恐龙了？龙教官，你没搞错吧？你还当是以前啊？这已经是白垩纪了！白垩纪你明白吗？不是什么东西都要死搬硬套！你这个教官能不能教点儿有用的东西，别一天到晚拿着这些没用的搞来搞去的！有个屁用！”

因为这个事情，他们差一点儿就和龙云鸿直接打起来，如果不是杨鸿英和齐峰及时赶来，一场内讧也许无法避免。

但这也直接导致了，教导队的训练从此以后分成两组，新兵们主要由龙云鸿带，而新洲的老兵们则由齐峰和杨鸿英带，分别在两块训练场上训练。

斗气的双方不再碰面，两个群体内部的气氛反倒因此而好了起来。

虽然新兵们在练习枯燥的队列、体能、擒敌拳和整理内务时，看到新洲的那些人在练习刺杀、弓弩，让人眼花缭乱的变阵，让他们感到有些泄气，但队伍中的气氛却明显好了很多，一切也变得顺畅了起来。

不久后，杨鸿英开始过来传授他们简单的刺杀术，提高他们的实战水平。龙云鸿也开始和他们一起训练用于应对中型恐龙的阵列，并且在新兵当中挑选有射击天赋的人作为弩手培养。

情况似乎开始向好的方向发展，但有一天，当新兵们排着队，唱着军歌走去食堂吃饭时，迎面遇上了几个新洲团队的人，那几个人肆无忌惮地笑了起来："看他们那个傻样，还排队，哈哈哈哈……"

冲突瞬间爆发，长久以来被蔑视的愤怒让新兵们忍无可忍，二三十个人围殴三四个人，结果当然不会让人意外，但很快，新洲的人从食堂里冲出来加入战团，把那几个人救了出来。

双方撸起袖子混战起来，新兵们的身体素质也许比新洲的那些人要差一些，也不像他们那样曾经杀过恐龙见过血，但长达一个多月的训练下来，他们已经不再是毫无团队观念的老百姓，也不会遇到事情就只想着保全自己，不会只懂得闭着眼睛乱打了。

在双方都只能用拳头不敢用武器的情况下，数量占优的他们竟然和新洲的那些人打了个旗鼓相当。当教官们匆忙带着民兵赶来把他们分开时，新洲的人受伤的情况甚至比他们还要重一些，至少一开始嘲笑他们的那几个人都被打得很惨。

"都是混账！真长本事了！会打架了？他妈的一群孬种！"龙云鸿不问青红皂白就是一顿臭骂，"教你们本事是为了让你们打自己人吗？有本事怎么不去打敌人？怎么不去杀恐龙！我看你们是闲得慌！今天的中饭都不要吃了！刘海平！出来整队！给我跑圈去！我没说停就不准停！"

他们只能郁闷地依照口令整队，开始一圈一圈地绕着操场跑，过了一会儿，龙云鸿也过来和他们一起跑了起来。

"现在跟我一起唱！'革命军人个个要牢记'，预备，唱！"

纷乱的歌声于是响了起来，但随着龙云鸿高声领唱，歌声渐渐整齐了起来。

他们一遍又一遍地唱着这首歌，过了一会儿，之前在训练场上没有参与斗殴的新兵们也闻讯过来，他们迟疑了一下，随即自己排成队伍，跟在这支受罚的队伍后面整齐地一边唱一边跑了起来。

而随着他们的加入，新兵们的歌声也大了起来。

"革命军人个个要牢记，三大纪律，八项注意；第一一切行动听指挥，步调一致才能得胜利……"

“我靠!”新洲团队的人看到这一幕后愤怒到了极点,这到底是在惩罚他们还是激励他们?

“齐哥!”被打得最惨的那几个人愤怒地叫道。

好在那些新兵手上都有分寸,他们被打得鼻青脸肿满脸是血,却没有真正受到严重的伤害。

“他们正在受罚,你们还想怎么样?把他们全都抓起来?”齐峰心里也憋着一口气,但已经知道了来龙去脉的他,却不知道自己生气的对象到底是龙云鸿,是那些新兵,还是自己怎么也没有办法改变的新洲的人们。

法不责众,难道自己能把所有参与打架的新兵都从特战队赶出去,还是以御下不严为由,让龙云鸿承担责任?

龙云鸿一来就罚他们去跑圈了,他还能怎么办?首先动手的是新兵,但挑衅的难道不是新洲的那几个人?

“齐哥,难道就这么算了?”新洲的人们不满地说道,这些新人竟敢对他们动手了?

新兵们的歌声又传了过来:“……第五不许打人和骂人,军阀作风坚决克服掉……”

“列队!”齐峰突然叫道。

“齐哥?!”人们不敢相信自己的耳朵。

“都给我到二号场!跑圈去!”齐峰大声地叫道。

特战队从那次内部斗殴之后彻底分裂成了两个部分,彼此之间再也不来往。新洲剩下的人加上齐峰也只有三十四个,齐峰最终找钱伟和张晓舟谈了一次,又把那六个在之前的训练中被淘汰的原新洲队员召了回来,让整个队伍的数量重新增加到了四十人。

“这样下去不是办法。”张晓舟说道。

建立特战队的本意就是要打散他们,引入新人,淡化“新洲”这个概念,让它真正成为联盟下属的战斗力,扩充它的力量并且向专业化转变,促进它的新陈代谢和健康发展。

因为不管是什么组织,如果一味地闭塞下去,拒绝吸引新生力量的加入,拒绝改变,那它必然走向灭亡。

张晓舟不希望看到新洲走到这一步，齐峰当然更不希望看到这一幕。

但此时此刻，形势已经变得不受他们控制。

“给我点时间，我会想办法。”齐峰只能说道。

他开始有些后悔当初自己的做法，如果他能够在教导队刚刚建立的时候和杨鸿英、高辉他们一起好好地做这些新洲队员的思想工作，一方面给予他们一个宣泄不满的途径，另一方面尽力去引导他们，说服他们站在联盟的角度去考虑这个事情，化解他们的怨气，事情也许未必会这么快就发展到现在这个地步。

但他那时心里未尝没有对张晓舟和钱伟等人这种安排的不满，当他按照张晓舟的要求去给他们做思想工作时，该说的话没有说，不该表的态却表了不少，不知不觉地鼓励了他们对抗情绪的增长。

他这里渐渐变成了新洲队员们的一个港湾，他们在训练中吃了苦，受了气，又被张晓舟、杨鸿英甚至是高辉唠叨，在他这里宣泄，汇集，发酵，然后又相互影响，情绪于是变得更加激愤。

在齐峰意识到这一点之前，矛盾已经扩大到了他也无法控制的地步。新洲的队员们把他视作他们唯一的支持者，而他甚至没有办法去改变自己在他们心里的定位了。

其实在他内心深处，对于张晓舟的不满依然存在，只是那些东西没法拿到台面上去说，更没有说服张晓舟的可能，在核心圈子里也找不到支持者，他找不到另外一条出路，只能被迫妥协。

他很清楚张晓舟决心已定，并且已经开始一步步地走了下去，在现在这个局面下，新洲这些人如果再继续对抗下去，在民兵队伍已经建立起来的今天，结果将会很糟糕。

他唯一能做的只有让他们体现出更大的价值，努力改变他们的想法，也努力改变人们对他们的看法，尤其是张晓舟对他们的看法。

而这次的任务就是一个最好的契机，如果顺利的话，也许能做出一些改变。

龙云鸿的淡定让他反而有些不淡定了，非但如此，他手下的队员们也颇有一种一拳挥空的失落感。

以那家伙的脾气，不可能就这么默默地接受这样的结果啊。

“不要老是管别人怎么想，别人怎么做，关键是我们自己好好地完成任务，”齐峰一次次地对自己的队员说道，“不要大意，千万不要大意！”

他甚至决定也像东城那样给自己的队员放假一天，休整一下，但却被他们否决了。

“我们可不是那些没用的家伙！这点儿工作量对我们来说算什么？剩下的那些最多也就是四五天的事情，一次性弄完，彻底休息！”

“那家伙肯定是在强撑！等我们提前他们半个月完成任务，看那些家伙到时候还怎么装！”

北城分队的行动于是继续了下去，非但如此，另外那个小组还擅自增加了当天的工作量，扩大了勘测绘图的范围，那天下午直到天黑前一个小时才赶了回来。

“你们怎么回事？出什么事情了？”齐峰带的队伍早早就在北城外等待着他们，如果他们再晚一点回来，他就要带着队伍去找他们了。

但看他们又没有半点儿出事的样子。

“急死我们了知不知道！”

“我们合计了一下，剩下那点事情，明天还要专门再走一趟太不划算了，”那两个小队的小队长笑嘻嘻地说道，“今天加点班弄完，明天就轻松了。齐哥，你消消气，下不为例，下不为例！”

“不是早说过要严格按照计划来行动吗，你们这样……”齐峰真的很想大骂他们一顿，但两人都是平时很支持他的同伴，又一脸笑嘻嘻的，旁边的队员又都在劝，重话他实在是说不出口，“再有下次，你们就给我从新洲滚出去！”

“齐哥你放心！再也不会了！”他们笑着答道。

齐峰实在是不放心，从第二天开始专门到他们这两个小队盯着他们，但让他没有想到的是，两天以后他之前一直跟着的那个小队却出了问题。

当他知道发生什么事情的时候，人早已经送进了医院，联盟的主要首脑都在，原本就在住院的王永军更是焦躁地在门口不断地走来走去。那个小队的其他队员们也聚在一边，但至少有七八个人不在。

齐峰的心脏都像是要停止跳动了，他的后背一下子全湿了，这么多人，这么多人……

“你怎么才来!”王永军远远地就看到了他,大步地向他这边走了过来。

“我刚刚才听到消息。”齐峰木讷地答道。

“还好没出人命,”王永军烦躁不安地说道,“但有两个人现在很危险,还在抢救。”

“只有两个人?”这句话让齐峰一下子又活了过来,他意识到了自己这句话的问题,但却没有心思去管了,“其他人呢?”他一把抓住王永军的手问道。

“还在处理伤口,”好在王永军从来都不是个会注意这些细节的人,“你怎么了?”

齐峰刚刚进北城就听到噩耗,一路小跑着过来,但之前看到的局面让他其他地方的汗都卡住了没有流出来。听到王永军说没有人死,只有两个人在抢救,心里的那股气落了下去,额头上脸上的汗水才一下子全都流了出来。

“我没事。”他随手把那些汗水抹去,大步地向人们聚拢的地方走了过去。

透过房门上小小的窗户,他看到段宏他们正在里面忙碌着,而旁边一个开着门的房间里,一名医生和几个护士正在给另外几个人处理伤口,用某种洗液不停地清洗他们的伤口。

他匆匆忙忙和张晓舟等人打过招呼,便把那些站在门口的队员拖到一边:“到底出了什么事?!”

“好多好多蚂蚁!”那个队员脸色苍白地说道,“铺天盖地地,一下子就全冒出来了。”

事情发生在下午,他们刚刚吃完午饭,休息了半个小时之后,准备继续完成当天的任务。

这已经是他们这次勘测任务的第六天,大部分任务都已经完成,他们所做的,已经是最后几块狭长地带的勘测任务。

任务一开始时的紧张和小心在连续六天的丛林行军后已经几乎不存在了。虽然齐峰每天出任务之前都会提醒他们,让他们注意安全,但精神上的懈怠却难以避免地出现了。

这也很难责怪他们。在过去的五天半里,他们甚至都很难看到比秀颌龙更大的动物。丛林里的植物看上去都大同小异,所有的环境都千篇一律,很容易就会让人感到乏味和困倦。这种困倦并不来自于肉体,而是来自于精神,于是反倒让人更加难以抵抗。

遇上一只蜘蛛都能让他们感到兴奋，那东西曾经咬伤过伐木的工人，虽然毒性并不像后世的黑寡妇毒蜘蛛那么猛烈，但被这么大的东西咬上一口，那滋味也绝不好受。

这种程度的危险对于他们来说好歹算是一种刺激，能够让他们感觉到一些新鲜，但除此之外，几乎再也没有可以值得一提的经历。

深绿，浅绿，墨绿，翠绿，放眼望去全是一模一样的东西，很多时候，人们明明看着一个方向，目光却根本就没有聚焦在那里，精神不由自主地飘到了很远的地方。

出事的时候，他们正准备对一段地图上的空白地段进行勘测。

丛林中其实很难选定什么参照物，地面上经常会有大大小小的积水坑和细长的溪流，但那些东西根本就没有办法作为某种特征在地图上记录下来。一条自然形成的沟渠，倒塌的巨木，一块不知道从什么地方来的巨石，某种树木比较集中的区域，某种可以吃的植物汇集的地方，有时甚至是一条不知道什么时候形成的兽道都能成为他们地图上的标记。但更多的时候，他们只能选定某棵特别高大的树木，把树干上四五米高的位置清理一下，把那些较细的枝条砍掉，用橙黄色的涂料刷上长长的一圈，然后以这棵树为基点标记下周围的情况。

这样的工作他们已经进行了上百次，但他们没有想到，这一次却遇上了前所未有的状况。

"不知道是怎么搞的，就在他们砍树的时候，那些东西就突然像潮水一样涌了出来！"人们在讲述这个过程时，依然感到如同噩梦一般不真实。

旁边有人递给齐峰一只死去的蚂蚁，这是他们逃出来之后从衣服里找出来的，当时它们甚至还在拼命地用大颚撕扯着他们的衣服。

和这个时代大多数昆虫一样巨大，暗红色的身体已经随着它的死亡而蜷缩起来，但仍然至少有三厘米长，在它活着的时候，它的身长一定在五厘米以上。

与其说是蚂蚁，倒不如说更像是一只不明怪物。仅仅头顶的那对大颚就有将近一厘米长，而在它的尾部还有一根如同蜜蜂一样的螫针。它的身体上有着许多刚毛和尖刺一样的结构，让人一看就毛骨悚然。

他完全可以想象，当无数这样的东西冲出来，爬满身体，人们会怎样惊慌失措。他们还能把受伤的同伴带回来，一个人也没有落在丛林里，已经无愧于他们所接受的训练了。

“也许这些蚂蚁的窝就在那棵树上，要么在那棵树旁边，下落的树枝砸中了蚁巢，”张晓舟走了过来，“它们的大颚很有力，可以直接撕开皮肉，甚至是切开衣服，但更危险的还是这些蜇针。”

所有被蜇咬过的人身上都起了大量的水泡，甚至还有大范围的肿块，而里面正在抢救的那两个人则更为严重。

他们刚刚被送来的时候已经出现了全身抽搐的情况，这是大量毒液注入身体的结果，而段宏他们还不知道应该怎么救治，只能按照一般蜂蜇的办法处理，希望能够缓解他们的症状。

幸运的是，他们都严格按照联盟颁布的丛林工作手册把自己严密地包裹在衣服里，没有太多裸露在外的地方，只有少量蚂蚁找到了可以攻击的地方。

否则的话，他们也许坚持不到被送回联盟。

但人们被咬中的地方多半是手腕、脚腕、头颈和面部这些血管密集的地方，这让毒液迅速地进入了他们的身体。

“我已经告诉段宏，尽最大的努力，不要吝惜任何药物。如果我们没有，就马上去地质学院那边借，”张晓舟对他们说道，“我们最好的医生正全力以赴，他们一定会好起来的。”

几人正在说话间，高辉和王哲带着那两个还在接受抢救的队员的家人终于赶来了。他们不敢干扰医生的抢救，但无论张晓舟他们说什么，他们都听不进去，只是一直扒着门上那道小小的窗口，看着里面在做什么，怎么也不肯离开。

“这不是你的责任。”张晓舟对齐峰说道。

他摇摇头，捂着脸坐在正对房门的地上，靠着墙，什么话都不想说。

那两具尸体就放在房间里，但他已经没有勇气再走进去面对他们。

也许不是他的责任。

但他没法不去想，如果自己坚持让他们休息一天，而不是像他们想的那样，再坚持两天咬牙把任务完成之后再彻底休息，他们是不是就不会那么疲倦和麻木，会不会就能发现那棵树周围的蚁群，从而避开危险？

如果自己没有一次次向他们妥协，同意他们那些看起来没有任何问题，实际上却早已经严重违反行动计划的做法，而是像龙云鸿那边一样按部就班，一切照行动方案来，这事情还会发生吗？

他无法回答。

他每天都在提醒他们注意注意，但也许麻痹大意，认为丛林不过如此，没有什么好担心的，并不仅仅只是这些队员，也包括他自己，否则的话，他又怎么会同意他们的这些做法？

自己口口声声说，不要考虑输赢，安心完成任务，但难道自己真的没有想过要借这件事情给张晓舟看看，也给所有人看看，还是新洲团队的人更出色，效率更高？

如果不是因为自己一直都有这种想法，如果不是自己又一次纵容了他们，一切也许都不会发生。

“这不是你的责任，”张晓舟再一次说道，“而是我们所有管理者的责任。”

北城分队的进度明显超前得太多，但不论是钱伟还是张晓舟都没有深思，反而对龙云鸿开始有些看法，认为他当初制订计划的时候过于谨慎了。钱伟甚至还再一次去找到龙云鸿，希望他能够向北城分队看齐，加快进度，但却被龙云鸿拒绝了。

东城分队到现在都还严格地执行着那个曾经在他们看起来明显过于保守的行动方案，即便是已经多次通过的区域，龙云鸿仍然要求每个小队都做到像第一次经过这里时那样，小心翼翼地检查脚下，每个人行军的时候只能踩着前一个人的脚印前行。

每走一个小时必须停下来休息十分钟，补充淡盐水；每次勘察作业前都要先认真检查周边的环境；甚至是大小便也必须按照规章制度来，先清理出一块空地，挖坑，完事之后掩埋，绝不允许提着裤子慌慌张张地就往林子里跑。

每天的任务完成之后，不管时间还有多少空余，绝不做额外的工作，必须马上返回，多余的时间宁愿用来开会总结经验教训也绝不在丛林里多待。

他们曾经摇头说龙云鸿这个人太过于死板，太过于教条主义，但现在看起来，这一切却都有他坚持的道理。

就像联盟曾经订立的那些安全规程，张晓舟他们曾经希望每个工人每时每刻都记得那些内容，并且严格按照它们来工作，但随着工作次数的增加，随着事故率的下降，人们开始有意无意地忽略其中的一些东西，而管理者们也开始有意无意地放纵他们的行为，开始以更快、更省事为首要关注的问题，而不是死死地抓着规程不放，以安全为第一核心关注点。

“是我们都懈怠了，”张晓舟说道，“是我们走得太顺，开始把一切都看得太简单，却忘了这个世界和我们熟悉的那个完全不同。在这个世界，任何失误带来的结果都有可能是我们无法接受的。去休息吧，我来守着他们，你已经累了一整天，去休息一下吧。”

但齐峰却依然捂着脸坐在原地不动，张晓舟努力把齐峰从地上拖了起来，却发现他早已经泪流满面。

第二天丛林开发部和特战队全都停止作业，人们聚集在墓地前，举行了悼念和送葬仪式，然后回到各自的营地或者是办公室去，重新学习相关的规章制度，反思最近的工作中存在的安全漏洞。

新洲团队则不在此列，张晓舟安排他们放假休息两天，之后再归队总结分析这次意外事故中的经验教训。

大会议室里，一名战士正在大声地念诵着联盟下发的丛林工作手册，关于这种蚂蚁的内容还没有写进去，但可以想象，不久之后，手册就会被收回去，然后统一加上这个内容再发放下来。

“活该……”龙云鸿突然听到有人在小声地说着。

他马上站了起来。

正在念诵的战士诧异地停了下来，不知道自己什么地方念错了，龙云鸿却对他点点头，然后向那个声音发出的地方大步走了过去。

人们安静了下来，那两个躲在角落里窃窃私语的战士紧张了起来。虽然他们已经接受了一个多月的军事训练，也有了基本的纪律观念，但有些东西始终没有办法完全改变，按照龙云鸿对张晓舟的汇报，要让这些人真正成为合格的战士，至少也是一年以后的事情。

“马天明，李威，起立！”

两人慌张地站了起来。

“你们刚才在说什么？大声点再说一遍！”龙云鸿严肃地说道。

“龙副……”马天明面有难色地说道。

“这是命令！马上大声再说一遍！”

“我说，这是他们活该……”马天明喃喃地说道。即便是他们与新洲的那些人有很多矛盾，还打过架，这样的话还是很难在大庭广众之下说出来，“我的意思是说，他们要是严格按照行动方案和手册执行任务，就算以前都从来没见过这种蚂蚁，至少也应该能发现它们，不至于出这么大的事故……”

“还有谁认为他们活该？”龙云鸿却不管他后面的解释，直接对会议室里的所有人问道。

没有人应声。

“他们都是烈士！”龙云鸿大声地对着所有人说道，“他们是在为联盟执行任务时意外牺牲的！他们曾经为联盟的安全，为联盟的建立、发展壮大做出过贡献！他们是特战队的一员！是我们的战友！我们的伙伴！是我们学习的对象！我们敬仰的对象！

“侮辱他们，就是在侮辱联盟，侮辱我们自己！就是在侮辱我们正在努力奋斗的一切！我绝不容许这样的事情再一次发生，明白吗？”

“是！”人们答道。

“明白吗？！”

“是！！”

“马天明，李威，我命令你们，现在跑步到烈士陵园去向他们的墓碑道歉！”龙云鸿继续说道，“回来之后，自己到操场去罚跑十圈！然后回来抄两遍丛林工作手册！听清楚了吗？”

“是。”两人闷闷地答道。尤其是李威，对他来说，这简直就是无妄之灾。

“大声点！”

“是！”

“现在出发！”

“是！”

两人小跑着出去，龙云鸿看着其他人，随后对那个战士点点头：“继续。”

“他们怎么了？”看着那两个绕着操场跑圈的战士，张晓舟有些惊讶。

“学习的时候不注意听讲，”龙云鸿答道，“讲小话。”

“这……会不会太严厉了？”

“平时多流汗，战时少流血。刚刚出了事故，他们学习的时候就不专心，肯定要给他们一些教训，让他们加深记忆。”

张晓舟、老常和钱伟都摇摇头，如果是之前，他们或许会觉得龙云鸿太不近人情，但出了这件事情之后，这样的做法他们可以理解。

“东城这边需要休整几天吗？”钱伟问道。

出了这样的事故，对于东城这些战士没有影响是不可能的，他们专门过来，也是想看看需不需要他们做点什么。

“休整今天一天就足够了，”龙云鸿答道，“之前我们进行了讨论和分析，大家对于这件事情的反应是正面的、积极的，没有畏惧害怕的情绪。我认为明天就可以正常执行任务。”

“那就好。”张晓舟点点头说道。

器械场上，几名战士正在双杠上做练习，看上去的确如龙云鸿所说，没有什么负面情绪。

“如果把特战队的成员重新打散了编制，你觉得如何？”

龙云鸿迟疑了一下：“张主席，如果找盐的任务不那么紧，我认为可以勉强尝试一下，但钱部长之前告诉我……”

这其实已经是在表示反对了，张晓舟叹了一口气，点点头：“那就以后再说吧。”

“对不起，”龙云鸿说道，“但我还是认为，新洲那些人已经很难改变，强行去扭转他们，无论对于他们还是对于联盟来说都是费时费力，却起不到什么效果。”

张晓舟轻轻叹了一口气，微微摇了摇头：“我们去找战士们聊聊吧。”

从东城分队出来，他们之前因为去安抚烈士遗属而变得沉重的心情终于舒缓了一些。这也让张晓舟越发确信，自己的做法是正确的。

新洲酒店已经不是第一次面临这样的事情，即便是来到这个时代的人们对于死亡已经不陌生，但在联盟趋于稳定和安全之后，主要的几次牺牲都集中在新洲酒店这个地方，依然让那里的气氛十分糟糕。

王哲显然没有能力去解决这样的问题，而安澜片区的执委王牧林对于新洲的问题也感到很棘手。

“新洲这个地方一直都很特殊，几乎是游离在我们之外自成体系。平时我们就很难做他们的工作，他们也不愿意接受我们的管辖，”他对张晓舟等人直接这样说道，“出了这样的事情，工作就更难做了。我个人觉得，让他们这些人继续住在那个地方不是什么好事，死者的家属之间会相互影响，怨气和不满很容易累积，甚至是散布到其他的家庭，让他们越发和整个联盟格格不入。对于那些老人来说，上下楼梯也很不方便，存在很大的安全隐患。我觉得新洲酒店最好是腾出来专门用作军事用途，以这样的理由把他们分散安置到不同的区域，让他们接触一些新的面孔，接触新的环境，或许能够在一定程度上解决他们的问题。”

他的思路肯定没错，但新洲的那些人会接受这样的安排吗？他们会不会越发觉得联盟是在故意针对他们，想要拆散他们？

“等他们休假结束之后我们再征询他们的意见吧。”张晓舟只能这样说道。

## 第9章
# 勋 章

“这不可能。”

当张晓舟把王牧林的提议在核心人员的研讨会上说起时，马上就遭到了梁宇的反对。

“如果是他们顺风顺水的时候，提出这种意见，他们或许还会接受，尤其是那些有老人的家庭可能还会很高兴地离开。但现在这种情况，这么做只会让他们对联盟产生猜疑，让本来就已经存在的问题越发激化。”

这正是张晓舟的担忧，但把新洲的问题继续搁置下去，在他看来只会带来更糟糕的后果。

这些人对于联盟的贡献任何人也无法否定和抹杀，他不忍心看着他们就这样一步步向死胡同走去。

“要么就只能找个条件比较好的地方让他们整体搬过去，”老常说道，“但这样做除了改善他们的生活条件外没有其他意义，甚至还有可能让给他们腾地方的人越发不满，让人们对他们有更多的误解和不满。”

“但我们必须要解决这个问题，”张晓舟说道，“新洲的问题是我们未来将要面临的诸多问题的一个缩影。如果我们不能妥善解决新洲的问题，那更多的根本就只是空谈。”

未来势必还会有同样的人、同样的事情出现，难道都要让他们变成现在新洲这个样子？会出现这种问题的人肯定都会是联盟的支柱和骨干，如果不解决好这个问题，那联盟就没有任何未来可言。

执委们难道不会有同样的问题？联盟的成立与他们的支持密切相关，他们也在许许多多的方面贡献了力量，功不可没。但是，他们这些人也像新洲的人们一样，不可能一辈子都在这个位置上，当联盟的规章制度一步步完善起来后，他们中必定会有人会在某个时候从执委的位置上下来，由更合适、更有能力的人替代他们。

那时候怎么办？

联盟已经有这样的例子，蒋老五就因为严烨的那个案子从执委的位置上被换了下来，而那时候为了安抚他，张晓舟他们在调整团队构成的时候，刻意地建立了一个百人团队，由他来担任负责人，以此保证他仍然有机会参加执委会的扩大会议。

但这只能是特定情况下的权宜之计，不可能成为一种惯例。

这其实已经是一种严重的徇私行为，与今天张晓舟所想要推行的南辕北辙。未来如果有类似的事情发生，人们很有可能以蒋老五为范例，要求获得同样的对待。但团队的负责人本应该是由团队自行推选，而不是由联盟来指定。

“如果当时不那样做，很有可能导致康华医院的那些人出问题。事实证明，蒋老五本身干得也不错，那个队的人也很拥护他。”

老常这样替张晓舟辩解，张晓舟勉强地笑了笑。

未来这样的事情肯定还会有，如果一切真的能够像他所期望的那样发展下去，随着联盟与地质学院往来和交流的加深，双方渐渐在各个方面达成共识，并最终推动城北联盟与地质学院的合并，联盟肯定要拿出一些位置来安置地质学院的实权人物。

这不但是为了减少合并的阻力，也是为了安抚人心。虽然张晓舟相信地质学院外来派的那些人本身就是优秀的人才，应该能够在推选中得到大多数人的支持，但让他们在合并后凭借自己的本事去争取职位和合并时联盟给予他们相应的地位和待遇，这是截然不同的两种做法，后果也会完全不同。

张晓舟的理想是杜绝这些黑箱操作，但讽刺的是，为了达成这个目的，他却不得不先这样做，用这样的办法把远山的所有力量先集中起来。

“新洲的情况应该不会再发生了，”钱伟说道，“联盟成立的时候很多规矩都没有确立，那时候我们既没有条件，也没有这样的意识去防止局势发展到这一步。但现在我们已经开始着手防范这一点，我觉得执委这一块，还有今后的联盟各级人员之类的，应该不会走到这一步。”

“不要太乐观。”梁宇说道。

“别说这个了。”高辉叹了一口气说道。新洲团队的建设过程中，他所付出的努力甚至比张晓舟还要多，所以他其实比张晓舟更加无法接受现在这个状况。但情况不知道怎么就变成了现在这个样子，似乎已经打成了一个死结。“反正也没有办法解决，我们还是把这个事情暂时搁置，继续我们上次没有完成的讨论吧。”

他们没有完成的讨论是规章制度方面的建设，这个是很大的命题，而且他们当中没有多少人对这个有什么深入的研究，这让讨论只停留在表面上，没有很深入地进行下去。

也正是因为如此，张晓舟才宣布散会，让大家回去以后各自去寻找一下资料，研究一下相关的内容。

但显然，因为突如其来的事故，大家都没有多少时间去找资料，只有高辉这个没有特定职务，也不需要承担具体责任的特殊人员进行了一些研究。

他拿出一份笔记，对张晓舟等人说道：“我参考了一些地方的经验，大致上总结了一下它们好的做法。”

高辉摘抄出来的东西归结起来也不过几条，而且其中的很多条例之前那个世界都在用，无非就是人员来源、待遇福利、晋升和出入机制、监督反腐机制、法令制度建设、教育培训和价值观、责任感、使命感、工作作风的塑造。他还特别关注了一下那些公认失败和存在问题的点，把它们拿出来说了一下。

“很多东西我们都在用，从架构上来说应该差不多，只是执行上有些东西……”老常摇摇头说道，“很多东西都没有执行到位，细节上也有差别。”

“还是有启发的，关键是把这些提炼出来，更明确了，”张晓舟说道，“对比一下就能让我们知道，政策和执行走样的地方在哪里，成功和失败的地方在哪里，以后我们就要加倍关注这些地方。”

梁宇点点头：“这些东西都得结合我们现在的实际情况来考虑，生搬硬套拿过来用肯定不行。就说高薪高福利养廉这一块，我们现在的财政根本就支持不了，至少短期内肯定不行。但其他东西可以参考,有些可以先一步步做起来看看。”

这个研讨会其实是江晓华、夏末禅、高辉他们成立的几个小组活动的升级专注版,并非行政上的会议,而是更加类似理论学习和研究小组的那种东西。只是因为现在还没有发现可以引入的新人,参加这个研讨会的都是事实上掌控联盟上层话语权的这些人,于是往往搞得很像是在开联盟的工作会议。

这个研讨会最好的一点就是让所有人一起学习一些处在他们这个层面上必须明白的东西,否则的话,每天都有许多琐事忙来忙去,晚上一个人点一盏油灯又实在是太奢侈,真正投入学习的时间非常有限。

而张晓舟越来越感觉到,不学不行了。虽然联盟的人口不过比一般的村子多一些,甚至还达不到普通乡镇的水平,但因为处在一个完全孤立的体系当中,面临和要考虑的东西却远远超过了任何乡镇。

如果真正要定义,他们现在更像是古代的城邦,人虽然很少,但政治、经济、军事、文化这些东西却都必须建立起来,很多东西还都必须按照白垩纪的实际情况进行修改后才能使用。

而他们之前都不过是普通人,或许比其他人在某些方面稍稍有一些长处,但要承担起这么大的责任,实在是超出了他们的能力。

其他人也有这样的感觉,于是这个活动就在每隔一天下班吃完晚饭后定期召开,不强制,只鼓励,初期以他们这些人为主,后期则准备吸收一些认同这种价值观的年轻人加入,对他们进行观察和培养。

收获是显而易见的。

在真正阅读和讨论了一些书之后,张晓舟才意识到,自己以前的某些观念有多可笑和片面。而自己曾经理解和以为的那些东西,又多么不切实际。

他们没有时间和那么多的精力去搞学术研究,只能以解决问题的态度来寻找问题的答案,并不断地完善和整理出适用于城北联盟的东西。

“我们现在的执委会应该怎么定位?”钱伟说道,“他们同时承担了行政的一部分工作和职能,还有一部分作战和治安执法方面的职能,又有人民代表的职能。”他忍不住摇了摇头,“我们搞出来的这一套还真是混乱到了极点。”

“现阶段只能这样了,我们的生产力还不能支持太多专门的机构和人员,只能尽可能多兼职。”张晓舟说道，“以后肯定会越来越专业化，分工也要更明确。”

现在的这种机构和组织结构真的很混乱，基本上脱胎于安澜大厦当初的做法，然后发现需要什么了，就找人搭架子组建起来。各个部门之间的隶属和协调关系都存在很大的问题和漏洞。

张晓舟心里已经有了一个大致的想法，但他还不确定那是不是最合理最好的选择，也不知道它是不是能够实现他的理想。他们现在这个圈子太小，所有人的思维都已经相互影响，变得雷同和单一了起来，有时候很难看出其中存在的问题。

所以他决定暂时搁置下来，先维持现在的体系，只对其中某些迫切的进行一些修改和调整，等到适当的时候，拿出来与更多的人进行讨论。

“说起来，我倒是有个解决新洲和类似问题的想法，”高辉突然说道，“不知道能不能行。”

“说来听听？”

“只要为联盟服务满一定的年限，评价较好——这个不同的岗位可以不同，比如战士的年限应该短一点儿，行政的年限应该长一点儿——或者是为联盟立下了功绩，就能直接获得某种荣誉身份，有一些优惠政策或者是各方面的待遇，但不能传给下一代，”高辉说道，“你们觉得如何呢？”

“这样做还不如授勋，”钱伟随口说道，“优秀服务勋章、杰出贡献勋章、勇敢勋章之类的，给予荣誉和一定程度的优待，勋章越多，优待也越多。”

两人都是随口一说，但张晓舟的眼前却一亮。

“这是个好办法，”他对其他人说道，“具体怎么做，我们可以讨论一下。”

给愿意站出来为大众服务，愿意承担更多责任的人合理的回报，这是张晓舟的理念。

不可能既要马儿跑又不给马儿吃草，这样的道理他当然很清楚，他所反对的是超出合理范畴的特权和潜规则，反对的是躺在功劳簿上吃一辈子的行为。

对于那些为联盟付出了心血和汗水甚至是生命的人，他从来都觉得应该给予足够的尊重和回报。否则还有什么人愿意站出来？

而现在的问题是，“合理”如何定义。

作为当事人，肯定希望能够越多越好，但任何事情都必须有一个限度。

作为领导者，必须在这里面找到一个平衡点，而钱伟的话则给了他提示。

精神鼓励不管在什么时候都是一种惠而不费的激励手段，如果能够在给予精神鼓励的同时附带一定的经济奖励，也许能够让他们欣然接受，并且以此为荣。

这其实也不是什么新东西，在邱岳刚刚进入联盟领导层，大力唱衰新洲团队的时候就曾经提出过类似的建议。现在看起来，他所说的很多都很有建设性，如果他愿意加入这个计划，也许能够让它更加可行，策划和运作的过程更加顺畅。

但张晓舟和老常已经不再相信他。

德才兼备的人当然可遇而不可求，但如果非要退而求其次，在现在这个阶段，联盟已经进入相对平稳的发展期，他们宁愿重用和信任那些品格高尚、能力平平的人，也不会冒险去用能力强却显然另有打算的人。

因为能力有可能通过教育、培训，甚至是在实际工作中慢慢锻炼出来。他们可以先被安排在一些普通的岗位上考察和培养，当表现出足够的能力后再提拔任用，能力的欠缺在现在这个时候不太可能导致严重的后果。

但成年人的品格却很难改变，一个居心叵测却能力出众的人对联盟可能造成的损害远远大于平庸但是一心为公的人。

好的规章制度当然可以让人没有办法钻空子，但邱岳这样的人，张晓舟不太有自信能够驾驭他，并且制定出完全没有漏洞可钻的规章制度。

“优秀服务勋章、杰出贡献勋章、英勇勋章。”他在纸上随手把这三个名字写了下来。勇敢勋章显然只是钱伟随口说出来的名称，他于是在这里进行了调整，“第一个面对普通的联盟公务人员，只要认真负责、廉洁高效地完成各项任务，达到一定年限之后就能取得。杰出贡献勋章则用于对联盟发展做出突破性贡献的人。英勇勋章当然专门针对战士，可以在勋章背面刻上因为什么战斗或者是什么任务而获得这枚勋章。”

“要分等吗？”梁宇问道。

“当然，可以分铜质、银质和金质，”张晓舟说道，“不过这个工艺难度可能大了一点儿，如果做不到，可以直接标注三等、二等和一等，形状上稍稍有一些差别就行。每枚勋章背后都应该刻上获取者的姓名和获得勋章的时间、理由，并且永久登记在联盟的档案当中,作为后人学习和敬仰的模范。"

"免死金牌吗?"高辉开了一个玩笑。

"当然不是!"张晓舟马上说道,"联盟里任何人都没有违法的豁免权,这应该是一条底线。"

"开个玩笑,"高辉说道,"但真的会有人关注这样的东西吗?"

"应该会的,"一直都不怎么说话的夏末禅说道,"我们学校里每年评选优秀的时候,大多数人都嘻嘻哈哈地表示没什么意思,也不去关注,但身边的人如果真的获得荣誉,不管是当事人还是所有同学都会觉得很自豪,至少我们班的人都会很自豪。当然,这个结果的前提是荣誉的评选必须公平公正,不是靠黑幕赢得的。"

"这一点你还用担心?"高辉摇了摇头。

"单单是荣誉也不行,"张晓舟继续说道,"每级荣誉背后应该有相应的奖励,一次性,或者是长期性的。优秀服务勋章应该是长期性的,带有福利性质的,用来鼓励人们勤恳工作。而杰出贡献勋章则要看获得的理由,如果是对联盟有着长久贡献的获奖者,应该给予长期福利,反之则是一次性的奖励。至于英勇勋章……"他沉默了一下,"我觉得不单单要考虑当事人,也要考虑当事人的家属。如果是牺牲者,他的勋章应该给予他的家人保管,并且能够为他们带来一定的保障性福利。如果是伤残者,应该为他本人和家属都带来一定的保障性福利。这样的话,除了每人半亩地的产出,他们的生活还能得到其他保障。"

"这是很大的一笔投入啊,"梁宇叹了一口气说道,"不过这是必要的投入。只是要认真地计算一下,到底给什么样的标准。也许还要和我们不同时期的生产力和财政状况挂钩,以免出现通货膨胀。不过这个东西可以和退休制度结合起来考虑?或者是作为退休制度的一部分执行起来?"

他们之前曾经讨论过退休的问题。

联盟现在当然没有退休制度,也没有实施退休制度的能力。

但联盟的老人其实不少,后来加入联盟的难民和暴动者当中当然已经没有年纪很大的老人,但联盟最初成立时的团队里,这样的人为数并不少。

以安澜为例,最早和他们一起的薛奶奶就是一个典型的例子,比她稍小几岁的老人也有好几个。

她当然还能做一些对体力和精力要求不是太高的工作，但以联盟现在的生活条件和营养、医疗条件，也许很快她就会失去劳动能力，并且需要其他人来照顾她了。

张晓舟的想法是建立养老院，由联盟来负责赡养这些老人。但梁宇认为联盟没有能力承担这么大的支出，尤其是在一二十年之后，年轻人的断层足以让这样的制度把联盟拖垮。他的想法是，养老院当然应该建，但联盟只有能力投入初期搭架子的资源，维持经费方面应该考虑把属于这些老人的那半亩地出租给有余力种植的人，以租金来养活他们自己。

但这又涉及联盟的土地政策等更复杂的问题，他们没有再深入地研讨下去。

"尽快草拟一个方案出来吧，"张晓舟点了点头，"如果没问题的话，就尽快把执委找来开个会，看他们同不同意这个做法。我们要争取在新洲的那些人有更多情绪出来之前，把这个事情推动起来。这样的话，或许能够让家属感到好受一点儿，也能以此为契机，想办法再做一下他们的工作。夏末禅，你这块也要出一个方案，看看怎么宣传。"

"好。"梁宇和夏末禅同时点点头说道。

"因在两次丛林探险任务和营救任务中的出色表现和板桥村营救行动中的优异表现，经城北幸存者联盟执行委员会讨论通过，决定授予丛林开发部生产一队严烨，联盟二等杰出贡献勋章一枚，联盟二等英勇勋章一枚！"老常的声音在主席台上回荡着，虽然只有个铁皮喇叭扩音，但因为参会的本身就只是各个区和四个生产队的代表，总共不过一千人，这样的设备也足够用了。

"哥！哥！"严淇兴奋地叫了出来。

"请严烨上台！"老常继续大声地说道。

身边的人都欢呼了起来，他们本身就是从板桥过来的人，亲身经历了严烨所做的那些事情。对于别人来说，那些事情只是宣传栏上一行行的小字，只是开会时主席台上的发言稿，只是某些人无聊时，在火堆旁吹牛聊天时的谈资。但对于他们来说，那短短的两天一夜也许是一生都难以忘怀的经历。

当初他们甚至还主动去找过张晓舟等人，想要为严烨要一个说法。严烨洗清罪名的时候，他们以为那就是全部了，而现在，真正的荣誉放在了他们所有人的面前，让他们既惊喜又兴奋。

严烨脑子里也有些晕乎乎的，他当然知道今天的活动是为了表彰一批先进，但他从来也没有把自己往里面带。张晓舟那些人能够减了他所有的刑罚，让他提前获得自由，在他看来已经是捏着鼻子做出的让步了，他们不可能再对他这样一个他们眼中的麻烦人物有任何表示，而他也从来没有期望能从他们那里获取什么公平。

这样的结果他完全没有预料到。

“快去快去！”人们把他推起来，让他向主席台走去。

所有人的目光都看着他，让他走路有些飘忽，脚下就像是踩了弹簧一样。

“我代表联盟全体成员，感谢你在丛林探险任务和板桥营救行动中所付出的努力和做出的贡献。”张晓舟对他说道。

两人都感到很尴尬，但其他人都是由张晓舟来颁发勋章，不可能到严烨这里突然换人。

“谢谢。”严烨和张晓舟握了一下手，心情复杂地说道。

高辉在张晓舟背后用一个覆了一层红布的大铁盘捧着那两枚勋章，隐晦地向他挤了挤眼睛，但严烨的目光却不由自主地看着张晓舟转身去把它们拿起来，然后挂在了他的胸前。

“希望你再接再厉。”张晓舟再次和他握了一下手说道。

严烨下意识地点点头，钱伟在旁边拉了他一下，让他转过身正对着台下的所有人，掌声再次响起，让他的脑子轰鸣了起来。

他几乎不知道自己是怎么走下台的，如果不是人们把他拉回他那个队伍所在的方阵，他也许就要走迷路了。

“严烨，严烨！”有人在叫他的名字。

“这家伙，乐傻了吧？”

“给我看看！给我看看！”一个女孩子的声音叫道，应该是严淇？

“安静一下，别影响后面的人！”宣教部的一名工作人员走过来对他们说道，他们这才安静了下来。

“哥！给我看看！”严淇小声地说道。

严烨晕乎乎地去摘它们，却半天都没摘下来，还是严淇动手才把它们弄了下来。

勋章是由不锈钢制成的，二等杰出贡献勋章整体呈圆形，上面不知道是用什么办法刻了一个五角星的图案，周边则是“远山城”“杰出贡献”“二等”这几个字，然后是精美的花纹；而二等英勇勋章则是盾形，中心是一把弩和交错的两支长矛，图案下方刻着“远山城”“英勇贡献”“二等”这几个字。

“后面还有字！”严淇惊喜地说道。

严烨有些茫然地把它们接过来，看到在两枚勋章背后都刻着密密的小字，简要地描述了他所做的事情。

“……因在猎杀暴龙行动中的杰出表现，经城北幸存者联盟执行委员会讨论通过，决定授予安澜大厦张孝泉，联盟二等英勇勋章一枚！”

欢呼声再一次响了起来，这一次欢呼的人们主要是安澜大厦的代表和机械加工厂的人，张孝泉慢慢地站了起来，拄着一根钱伟专门托人替他做的手杖向主席台走去。

他的心情比严烨更加复杂，也更加激动，受伤后他就一直在医院接受治疗，除了张晓舟、老常、钱伟等和安澜大厦少数和他关系好的人，几乎没有什么人来看过他。

虽然张晓舟一次次地向他保证，将会在他伤愈后给他安排一份适合他发挥特长的工作，但身体的病痛和理想与现实的落差依然让他一直处于失落和抑郁的状态当中。直到今天，他终于感受到了别人的肯定，也终于感到自己的付出是有回报的。

一阵冷风吹来，让他剧烈地咳嗽起来，之前陪在他旁边的护士急忙跟了上来，想要扶住他。

“我没事，让我自己走！”他却在咳嗽中坚定地说道，随即慢慢地向台上走去。

“我代表联盟全体成员，感谢你的英勇表现，”张晓舟向他迎了几步，轻轻地拥抱了他一下，“我们不会忘记你的贡献，所有人都会记得你的勇气。这枚勋章对你来说当之无愧。”

“谢谢！”张孝泉的鼻子酸酸的，好不容易才把眼泪忍了下去。

“赶快好起来，我们都在等着你！”

高辉把属于他的那枚勋章送上来，张晓舟小心地帮他佩戴好。

看着张晓舟拉住张孝泉的手，高高举起，让他迎接人们的欢呼，不知道为什么，严烨心里突然有些失落。他在这里当然听不到两人在台上说了些什么，但他可以感觉到，张晓舟对张孝泉说的那些话，和对他所说的是完全不同的。

他有些木然地跟着其他人欢呼鼓掌，喜悦之情却突然有些淡了。

“……因在丛林探索任务和营救行动中的英勇表现，经城北幸存者联盟执行委员会讨论通过，决定授予新洲酒店武文达，联盟二等英勇勋章一枚！”

武文达被一名护士用轮椅推着向台上走去，他的手上脚上都还打着石膏绷带，这让所有人都肃然起敬，新洲的队员们都站了起来，向他欢呼。而龙云鸿则对自己的部下们下令：“特战队，起立！”

所有队员唰的一声站了起来，把周围的人都吓了一跳。

“敬礼！”

整齐划一干净利落的动作，似乎是在向人们宣示他们这支队伍的存在。

武文达愣了一下，随即才意识到自己是这支队伍理论上的指挥官，于是他点点头，努力把右手抬起来，向他们敬了一个礼。

“老武，”张晓舟离开主席台向他走了过来，和钱伟一起把他抬上主席台，“好好养伤，我们等着你回来。”

“放心吧。”武文达点点头答道。

张晓舟替他把勋章佩戴好，却没有让他下去，而是和钱伟一起把他推到了旁边，然后回到原位站好，表情也变得严肃了起来。

“还有什么人？”人们在下面低声地议论着。

李根、关朋等人都在之前上台领取了三等英勇勋章，还有什么人要授勋？这不是变成大白菜，人人有份了吗？

“我们不能忘记那些为联盟的发展壮大而付出巨大牺牲的英雄，”老常的语气变得肃穆起来，“经城北幸存者联盟执行委员会讨论通过，决定追授下列人员联盟三等英勇勋章。新洲酒店，张开印；安澜大厦，李彦成；新洲酒店，于绍辉；新洲酒店，陆兴国……”

一个个名字从他的口中被缓缓地念出来，整个广场的气氛慢慢凝固，变得庄严而又肃穆，一些人在主席台前低声地哭泣了起来，他们是这些死者的家属。

人们这时候才意识到，在联盟已经进入相对安全的发展阶段后，新洲团队却付出了这么大的代价。

“请家属上台，代他们领取勋章。”老常简单地说道，随后走向台下的家属们，低声地安慰着他们，把他们当中的一些人请了上来。

人们用力地鼓着掌，以此来表达对死去那些人的尊重，在所有人离开之后，张晓舟才看到，李彦成的那枚勋章孤零零地留在那里。

王蓁蓁还是没有来。

“这一枚保存在联盟的办公室吧，挂起来，让所有人都能看到。”他低声地说道。

他随后向台前走去，拿起了那个铁皮喇叭。

“联盟的各位代表们，感谢你们出席今天的授勋仪式。今天的授勋仪式即将结束，但这只是我们一项新政策的开始。从今天开始，所有获得勋章的联盟成员都将被记录在联盟的历史当中，世世代代地流传下去，让我们的子孙后代知道，他们的先辈曾经有过怎样的光荣……”

他看着那些坐在人群当中，佩戴着勋章的人们，心潮澎湃，无法自已。

“我总是对人们说，我们来到这个世界，是一种不幸。因为我们失去了平静的生活，失去了家人和朋友，失去了很多很多。但我也总是对人们说，我们是幸运的，因为我们在这场灾难中活了下来，并且有机会开创一个全新的世界，一种全新的生活。我们当然要缅怀那些逝去的人，缅怀我们曾有的一切，但我们更要放眼未来，勇敢地面对未知的世界，面对未来。这个世界是残酷的，是可怕的，充满了我们看不到，也想象不到的危险，为了在这个世界活下去，为了让我们的子孙后代活得更好，我们还必须流血流汗，甚至是继续付出惨痛的代价。”

人们的表情凝重了起来。

“但这有什么？！”他突然大声地问道，“难道我们会因为这样的可能而被吓住？难道我们就因此而停步不前？！难道我们就因此而把自己困在这个地方？不！绝不！绝不！！

“我们不会被这些东西打垮！我们不会退缩！不会灰心失望！不会害怕牺牲！恐龙算得了什么？全都要变成我们的盘中餐！丛林算得了什么？我们会把它们全部砍倒！让它们变成沃野和农田！我们的村庄和城市将遍布这大地！我们的生活将变得越来越好！我们的子孙后代将过上比我们现在好得多的生活！我们，必将征服这个世界！而我们的名字将会被铭记下来，名垂青史！”

## 第10章

## 新洲的选择

“你们说，张晓舟他们玩这一手到底是什么意思？”

新洲酒店内，人们聚集在一个房间里，围着一个火堆闲聊着。

这年头，天黑以后能做的事情实在是太少了。

“谁知道呢？”另外一个人不确定地说道。

这应该是明显的示好的举动？

授勋的人里，绝大多数都是新洲的队员，或者是从新洲出去的人，完全和新洲没有关系的，只有李彦成一个而已。

那一连串来自新洲的牺牲者的名字明显唤起了人们的某种情绪，当几个家属去社区中心服务站买柴火的时候，人们不但主动让先，服务站的负责人还专门把最干的那几捆挑给了她们。

这当然只是一件小得不能再小的事情，但大家说起这个事情的时候，却难免有些唏嘘。

结果一样，都是不用花费太多的时间去等待，但这和他们中的某些人懒得排队直接以新洲成员的身份插队有着天壤之别。

其中一个人手里拿着自己白天时获得的三等英勇勋章，百无聊赖地把玩着。这是对他之前在救援地质学院的行动中，第一个冲破何家营的防线，造成他们彻底崩溃的奖励。

“拿来我看看。”他旁边的一个人说道。

“你不是已经看过了吗?”话虽如此,但他还是把手中的勋章递了过去。

“后来他们说是有什么物质奖励?”

“一次性领取五千工分,或者是按月领取两百工分,持续三年。”

“那也不多啊,你选什么?”

“我还没想好。”

“那还用想吗,肯定是领三年的那种啊,比一次性领多多了!”

“谁知道三年以后两百工分还能买多少东西?要我说,不如一次性领了,拿来买东西!”

那个人却没有回答,而是把勋章重新拿了回去。

“家属也是这个标准?”另外一个人低声地问道。

大家都明白他问的是什么意思。

“家属是父母子女每人每个月两百工分,持续到老人去世,孩子十六岁。”

“老婆没有?”有人感到很意外。

“老婆是一次性领一点儿,不过好像不太多。他们的意思是说老婆本身还有劳动能力,而且现在男女比例严重失调,不鼓励守寡,鼓励她们改嫁。”

“这不公平嘛!”

“如果你死了,你老婆拿着你的抚恤去跟别的男人过,你会愿意?”另一个人笑着问道。

“呸呸呸!你他妈才死了!别他妈乌鸦嘴!”

这个话题让房间里又沉闷了起来。父母子女有人管当然是好事,但死者的老婆改不改嫁的事情联盟也要管,还鼓励改嫁,这让他们都有点儿不舒服。要是老婆改嫁了,父母和儿女不是又没人管了?一年两百多斤粮食加上地里的收成虽然够吃,但人活着又不是只有吃饭这么一个需求。让别人来管,会像儿媳妇这么尽心吗?

但不准那几个死者的遗孀改嫁,非要让她们这么一辈子过下去,这样的话他们也说不出来。现在又不是旧社会。

“想想真没意思,”有人突然说道,“拼死拼活的,也就值这么点儿东西。”

他的话让人们的心情越发低落，这已经是这些人的一种常态，每当发生了什么事情，他们总是会聚集在一起闲聊，怨言总是能够勾起人们内心深处最脆弱的那一面，把这些负面情绪扩大，引发更多的不满和怨言。

“没意思你就滚蛋！”一个声音突然大声地说道。

人们愣了一下，随即有人惊讶地站了起来：“王哥？武哥？”

来的人正是王永军和武文达，齐峰其实也来了，但他们在外面听到这些人的话，王永军直接就推着武文达的轮椅走了进去。

那个被王永军骂的人脸上有点儿挂不住，但他不敢惹王永军，新洲的人都清楚，这家伙是个二愣子，二话不说拳头就上来了。按理来说，他这样的脾气应该很得罪人，但奇怪的是，反倒有很多人特别服他。也许是因为他打人的理由通常都是被打者自身的原因而不是因为私怨。

“让个地方出来。”王永军说道，同时把武文达坐着的轮椅推到了火堆旁边。

“王哥，怎么没有你的勋章？他们这也太……”有人说道。

“是我自己不要的！”王永军却坐了下来，大大咧咧地说道，“我队伍没带好出了事故，还是被别人救回来的，有什么脸要勋章？少乱猜！”

齐峰这时候才走了进来，人们又忙着和他打招呼，挪位置，乱了一会儿才坐了下来。

“武哥你的勋章呢？”有人问道。

“刚刚拿去给我儿子了。”武文达答道。他和王永军是完全不同的类型，很少会发怒或者是爆粗口，但他做事情很有条理，也很讲规矩和原则，很少会偏袒某个人。

“那给你的物质奖励是什么啊？”这个人微微有些失望地问道。

“你们刚刚不是觉得没意思吗？”王永军却说道。

这让在场的人都有些尴尬，一下子冷场了。

“每个月领两百工分，持续八年。”武文达说道。

“差别这么大啊！”人们有些惊讶。

“差别不大的话，那二级和三级还有什么区别？”武文达说道，“但这个最重要的还是勋章背后的荣誉，至少对我来说，物质奖励远远没有精神鼓励那么重要。”

“武哥你们今天怎么会突然过来了？”有人问道。

很显然，以武文达的情况，要把他弄到楼上并不是一件容易的事情，绝不可能只是来闲聊一下。

“你们对今天的授勋有什么想法？”武文达笑了笑，把话题转移到了他们身上。

“想法？”那个人看了看其他人，“总是一件好事吧？”

“还有呢？”武文达问道，“许飞，你也是受了勋的人，你觉得怎么样？”

之前那个人犹豫了一下，看了看其他人：“还是挺高兴的。”

“仅仅是高兴？”武文达问道，“难道没有感到自豪，感到被认同和满足？”

“多少有一点儿吧？”

“那你们呢？你们不会为我们付出的努力获得整个联盟的肯定而感到兴奋和自豪吗？之前我们在外面听到你们说家属去买柴火的事情，难道你们不希望这种事情经常发生？”

大家又沉默了。

其实一开始大多数人都是很兴奋的，但不知道为什么，聚在这里聊天之后，当有人把授勋说成是张晓舟他们的一种示好的举动，甚至是别有用心的伎俩之后，这样的兴奋就渐渐地消退了。

甚至于，那些物质奖励也变成了一种很鸡肋的东西了。

为什么会变成这样？

武文达叹了一口气：“张晓舟对我说，新洲的人病了，而且病得很重，我一直不相信，但今天我觉得，他说的一点儿也没错。”

“武哥，话不是这么说的！”终于有人忍不住反驳起来，“我们跟着他出来冒险，推着他坐上了这个位置，没有功劳也有苦劳吧？可他是怎么对我们的？”

“这些话在别人面前吹吹也就算了，在自己人面前说这个，你不臊吗？”王永军不屑地说道，“当初你们跟张晓舟出来是为什么？是因为全家老小饿得不行了，只能出来拼命找一口吃的！结果呢？一下子全垮了！要不是张晓舟、高辉还有我们几个把你们这群胆小鬼拉回到新洲，然后又把你们拉出来拼命，你们早就都死翘翘了！”

“王哥，你这话……”这个人说不下去了，那样的话他们已经说了很多次，从没有被人这样揭破过，对于他们来说，那样的话早已经成了他们心里的现实，甚至已经模糊了真正的现实。

“你们站出来是为了张晓舟吗？”王永军却不留情面地继续说道，“狗屁！一开始的时候都只是死中求活，狗急跳墙！到后来，是为了一家老小能吃顿好的！杀那些恐龙是为了保证我们自己的安全，是为了吃肉！别搞得好像张晓舟欠了我们什么一样。联盟成立我们是出了一点力，但真正的基础都是张晓舟之前打下的。别的不说，去城南抢粮食的时候新洲在哪？搞公审的时候新洲在哪儿？建预警体系的时候新洲在哪儿？打暴龙分肉的时候新洲又在哪儿？安澜钱伟他们那些人出的力比你们几个大多了！可他们像你们一样成天把这些事情挂在嘴边说个不停吗？他们像你们一样成天觉得自己了不起吗？”

这话稍稍有些过分，但一方面是王永军的威信在那里摆着，另外一方面，他说的也是事实，没人反驳。

“照你这么说，那我们就一点儿功劳都没有了？”

“功劳当然有，可你们自己摸着良心说说，功劳大到你们可以觉得自己了不起，把别人都不放在眼里的地步了吗？！”

“我们哪有不把人放在眼里……”

“有没有大家自己知道，”王永军说道，“不是每个人都有这个毛病，但有这个毛病的人少吗？不少吧？我师父专门和你们说了多少次，然后呢？你们这些家伙当面什么都‘好好好’，转过脸去该怎么样还是怎么样！那也就算了，可教导队成立以后，你们这些家伙怎么反而变本加厉了？！”

“王哥！你这话就不对了！”说起这个，好几个人一下子有了底气，马上站出来反驳，“我们一开始可是好好训练的！是那个姓龙的故意来整我们！”

“这个我没看到，可我师父每天训练都在旁边看着。我刚刚去问过他了，龙云鸿一开始的时候有专门针对你们吗？那些新兵他骂得更多！同样的事情，为什么新兵能做你们就不能做？你们不就是看不起这个龙云鸿，看不起新兵，觉得他一个新人没有资格来带你们，觉得自己不应该和新兵一个待遇吗？”

他的话让大部分人都不高兴起来，照他这种说法，难道新洲和龙云鸿的矛盾还是他们的错了？

“他本来就没资格来带我们啊！我们杀恐龙的时候他还在躲着等死，要不是我们救了他，他现在说不定已经死了！突然就骑在我们头上拉屎了，这让我们怎么忍？”

“他要是……”王永军大声说道，但却被武文达轻轻地碰了一下，让他停住了。

“现在说谁对谁错已经没什么意义了，”武文达微微地摇着头说道，“龙云鸿那个人是有问题，死板，不知道变通，又不会说话，只会硬来，这都是他的问题，可闹成现在这个样子，我们真的就一点儿责任都没有？全是他一个人的责任？”

人们没有说话，过了一会儿，有人问道：“武哥，王哥，你们好不容易回来一次，就是专门替张晓舟来骂我们？”

“骂你们是为了你们好！换个人，让我骂我都懒得骂！”王永军说道。

这话让几个人忍不住笑了起来。

“老王的话糙理不糙，”武文达说道，“我们当然不可能站在那个什么龙云鸿那边，可新洲像现在这样下去，大家觉得还能坚持多久？”

人们再一次沉默了。

“张晓舟其实比我们还不希望新洲就样下去，”武文达说道，“毕竟他也曾经是这个集体的一员，他也曾经和我们这些人一起战斗过。新洲这段历史如果传承下去，也会有他的名字。可我们如果继续这样下去，和联盟，和特战队割裂开来，新洲还能继续胜利下去吗？我们难道可以永远不接受新人？永远靠我们几个人把这块牌子撑下去？”

人们再一次迟疑犹豫起来。

武文达所说的这些，其实并不是一直没有人想过，但这样的论调在现在的新洲是不可能说出来的禁忌，骂龙云鸿，骂张晓舟，抱怨联盟的政策才是新洲内部的政治正确。

“不改变，路只会越走越窄，越走越难。我们的力量会越来越弱，越来越边缘化。人们现在还尊重我们，甚至敬佩我们，可当特战队的那些人渐渐成长起来后，人数越来越多后，我们还能压住他们吗？说句不吉利的话，如果只靠我们自己，没有新人补充，有谁能保证自己一直幸运下去？”

“好好想想吧，”武文达说道，“有些话齐峰不好说，只能让王永军来说，只能让我来说，可龙云鸿并不仅仅是你们的队长，也是那些新人的队长，现在这个局面，你们觉得他不为难吗？”

齐峰坐在旁边，没有说话。

“要么放下成见，把过去的不愉快丢下，摆出姿态去接受新人的加入，让特战队把新洲的历史和精神传承下去。要么我们集体离开，把新洲这个名字封存起来，让新洲成为联盟的一段佳话，而不是等待它走向衰亡。现在结束，至少它还代表了成功、勇气和光荣，是一个值得传颂的名字。”

房间里长时间地沉默了下去。

许久之后，武文达说道：“谁来搭把手送我回医院去？上来的时候可把王永军和齐峰折磨惨了，这个楼层，可真是要人命了。”

气氛终于松活了起来，好几个人主动站了出来：“交给我们吧！”

“他们接受了，”老常匆匆走进张晓舟的办公室说道，“他们已经同意从新洲酒店搬出来，分散到安澜片区的其他团队去。”

“是吗？”张晓舟点点头。等到了想要的结果，但他却不感到高兴，只是有种如释重负的感觉。

这其实代表了新洲团队的态度，当他们分散到周围的团队中，就很难像以前那样强势，也不太容易继续凝成一体。但反过来说，这也能够让他们忘记过往，丢下包袱真正融入到联盟当中去。

康华医院已经变成了一个地名，安澜大厦也早已经在张晓舟和钱伟等人的极力推动下淡化，而新洲的分拆则意味着联盟成立前最后一个有着强大影响力的团体的消失，从这一天开始，联盟真正可以说成立了。

这对于那些人来说也许是一种背叛，但对于联盟来说，这是一种进步，也是最好的结果。

“这个事情不要催他们，多安排几个人去帮忙，尽量把事情做得贴心一点儿吧。”

武文达和王永军一个文一个武出面，终于把他们之前一直都头疼的问题解决了，这让他忍不住会想，如果他俩没有受伤住院，新洲一直是齐峰和他俩带队，那新洲融入特战队的事情会不会变得顺利一些？

但已经发生的事情无法假设，更没有办法重来，于是这样的念头只是在他脑海里转了转，然后便迅速被其他事情赶了出去。

“老常，晚上叫上钱伟，我们一起去找龙云鸿谈一谈。”他对老常说道。

新洲已经做出了足够的让步，到了这个时候，龙云鸿也必须做出足够的姿态，让特战队重新融合，成为联盟最有战斗力的集体。

"你要这些东西干什么？"张四海有些诧异地说道，"这些装备联盟应该会发给你们的吧？"

"那谁知道要等到什么时候？ 而且质量呢？"严烨摇摇头说道，"我知道新洲的队员之前也有私底下找你们定制的，别拿规定来糊弄我。"

"那不一样，"张四海摇了摇头，"以前干私活没人管，但宣教部的那个事情出了之后，这些事情都很敏感，江晓华一天到晚盯着呢！ 我不像你，你可是有两枚勋章护体的人，现在我干得好好的，没有必要冒这个险。小姑娘！ 别逗它们，小心它们抓你！"他突然大声地叫道。

严淇在旁边不远的地方用手逗弄着张四海的那两只孟加拉豹猫，它们来到城北之后几乎已经找不到猎物，张四海也不敢把它们放出去疯，生怕被什么人抓住吃掉了，这让它们很不高兴，脾气暴躁。

但对于孩子们来说，它们漂亮的外形永远都有着极大的诱惑力。

"严淇！"严烨也叫道。她只能嘟着嘴站了起来。

"上班时间不行，私人时间也不行？"他转过头继续问道，"想想办法！ 钱不是问题，我现在有的是。"

现在他可以算是联盟第一富人了。

两枚勋章的奖励他都选择了现金奖励，于是他现在手握两万六千工分。如果他想，这么大的数额足够摧垮联盟当前脆弱的金融体系，梁宇在知道了他的选择之后专门找他谈了一次，希望他改变想法，在劝说无果之后，只能要求他保证绝不乱花这些钱，如果要一次性大量消费，要提前和梁宇的部门打招呼。价格上都可以商量，但不能乱来。

他花了五千工分请自己队里的人大吃了一顿，还单独请新洲团队里和自己关系好的人也吃了一顿。几人忍不住又对联盟和张晓舟发了一顿牢骚，甚至有人问严烨，欢不欢迎他们申请调到他的那个队去。

"只要你们想来，我当然欢迎！"严烨马上表态，"不过我这边可提供不了新洲那么好的待遇！”

板桥的那些人始终没有“见过血”，虽然他也一直在工作的闲暇时训练他们，但终归有些不放心，如果有新洲的人愿意过来帮他的忙，那护卫队的战斗力肯定可以大大加强，投入的人力可以大大减少，但安全性却可以增加很多。

“能吃饱就行！反正我是不想再继续看龙云鸿那个家伙的脸了！”

“张晓舟他们会放人吗？”严烨稍稍有些迟疑。

“反正我们也不想在那个什么狗屁特战队待了，难道他们还能逼我们去种地？”

“那我可就等着你们了！别让我空欢喜啊！”

“干脆我们全都到你那里去好了！”有个人突然说道。

严烨愣了一下，这样的可能性他还真没想过，新洲的人能来几个当然好，可要是全来，他那么个三百多人的生产队还真容纳不下这么多新人。况且，新洲也不是每个人都和他关系好，有些人的做派他也看不上，那样的人到什么地方都是定时炸弹，他可不想要。

好在马上有人给他解了围：“这话今天说过就算了，你可别给严烨惹祸。他好不容易走到这一步，要是我们全过去，那不是直接和联盟唱对台戏，给张晓舟他们上眼药吗？”

严烨打了个哈哈，终于把这件事情给糊弄了过去。

不过这件事情还是让他很上心，他后来又专门找了四五个和自己关系不错，比较实干又能和自己配合的人私下聊了几次，真心诚意地邀请他们到自己那里去。

双方基本上说好了，但他们的装备都是之前联盟配的，如果离开特战队，肯定要交回去，这才让严烨动了花钱买一批装备的想法。不单单是给要来的这几个人，还要把平时表现比较好的那几个部下也武装起来。

反正联盟也没有规定说个人不能拥有武器，大多数人在这个世界都已经养成了随身佩刀，长矛不离手的习惯。尤其是他们这个在丛林边上讨生活的队伍，随时有可能遇上危险，自己花钱买装备保护自己，谁能多说什么？

“时间上不急，慢慢来，关键是东西要好，”他对张四海说道，“价钱好商量。”

张四海有些意动，他本来就不是愿意循规蹈矩的人，不然的话，以前也不会辞了职专门去搞地下武器作坊了。

只要不在上班的时候，不在公家的地盘，不用公家的材料，应该没人能说什么吧？谁也没规定业余时间不能做点东西挣钱啊！

“我们不能在厂子这边干，不然说不清楚，”他对严烨说道，“只能另找地方，另外找材料，还得晚上干。你要的量大，我还得找几个人帮忙……”

“那没问题，”严烨马上说道，“我先付你两千定金，行不行？”

# 第11章 冒险者

“申请到严烨那个队去?”这样的情况完全出乎张晓舟的预料,“有几个人?”

“四个,”齐峰心情复杂地说道,他随后把这四个人的名字告诉了张晓舟,“都是骨干……我原本觉得他们应该会加入特战队的。”

“其他人呢?”

“还有九个人申请离开特战队,没说要去什么地方,但我还没批准,”齐峰说道,“其他人的态度也很暧昧,大概还在观望和考虑。”

真是让人尴尬的情况,他们刚刚和龙云鸿谈过,他也同意放下对新洲队员的成见,重新去尝试与他们合作,在这种时候,新洲团队里突然有这么多人申请离开,表达的无疑是对于他们这种安排的不满和反抗。

“强扭的瓜不甜,”梁宇却说道,“他们选择离开的原因应该是多方面的,我觉得没有必要一定要强求他们留下。他们如果自愿到丛林开发部去,其实也是一条很适合他们的出路。”

联盟已经在这些人身上花费了太多的时间和精力,在他看来,早就已经仁至义尽了。

为了安抚他们,专门加班加点把勋章制度确定下来,召集执委开会表决,还让机械加工厂加班赶制出那些勋章。如果他们还是选择对抗,那不如让他们早一点儿离开，免得引发更多的事端。

当然，这样的话他不可能直接对张晓舟和齐峰说出来。

“他们的能力不会完全浪费，丛林开发部有他们的加入，安全性上应该会有一个飞跃，这也是一件好事，”他继续说道，“离开原来的环境，加入新的团队，结识新的同伴，也有利于他们真正融入联盟。”

“让我再考虑一下。”张晓舟却没有马上做出决定。

他专门到医院去找了武文达，又去武装部找了钱伟、杨鸿英、王永军等人，征求他们的意见，甚至专门找了新洲团队中的几个队员聊了聊，最后终于拍板确定了这个事情。

更多的调职申请很快就报到了齐峰那里，他不得不重新把武文达和王永军找来，还拉上了杨鸿英，最终却也只留下了十五个人，其中还包括了在医院住院治疗的李根。有十四个队员选择申请调到丛林开发部去负责安全工作，其他的人则拒绝了联盟替他们安排工作的好意，选择了自己安排的出路。

值得一提的是，这些人当中有五个人联名向联盟提出申请，要求联盟同意他们自己成立一个队伍，到城东南的无人区去寻找物资，猎杀恐龙。

张晓舟的第一反应是：“不行，这太危险了。”

那个区域不像城北那样拥有预警体系，他们在那里活动，随时都有可能在转过一个街角之后与肉食恐龙狭路相逢，甚至无法预知暴龙的行踪。一旦与暴龙相遇，结果很有可能是全军覆没。

另一方面，何家营显然已经准备从他们的村子里走出来，并且已经重新占领了板桥。他们这些人在城东南活动很有可能遭遇何家营派出来的队伍。凭借他们五个人的力量，很有可能遇上麻烦。

绝大多数时候，人类最危险的敌人其实是同类。

但他们自己却并不这样认为。

“只要联盟让我们保留装备，我们就有信心保证自己的安全，”他们推举出来的队长说道，“那个地方我们曾经去过，环境不算复杂，遇上中型恐龙我们五个人足以自保。至于暴龙，我们希望新洲那边能够通过旗语给我们指示，帮助我们避开它。我们可以用自己找到的东西来支付后勤补给和预警指示的费用，也可以和梁主任那边合作，优先寻找联盟急需的物资，优先出售给联盟。张主席，我们都是有家有口的人，我们的生命安全我们自己会把握，请你放心。”

“你们先回去，我们需要开会讨论一下这个问题。”张晓舟只能这样答复他们。

“凭借他们的能力，如果有新洲酒店楼顶的哨位给他们预警指示，他们遭遇危险的可能性不大，”老常这样判断，“但恰恰是因为这样，如果他们获得了成功，弄到了大量的物资，暴富起来，有可能会开一个很坏的先例。某种物资大量进入会不会动摇联盟的财政？一夜暴富的神话会不会鼓励一大批人像他们一样去冒险？他们可以保证自己的安全，但其他人可没有他们这样的经历，也没有接受过那些训练，很有可能会死。如果这样的事情发生，联盟有多少人口可以消耗在这种事情上？”

“但我们没有理由阻止他们，”梁宇却持完全相反的意见，“联盟从来都没有宣称过对这些无主的物资拥有主权，理论上来说，他们找到并且带回来的就是他们自己的财产。之前安澜联合其他团队去城南找食物，也是直接分了作为团队各自的财产。我们有很多物资之所以算是联盟所有，是因为联盟出面组织和策划，并且给参与者支付了报酬。但任何人如果自己想办法去找来的东西，我们都是默认为他个人所有，我们设在商业街的那个回收点也一直都在回收各种各样的物资。唯一不同的只是，之前大家都没有勇气跑到城东南去找东西，只敢在我们控制的区域里寻找物资，而他们这些人既有勇气，又有能力。”

“即使是我们不支持他们这么做，也不可能堵住高速公路上那么长的通道不让他们过去，更不可能把他们抓起来，他们自己照样可以去。但如果没有我们的支持，他们的行动就很有可能遭遇危险，”他对张晓舟等人说道，“这种事情，永远都是堵不如疏。与其让他们自己去冒险，倒不如让联盟在里面掺一脚，抬高门槛，以此防止更多的人像他们一样做。”

“抬高门槛？”

“我们可以设立一项行政准入审批，鼓励人们自己组建队伍去冒险，但必须具备一些条件，否则不予审批，视为违法。条件可以设立得高一点儿，比如说必须有多少成员以上，必须有什么样的装备，成员必须接受过多长时间的军事训练或者是丛林探险经验，甚至可以规定必须首先完成某些特定任务的考验才能进入，以此来限制一般人去冒险，而不是完全把这个口子堵死。”

“冒险者工会?!”高辉突然兴奋地说道。

大家都像看傻子一样看着他，他摆了摆手，用力地摇摇头：“你们别管我，就当我什么都没说过。”

“这样做的坏处是，也许会有不少人死在冒险的途中，对于我们本来就捉襟见肘的人力资源来说肯定会有很大的破坏，”梁宇继续说道，“但好处是，想要去冒险的肯定都是不安定、不安于现状的人，这样的人肯定会有，但也不会多。这些人本身其实很难成为我们可以使用的劳动力，反而是潜在的破坏社会稳定的因素。让他们从事冒险行业，既可以消除社会的不稳定因素，又可以让他们发挥出更大的作用，弥补联盟在这方面的投入。我们培养一个合格的特战队员要投入多少资源，花费多少时间和心思？像新洲这样的，还得考虑士气和对联盟的忠诚问题，考虑尾大不掉的可能，考虑养老的问题。如果他们牺牲或者是遭遇了事故，还必须考虑抚恤问题。但用这些人，训练、装备、补给都全是他们自己解决，后果也是他们自己承担，他们获取足够大的利益，甚至一夜暴富，我觉得也是合情合理的事情。”

“可以鼓励联盟成员的尚武精神，”钱伟说道，很显然，他已经被说动了，“我们现在从远山这个起点出发，不断往外开拓，最终征服这个世界。这个过程也许要持续很久，也许我们现在就应该开始鼓励这样的冒险精神了，这对于我们的事业来说肯定会很有帮助。”

“如果真的要这么干，我可以负责写计划书，”高辉莫名地兴奋了起来，“相信我，我对这个很有经验，一定会给你们一个很完美的方案！”

“联盟下设冒险者工会，为联盟对下属冒险者的管理机构，对冒险者及冒险者团队实行备案登记管理。

“任何团队和个人未经登记备案，不得从事对危险及未知区域的探险任务，不得承接冒险任务，否则将视为违法，对当事人处罚金并劳教三个月至一年不等。任何冒险者团队雇用未经登记备案者进入团队从事长期或临时任务，将面临罚金及停业整顿处罚，情节严重者，将对团队负责人处以罚金及劳教惩处。

“冒险者登记资格：年满二十岁，身体健康，宣誓忠于联盟，在联盟下属作战机构服役两年以上，接受三个月以上丛林冒险技能训练，经冒险者工会考核合格者，可登记获得冒险者身份。

“冒险者年审制度：冒险者登记备案后，每年十二月三十一日前必须到最近之冒险者工会接受年审，如有特殊情况可提前申请，后延至次年三月三十一日前，逾期未年审或年审不合格者，将取消冒险者资格。年审的主要内容：当年任务承接及完成情况，委托人评价，健康状况评测，军事及丛林冒险技能复审。”

“挺像模像样啊！”读到这里，张晓舟不由得称赞了一句，这让高辉咧开嘴笑了起来。

张晓舟于是继续读了下去：

“冒险者未经冒险者工会特别批准，不得以个人身份承接任务或自行开展探险任务，违反者将直接取消冒险者资格，三年内不得重新登记。

“冒险者团队登记：冒险者团队登记需同时具备以下条件，登记五名以上冒险者，具有固定处所，有明确的团队架构及规则，有明确的财务管理制度，依法纳税，宣誓忠于联盟并自愿作为联盟预备役成员，接受联盟武装部和冒险者工会监督管辖，经冒险者工会审核合格，可以登记建立冒险者团队并接受各类冒险和探险任务。出任冒险者团队负责人者，需在联盟下属军事机构服役五年以上，且登记为冒险者并连续年审合格两年以上。

“冒险者团队年审制度：冒险者团队登记建立后，每年一月三十一日前必须由团队负责人到最近之冒险者工会接受年审，如有特殊情况可提前申请，后延至四月三十日前，逾期未年审或年审不合格者，将被处以降级、停业整顿乃至勒令解散之处罚。年审的主要内容：当年任务承接及完成情况，委托人评价，成员伤亡情况，成员年审情况，财务状况，纳税情况，接受预备役操训及出勤情况等。”

老常和梁宇等人也连连点头。这个规定很有前瞻性，第一批冒险者可以放宽登记要求，但对于未来，这样的门槛应该是必要的。可以有效地防止那些愣头青头脑一热就跑去当冒险者，然后在丛林里断胳膊少腿地回来。另一方面，在联盟军事体系内服役之后，无论是能力上、思想上还是对联盟的认可上都应该有一定的效果了，这也可以防止这些人成为联盟的不稳定因素。

“考虑得很周全啊，连纳税和预备役都想到了。”钱伟拍拍他的肩膀说道。

“这有什么，真正的精髓都在后面。”高辉说道。

张晓舟于是继续念道:“任务体系:联盟下属任何机构或个人均可在冒险者工会发布任务,冒险者工会收取报酬金百分之五为手续费及担保费。不在冒险者工会发布的任务,不受联盟保护。冒险者工会将按照任务内容、工作量、预计消耗时间和危险性等对任务进行评价,并给出标准。任务评级由 E 级至 AAAA 级不等,对应不同积分并对应不同等级的冒险者团队。A 级以上任务只能由冒险团承接,初次登记成立的冒险者团队只能承接 D、E 级任务,待累计足够积分升级后,方可承接高级任务。”

张晓舟忍不住挠了挠头,这感觉怎么有点儿不对了?

高辉却迫不及待地自己继续念了起来:“冒险者团队升级体系:初次登记的冒险者团队为冒险者小队,固定人数不得超过十人。可承接 D、E 级任务,一年内积分累计达到升级标准,可在年审时申请升级为冒险者中队。冒险者中队固定人数不得少于十人,且不得超过二十人,可承接 B 级及以下任务,三年内积分累计达到升级标准,可在积分满足升级条件后在当年年审时申请升级为冒险团。冒险团固定人数不得少于二十人,且不得超过五十人,可承接所有级别的任务。”

“高辉。”钱伟叹了一口气。

“你别急,更有意思的还在后面,”高辉兴致勃勃地说道,“冒险者升级体系:初次登记的冒险者为 E 级冒险者……”

“高辉,说真的,你是把这当成真人游戏在玩吧?”钱伟问道。

“这个……多少借鉴了一点儿吧,反正也很合用啊?”高辉用手摸了摸鼻子,不确定地说道,“你们觉得不好?刚刚你们不是还说不错吗?”

所有人都叹了一口气。

“要是联盟有几百个队伍,上千人来干这个事情,你这么搞说不定还有用。但你觉得这可能吗?”

“那……留着以后用也行啊!”高辉说道。

“我觉得前面那些条款都不错,任务体系之前的那些,”老常说道,“但是税率怎么定?这肯定是个大问题。他们去出任务需要联盟的支持和配合,现阶段是后勤和预警指示,以后也许还有更多的,尤其是医疗资源。如果他们出事,联盟肯定还要派特战队去救援……但税率高了,也不合理。”

“这个我昨天也考虑了一下,”梁宇说道,“现阶段按照以前收取企业所得税的税率，百分之二十五比较好，有先例可循。武器和装备可以算联盟先借给他们的，等他们有收益之后折价卖给他们，算是我们帮扶了他们一把。药品之类的，可以按照消耗一事一计。”

“有点儿太过了，”张晓舟说道，“如果他们同时保留预备役身份并且还要执行任务，那他们对联盟的贡献和其他人是一样的，医疗上不应该再对他们额外对待。再说了，他们找回来的东西大多数也只能在联盟出售吧？这里已经有一些利润，没有必要再苛求他们了。”

梁宇的小算盘被他揭露，微微有些尴尬，但咳嗽一声就过去了。

“人数限制我觉得应该要明确，”老常说道，“人数太多的话，以后就有可能变成私人武装了。他们可以常年接受军事训练和实战，战斗力会远远超过民兵，现在当然不会有问题，但未来也许对于联盟来说会是一个很大的威胁。”

“五人以上，十五人以下？”钱伟说道，“一般性的任务十五人应该足够了，难度再高的任务，那就应该由联盟出面来完成而不是委托给他们。他们从事的应该是一些查漏补缺的任务，而不是成为执行任务的主力。”

大家都点了点头，十五人以下的话，应该不会有能力对联盟造成威胁。

“投矛、弓弩之类的武器需要管控吗？”老常问道，“我的想法是，在危险区域可以使用，但在联盟城镇应该禁止非勤务人员随身携带，必须保存在武装部或者是各级民兵的总部。”

“这个可以有，”梁宇点点头赞同地说道，“现在这个阶段，在联盟控制区内随身带刀或者是长矛已经足够了。”

“要是有类似规章制度参考一下就好了。”张晓舟说道。

“找找看吧，不过这种东西存在的可能性……”老常摇摇头，显然并不抱什么希望。

“你们再看看我后面的条款啊！”高辉不甘心地说道，“这可是我参考了好几个佣兵游戏和小说才搞出来的，精髓真的在后面啊！”

“好好，我们有空一定会看的。”张晓舟拍拍他的肩膀，安慰他道。

讨论的结果是高辉的抗议无效，他伟大的冒险者工会及其一系列构想无疾而终，花了将近五个小时写出来的关于“伟大的航路”的冒险者工会宣言和冒险者誓言甚至都没人看到。

张晓舟等人只保留了最前面那些在他看来完全是为了让张晓舟他们通过而绞尽脑汁编出来的粗糙乏味的东西，而把他最引以为豪的那些错综复杂的升级体系丢到了一边。

冒险者工会这个称呼甚至都没有保留下来，只是在武装部下面分设了一个冒险者管理科。按照张晓舟等人的看法，这些冒险者既然是预备役的一部分，也要承担一部分民兵的责任，那放在武装部再合适不过了。

高辉想尽办法，赌咒发誓绝不乱来，才让张晓舟等人同意由他来兼任这个科的负责人，但他同时也打定主意，等到挂牌的时候，一定要把科室的名字改为“冒险者工会”，工会宣言要请人抄写成大字后挂在墙上，同时，他好不容易写出来的那段誓词也一定要在每个冒险者登记的时候让他们用来宣誓。

“我是抵御寒冷的烈焰，破晓时分的光线，唤醒眠者的号角，守护联盟的坚盾。我将生命、荣耀与忠诚献给联盟和伟大的冒险，今夜如此，夜夜皆然。”

多热血多燃的誓词！

一群不识货的东西！

经过梁宇和老常修改后已经变得僵硬呆板的《冒险者管理条例》在执委会上获得了通过，而在这之后，又有五名新洲队员申请离开特战队成立自己的冒险者小队，齐峰苦劝无果，只能批准了他们的请求。

剩下的新洲队员对于特战队来说已经变成了极少数，而且多半都是原本就不怎么闹事的那一批，这样一来，特战队的融合几乎没有再生什么事端。齐峰和龙云鸿一起把剩下的所有队员混编为六个小队，以北城两个小队、东城四个小队的安排，严格依照行动计划继续进行丛林探索及训练任务。

那种被张晓舟命名为“远山巨火蚁”的远古肉食蚂蚁被列为丛林工作手册中的头等危险动物之一，而且他们很快就在已经被探索过的区域发现了更多的蚁穴，只是因为当初没有人惊动它们，所以才没有发现这种在灌木丛和蕨类植物之下默默爬行的危险动物。

他们在地图上小心地把发现的蚁穴都标注了出来。

这并非最受联盟关注的新闻，新洲的拆分一度成为人们最为关注的事情，但很快，这个热点却被两个冒险者小队的收获所淹没。

他们到城东南去进行联合探索，然后在第一次行动中就弄到了大量的香烟。

远山的烟民很多，事实上，在三十岁以上的联盟成员当中，有将近三分之二的男性都抽烟，其中又有至少三分之一是烟瘾很大的人。

作为一种易得的麻醉品，烟草在人们承受压力和病痛时承担了重要的作用。他们手中的存货早已经在之前的那段艰苦岁月中消耗殆尽，只是因为实在找不到更多的来源而不得不强忍着。有些人甚至尝试着用各种各样的树叶子烤干之后用纸卷起来做代用品，以此来缓解没有烟抽的焦虑。

两个冒险者小队搞到的这些烟很快就成了抢手货，许多有远见的人迅速意识到，随着时间的推移，香烟这种不可再生的消耗品必将迅速升值，成为昂贵的奢侈品。许多人竭尽自己所能去购买香烟然后小心翼翼地收藏起来，静等升值，这几个从新洲脱离出来的队员很快就一举超越严烨，成了联盟中的新富翁。

"真是太糟糕了。"梁宇焦虑地说道。

这些人按照刚刚出炉的《冒险者管理条例》上缴了四分之一的收获作为缴给联盟的税收，然后便拒绝了梁宇代表联盟收购他们手中剩余香烟的要求，开始零散地出售自己手中持有的香烟。

价格的疯狂飙升让所有人都没有料到，联盟的经济差一点儿因此而崩溃，最终这些人也被吓了一跳，小心地把剩余的香烟收藏了起来，无论闻讯赶来的人出什么价都不再出售，而是声称手中的存货都已经卖完了。

可以预料的是，他们即使是长时间不再去冒险或者是出任务，这些香烟也足够他们过上一段舒舒服服，甚至可以说得上是奢侈的日子了。

"真是太糟糕了！"梁宇再一次说道。

这是他最不想看到的局面，也是张晓舟在联盟的商店刚刚开业时就提醒过他要尽力避免的局面。

整个联盟将近五分之一的流动资金都进入了这几个人的腰包，这让联盟内部的许多人都眼热，眼红，甚至到了蠢蠢欲动的地步。

可以预见，在这样的巨利面前，《冒险者管理条例》上的规定根本就无法制止人们冒险的心思。他们看不到其中潜在的危险，甚至不会去考虑这些人曾经接受过什么样的训练，更不会去考虑他们这次的收获背后，有着怎样的偶然性。

联盟方面马上就开始大力宣传《冒险者管理条例》的各项规定，并且反复强调城东南的危险性和他们这次成功的偶然性，但还是有很多人行动了起来。

一些人跑到武装部去询问要如何才能注册成为冒险者，钱伟和高辉说破了嘴皮子也没有办法说服他们。《冒险者管理条例》的门槛对于此刻的联盟来说实在是太高了，高到没有任何人能够达到的地步，这让他们坚信，其中一定有空子可以钻，有后门可以走。

一些人在被拒绝之后甚至开始散布谣言，说新洲团队的解散根本就是一个阴谋，联盟早就已经知道那个地方有大量的香烟，新洲的解散和《冒险者管理条例》的出现就是为了限制其他人，而让新洲的人去谋利。甚至有人信誓旦旦地说，联盟的领导者们都在这次的香烟交易中占有干股，获取了巨额利益。

巡逻队甚至在通往城东南区的那条通道抓住了几个试图冒险跑到那边去的人，钱伟不得不专门安排一组民兵在那附近巡逻，防止有人偷跑过去白白送死。

“我们没有办法把香烟的价格打下来，”梁宇无奈地说道，“即使是把我们手上有的这些存货全部抛出去，也只是让一些手快的人买去囤积起来。不但起不到平息这场风波的作用，反倒有可能造成更大的不满。要是我们一开始的时候就把他们的这些货扣下来，禁止他们私自出售就好了。”

这样的话毫无意义，他们没有正当的理由去扣押这两个冒险者小队的收益，当时也没有想到这些香烟会带来这样疯狂的结果。

“还是他们的行动太顺了，”老常深深地叹了一口气说道，“要是他们行动很多次，甚至是遭遇一些危险之后才发现这些香烟，情况也不会这么严重。一夜暴富的例子实在是太糟糕了。”

“死掉一些人，让所有人都明白这并不是正常的致富之路，这场混乱和盲动也许才会终止。”江晓华说道。

审判那些试图偷跑到城东南去冒险的人的裁决庭正在组建，按照《冒险者管理条例》，这些人都将被罚款并劳教处理，但他很怀疑这样的做法能把这股风潮平息下来。

“我们都太缺乏经验了。”张晓舟深深地叹了一口气说道。

但谁又会有这样的经验？数万人穿越到白垩纪这样的事情，有谁经历过？

“也许……”夏末禅欲言又止，宣教部在这样的突发情况下完全束手无策，所有试图引导舆论的努力最终都变成白费工夫，甚至还起了反效果。

“你有什么办法？”张晓舟问道，“没关系，说来听听。”

“我觉得，邱岳会不会有办法？”夏末禅低声地说道。

所有人都沉默了。

作为张晓舟理想团队的一员，在座的人当然都已经知道邱岳为什么会突然被挂起来。事实上，按照老常的计划，只要再过一两个月就会找个理由把邱岳从副秘书长的位置上弄下去，让他到某个弄不出什么幺蛾子的地方去安享晚年了。

这样的做法当然很不人道，但对于张晓舟和老常来说，对于一个很有可能给联盟造成危害的人，这样的处理也是不得已而为之。

尤其是在与万泽等人的接触中，他们隐晦地打听了一些关于地质学院当时所发生的事情，当时作为联盟与地质学院的主要联络人，邱岳显然隐瞒了一些，引导了一些。

万泽对邱岳也有怀疑，但他们这些外来派却是因为这件事情而得以上位，这让他们对邱岳也抱有两难的态度，并不愿意在这件事情上深谈。

“事情已经到了这一步，他也未必会有什么好办法。”老常沉默了一下之后说道。

邱岳对于张晓舟和他肯定是满肚子的怨言和不满，这种时候，他不推波助澜就是好的，怎么可能站出来为他们出谋划策？

另一方面，如果他真的有办法，也大度地贡献了出来，那他们要怎么办？继续把他挂起来，显然太过卑鄙，但如果让他重新回到决策层，那他们之前所做的一切就白费了，甚至还给了他一个更广阔的舞台。

想法再阴暗一些，如果他故意出一个现在看起来很好，但实际上却包藏祸心的主意，那怎么办？

古语说“用人不疑疑人不用”，绝对是很有道理的。

“这样的事情在所难免，”梁宇也说道，“不是因为香烟，也会是因为别的东西。只要那些冒险者继续在外面活动下去，他们就总会有这样那样的收获。过去那个世界的东西对于我们来说都是消耗品，很多东西的价值随着时间的推移必然会慢慢扭曲。

现在爆发出来,未必不是一件好事。至少我们已经意识到这个问题,今后就可以避免同样的事情发生了。”

张晓舟默默地点了点头。

“我会加强巡逻人手,”钱伟深深地叹了一口气说道,“尽量避免人们偷跑过去……真正跑过去的那些,只能看他们的运气了。”

“就算他们成功了也要把他们控制起来,”江晓华说道,“冒险者小队的例子已经够糟糕了,如果再有人违反《冒险者管理条例》而获取了可观的收益,这件事情就要彻底恶化了。”

有些话没法在台面上说,但大部分人心里都清楚,这种时候,有人偷偷越过联盟的封锁跑到城东南去,然后遭遇恐龙袭击伤痕累累地逃回来才是终止这种狂乱的最直接的办法。

只有这样,他们才会重新回忆起恐龙的威胁,而不是像现在这样,开始忘记它们的恐怖,把它们看作是可以轻松对付的东西。

一切语言说服都比不上血淋淋的教训来得直观和深刻。

张晓舟依然在沉默,他当然知道坐在自己身边的这些人的潜台词,但这恰恰是他最不想采取的做法。

他们用了那么长的时间才把对于恐龙的恐惧从人们的心里驱赶出去,让他们相信人类必然战胜这些东西,让他们相信人类必将征服和统治这个世界。

他们推行冒险者制度也是为了鼓励人们的尚武精神,鼓励人们主动去征服这个世界,但现在为了解决困难,又把它们变成人们心里的噩梦？让人们重新开始畏惧它们？漠视甚至是纵容那些人去冒险,死在它们手上？

这不是解决问题的办法。

他心里突然变得烦躁起来,随即站了起来,开始在房间里走来走去。

“我们必须修订《冒险者管理条例》,”梁宇说道,虽然刚刚颁布条例就马上进行修改有点儿自己打自己的脸了,但这总比为了面子而让问题继续下去要强,“税率应该采取递进制,或者是对于不同的收获采用不同的税率。”

“就像关税?”高辉问道。

“不错,就像关税一样,”梁宇点点头说道,“对于他们弄到的物资,联盟应该有包买权，而不是只能看着他们囤积居奇，坐收渔利。”

“这样的做法太苛刻了，”高辉马上表示反对，所谓的包买权很容易理解，联盟有权利把他们找到的东西打包买走，但显然，那样做的话，价格不可能按照市场价来，“如果这样，还有谁会愿意去做冒险者？风险、成本和危险都由他们自己承担，找到了好东西联盟就要拿走？说得不好听一点儿，你说的包买和抢也差不多了。”

“针对不同物品采取不同的税率这个我赞成，但包买权这个，吃相有点儿太难看了，”江晓华也说道，“而且这也没有办法解决现在的问题，我们不能出了事情之后临时定一条规定，然后去解决以前的问题。这样做的话，联盟的公正性就成了儿戏，以后也不会再有任何公平公正可言，人们还会相信联盟的公平公正吗？”

“这不行。”张晓舟也说道。

“那联盟有权监督他们的售卖行为，防止出现恶意哄抬物价或者是囤积居奇的情况发生，这样总可以了吧？”

“但这些东西都是不可再生的物资，你怎么限制它们的价格？”冒险者工会是高辉的心头肉，他一心一意想把这个事情做大，立场偏得十分明显，“即使你限定了冒险者只能平价出售，但也没有办法制止其他人囤积起来等到以后高价出售。这样做只是把利润从冒险者手里抢走，转交给另外一些人，根本解决不了问题。难道你还能禁止人们私底下交易物品？与其让这些二道贩子赚钱，还不如让冒险者赚，至少他们还是冒着生命危险换来的。”

这样的道理也没错。

“说到底，还是因为我们手上的东西太少，而且只会越来越少，而东南区离我们太近，看上去又没有必死的危险。你看这些东西要是去丛林里才能找到，有新洲死伤累累的例子在，有几个人会想偷跑进去发财？”高辉摇摇头说道，“照我看，这件事只能冷处理。等到城东南的那些东西发霉坏掉，或者是被何家营那些人杀过来搜刮走，什么都没有了，大家也就不会一天到晚惦记了。”

张晓舟的脚步突然停下，站在了高辉面前，让他疑惑地抬起了头。

“钱伟，我们现在还有多少汽油储备？”他大声地问道。

“已经很少了，现在机械加工这块都不太敢开发电机，而是开始琢磨烧木炭打铁了。”

"够做一批燃烧瓶吗?"张晓舟问道。

"顶多还能做二三十个吧,你想干什么?"钱伟疑惑地说道。

"这种事情堵不如疏!"张晓舟说道,"大家不是眼红冒险队的财富吗？我们既然没有办法平息他们的渴望,也没有办法消除他们的欲望,更没有办法完全阻止他们到城东南去,那我们不如主动带他们过去发财!"

"带他们发财?"人们彻底愣住了。

"由联盟来策划,组织,筹备,杀死那只暴龙,驱赶那些肉食恐龙,"张晓舟说道,"这件事情既然没有办法阻止,那就由联盟来主导,把主动权控制在我们手里,尽我们最大的努力把风险降到最低。高辉说得对,这件事情发生是因为我们手上的物资太少了,大家都穷怕了。而且少数人的一夜暴富让其他人的贫穷突显了出来,带来了严重的社会不公。既然是这样,那我们就动手消除这种不公！让其他人也有机会占有财富!"

"我们没有办法投入更多的香烟把香烟的价格打下来,"他对人们说道,"但我们可以用更多与香烟性质相同的物资让这个市场饱和,最终让它们的价格都降下来!"

## 第12章

## 主动出击

正午时分，阳光炽烈，正是恐龙最不愿意出来活动的时间。

张晓舟回头看了看新洲酒店楼顶的信号旗，对钱伟点了点头：“开始吧！”

钱伟马上行动起来，武装部的四五个工作人员快速向不同的队伍跑去，下达命令，随即，早已经做好了一切准备的人们便按照之前反复演练的方案行动了起来。

“联盟的民兵果然是训练有素。”万泽忍不住称赞道。

地质学院也已经开始按照从城北联盟学来的办法训练从学生当中征募而来的志愿者，但效果却并不好。

联盟的绝大多数人都经历过直面恐龙，目睹它们杀死自己身边人的事情，有些人的亲人甚至就葬身在它们口中，而他们当中的大多数也经历过饥饿和孤苦无助的日子，这让他们对于联盟的政策虽然多多少少都有些想法和意见，但真正面对如同收税、服役这样涉及联盟存续根本的事情时，其实并不含糊。

有对比才知道现在的生活来之不易，也正是因为如此，他们才更明白联盟的存在对于他们来说意味着什么，没有人愿意重新回到之前那样的日子去。

但地质学院却完全不同。他们中有不少人在围墙上见过那些逃难者被恐龙杀死，吃掉，但这些人死在他们面前对他们造成的冲击和震撼，远远不可能和亲密的人死在自己面前相比。他们也没有吃过什么苦，事实上，因为从一开始就小心地控制人数，并且大量培育番薯苗广泛种植，他们从头到尾也没有经历过挨饿的日子，更不要说那种随时都有可能死去，朝不保夕的日子。

对于他们来说，最痛苦的事情就是去偷袭板桥村反而被打了一个埋伏的那件事情，何家营的队伍在学校里放火，甚至差一点儿攻下整个学校的这个事情让很多人都既愤怒又惊惧。很多人都站出来自愿加入新的护校队，但真的让他们去吃苦，去受累，去流血流汗，他们却没有办法坚持下来。

地质学院的那几名退伍军人不得不降低训练标准，只把其中少数好苗子抽出来进行特训。这样做的结果就是，护校队的平均水平低于联盟民兵，而护校队精英的平均水平又低于联盟特战队。

看到联盟可以策划并且实施这么复杂的军事行动，这让代表地质学院过来观摩这次行动的代表们都很羡慕。

“现在还看不出来。”张晓舟说道。

他有些紧张，如果可以，他真的很希望自己能够到第一线去，和那些战士一起执行任务。只有那样，他才会感到一切都在自己的掌握之中。虽然已经成为联盟主席很长时间，但他还是有一种无法确定事情是不是能够按照自己的想法去执行的无力感。

站在这个地方很难看到细节，这次行动的方案他们反复推演过，考虑了好多种突发情况，特战队也许不会有什么问题，但民兵能不能完成这么危险而且非常需要协调配合的工作，他心里其实真的没有底。

这是对武装部建立后一系列工作的一次重大考验，目前来说似乎还不错，但张晓舟很清楚，顺境下大多数人都能做到看上去不错，人们真正的素质永远都只能在遭遇危险和压力的时候才能看出来。

他不时地转头去看新洲酒店楼顶的信号旗，远山现在仅存的那只暴龙应该还停留在人们最后一次观察到它的位置，因为竞争者的死亡，它现在已经名正言顺地占据了整个城东南地区，活动的范围也比之前大了很多。

这只暴龙的体形在联盟面对过的所有暴龙中算是比较小的，但也正是因为如此，它的行动却比任何 只都要敏捷得多。

人们开始带着装备就位。

最先进入东南区的是特战队和那两个冒险者小队的成员，他们手持弓弩和长矛，以战斗队形沿预定路线分头进入几条主要的街道，为后续人员排除危险。

随后是钱伟精选出来的两百名骨干民兵，他们同样以十人为一组，持弓弩和长矛跟进，堵住巷道和岔路，保证后续人员的安全。

第三波是抬着经过改良的燃烧瓶投掷器的民兵小组，他们直接向预设发射阵地跑去，而第四波则是完全没有配备任何武器，用小车推着一筐筐巨型兽夹的人员。

这些巨型兽夹都是机械加工厂加班加点造出来的秘密武器，因为时间太赶，人手不足，最后甚至向地质学院求援请他们帮忙造了一批。这也是今天万泽等人过来观摩的原因之一。不过这些巨型兽夹如果能够派上用场，对于地质学院来说也是很有益的事情，即便不能发挥作用，材料也可以拆下来派上其他用处，并不会浪费。

每个巨型兽夹上都有精心编织的绳索，安装好之后将与五个总重达五百公斤的木墩相连。如果暴龙踏入陷阱之后还没有失去行动能力，这些木墩也足够迟滞它的行动。

四批人员都悄无声息地执行着自己的使命，他们都知道暴龙的厉害，但他们也都完全相信，它不来就算了，只要它敢来，迎接它的必定只有死亡一条路！

正对暴龙此刻所在位置的那几条通道预留了出来，而其他通道上则全都布置了兽夹。第五批人员用车推着柴草向这边过来，把它们铺在兽夹上作为掩饰，更多的柴草则堆放在兽夹后面的通道上，准备在出现意外状况的时候引燃以改变暴龙的行进方向。

到时候只需要把一个燃烧瓶狠狠地从楼上扔下来砸中柴草堆中的石板就行，非常方便。

张晓舟焦急地看着表，计算着时间。

先后有几群中型恐龙被他们惊动后跑过来看发生了什么，却很快就在众多手持武器的人面前迅速地逃走了。

钱伟在几个关键点走来走去，检查着各方的进度和任务完成的质量。

在行动开始两个小时四十四分钟后，他终于向张晓舟他们这边摇动了随身携带的绿色信号旗。

一切就绪！

"开始吧!"张晓舟点点头。

一群工人小心翼翼地把一个笼子运了过来,这个东西放在安澜大厦已经很长时间,几乎已经被人们忘记,而现在,它终于又派上了用场。

人们把蒙在笼子上的黑布拉开,里面那只前一天晚上被抓住的恐龙马上就向距离它最近的一个人猛扑过去,嘣的一声撞在笼子上,让它发出一声巨响,把所有人都吓了一跳。

它向笼子外面的人们发出尖厉的嘶吼,试图恐吓他们,张晓舟点点头,几名士兵手持长矛,向它走了过去。

笼子里的远山驰龙马上就尖厉地惨叫起来,但士兵们快速地隔着笼子不断刺击,很快就把它捅死在笼子里。笼子下面提前就放好了收集鲜血的容器,在确认它的死亡后,人们用长矛把它的头和爪子固定住,然后进入笼子用斧头把它砍成了大块,快速地用小车运送到陷阱区的中央。

所有的血也都一起运了过去,泼在它的尸体周围。

"开始等待吧。"张晓舟说道。

作为一种半腐食动物,暴龙的嗅觉应该很灵敏,但隔着两三千米,谁也不知道那只暴龙会在什么时候走过来。大多数人员都已经撤离到了高速公路以北的安全区域等待,而冒险者小队、特战队和燃烧瓶投掷器发射小组则按照计划停留在了预定作为伏击阵地的那几幢房子里,继续安装和调试投掷器。

一些驰龙和羽龙大概是被血腥味吸引,开始在附近行动,人们不得不从藏身的房子里向它们发射弩箭把它们驱走,但不久之后,它们便又从另外一个方向靠近了过来。

这样你来我往的驱逐游戏成了接下来几个小时内人们唯一能做的事情,将近五点的时候下起了小雨,炎热的温度终于稍稍降了一点儿,这样的温度是暴龙比较喜欢的,但张晓舟却有些担心,雨水会不会压过了血腥味,削弱诱饵的效果。

新洲酒店楼顶上的信号旗终于换成了橙黄色挥动起来,暴龙从休憩中醒来,开始活动了,但橙黄色的信号旗依然意味着,暴龙还在距离他们很远的地方活动。

难道它没有嗅到这边的气味?

"要是天黑就麻烦了,"钱伟皱着眉头说道,"要不要用二号方案?"

“再等等。”张晓舟说道。

所谓的二号方案其实就是张孝泉曾经采用过的那种诱敌方案的修订版，因为有了弩这种远程武器，危险性要比张孝泉执行任务的那个时候小一些。面对暴龙这么大的目标，联盟最好的弩手配上张四海带来的那把弩，应该可以在一百米外射中暴龙。弩箭在这么远的距离能不能穿透它的外皮当然是另外一回事，但应该能够吸引到它的注意力，激怒它，让它尾随弩手而来。

钱伟这次做出的计划是动用两个人，一个人专门负责驾驶摩托车，而另外一个人则负责射击并且告诉他暴龙的位置。

理论上，因为在一开始的阶段就已经拉开了足够的距离，安全性能得到足够的保证，但张晓舟并不太愿意再一次采取这样的做法。

也许暴龙不太可能伤害到他们，但陷阱已经吸引了不少中型恐龙在附近活动，他们两个人单独骑摩托车出去，很容易就会成为这些恐龙捕猎的目标。

自愿承担这种任务的都是对联盟最忠诚、最勇敢的战士，如果有更好的办法，他绝不希望把他们的生命因为这样的理由放置到极度的危险当中。

正在他们说话的时候，一只驰龙却经不住新鲜血肉的诱惑，无视人们从窗户中向它射出的弩箭，快步地向诱饵跑去。

“我靠！”钱伟忍不住骂道。

任务会因此而功亏一篑吗？

一团血雾突然在众目睽睽之下爆发开来！

一个巨大的兽夹高高地弹了起来，随后重重地掉落在地上，驰龙相对暴龙来说过于纤细的躯体被锋利的刀口直接斩成两截，在地上抽搐了一下，马上就失去了生命力。

即使是站在这里，张晓舟他们似乎也能听到人们不约而同吸气的声音。

这东西真是太暴力了！

本来跟随在它身后跃跃欲试的同伴马上转身就逃，瞬间消失得无影无踪。

眼前的这一幕让所有人又有了信心，让他们再一次静下心等待起来，过了半个小时，新洲酒店那边的信号旗再次发出信号，暴龙向他们走过来了！

所有人都自然而然地安静了下来，其实对于暴龙这样的庞然大物来说，一点儿小小的声响也许反而更能引起它的注意力，但紧张却让他们下意识地遵循了本能。

十几分钟后，它终于慢悠悠地出现在了人们的视野里，随后径直沿着那条他们预留的通道走了进来。

张晓舟一直提着的那口气终于舒了出来，或许因为庞大的身躯让它们在这个世界几乎没有任何敌手，在中型恐龙身上常见的那种谨慎和小心在暴龙身上完全不存在。

它只是不断地在空气中嗅着，然后便大大咧咧地向着陷阱的方向直接走了过去。

钱伟马上发出信号，人们小心地抛出火种，把它身后的通道悄悄地点燃。

暴龙丝毫没有意识到这一点，继续向前走着，然后停了下来，对着地面嗅了嗅。

糟糕！难道它发现了兽夹？

人们紧张起来，但接下来发生的事情却完全出乎他们的意料，那只暴龙竟然试着用吻部轻轻碰了一下兽夹。

一声犹如恶鬼被丢入油锅的惨叫，几乎把周围的窗户玻璃全都震破。

那个兽夹猛地弹了起来，死死地卡住了它的下颚，让它痛苦得拼命摇动着脑袋，却没有办法把它从自己的脑袋上弄下来，捆在兽夹上的那些沉重的木桩被拖得飞舞了起来，冲力进一步加深了它的伤口，让它再一次痛苦地哀嚎起来。

钱伟马上挥动红色旗帜，距离暴龙最近的那两幢房子里，人们开始拼命地向暴龙发射弩箭，抛掷投矛，突如其来的打击让它向侧面退出几步，却一脚踏进了另外一个兽夹，这让它再一次尖叫起来。

"暂时不要用燃烧瓶！"张晓舟对钱伟说道。燃烧瓶对于他们来说已经是威力巨大而且短时间内不可能再生的重要战略武器，如果能够凭借这些兽夹把暴龙杀掉，当然就没有必要浪费了。

暴龙开始向外逃去，但两个兽夹上极重的木桩极大地妨碍了它的行动，脚上的那个兽夹在它每次落地的时候总是给它带来剧烈的疼痛，这让它的行动极其缓慢。

人们很快就发现了这一点，开始从藏身的地方跑出来，小心地围拢在它周围，不断地用弩箭和投矛对它发起攻击。

很快，暴龙身上便中了上百箭，颤颤巍巍地插了几十根投矛，最终呜咽一声倒在了地上。

人们兴奋而又如释重负地欢呼了起来。

“恭喜！”万泽等地质学院的人们对城北联盟的领导者们表达着祝贺。联盟的这次成功对于他们来说也是非常有益的经验，未来当他们面对同样体形巨大的生物时，这样的经验肯定能够帮助他们解决问题。

“还得多谢你们的帮助！”张晓舟笑着答道。恐龙的生命力极其顽强，这只暴龙也许还要一两个小时之后才会彻底死去，要把它分割开运回联盟这边至少也是四五个小时以后的事情了，但暴龙既然已经被他们杀死，那整个区域内，已经没有什么东西可以对他们造成威胁了。“明天早上我让人送一条腿给你们。”

“那我就却之不恭，代表学校感谢张主席你们了！”万泽笑着说道。

他们让校办工厂加班加点帮忙造这些巨型兽夹也背负了不小的压力，暴龙的一条大腿最起码也有好几百公斤肉，这对于已经很久没有吃过肉的学生们来说应该有着足够的诱惑力，足以弭平所有指责和怀疑，也能进一步稳固外来派的地位。

他们约好了时间，很快就告辞离开，因为他们很清楚，接下来是联盟自己内部的分配了。

“一大队继续负责防备何家营，二大队维持秩序，处理暴龙，三大队协助特战队和冒险者小队防备恐龙，丛林开发部的队伍按照之前划定的区域开始搜寻和搬运物资。”张晓舟不停地发布着命令。

正常的做法其实应该是把暴龙抓紧时间处理后撤回队伍，等到天亮以后再来搜寻和搬运物资，但他很清楚，现在人们都在极度的兴奋和对于财富的憧憬当中，即使是让他们回去，也没有人能够安然入睡，那样的话，结果反而是所有人疲惫不堪，什么都做不了。倒不如趁现在就行动起来，等这股热情过去之后再进行调整。

“在各个路口点起火堆来！所有人必须听指挥，统一行动！任何人都不允许自己去找东西！告诉大家，一切缴获都放在大家看得见的地方，最后公平分配，藏私者将面临最严厉的处置！任务结束之后我们会进行评比，任务完成得最好的队伍可以优先挑选战利品！”

武装部的参谋们开始行动起来，到各处去传达命令。

“总算是踏出这一步了。”钱伟在他身边感叹道。

一个新的时代已经到来了。

整个行动持续了将近十天，但其实在第五天的时候，绝大多数有价值而又容易搬运的东西就已经被搜掠一空，后面大部分时间的工作都是在分类、估值，然后把它们分开。

到了第七天，联盟的人就完全从东南区撤了出来，所有人都在一边吃着分到每家每户每个人头上的暴龙肉，一边眼巴巴地等待着联盟履行诺言。

如果不是张晓舟的声誉还不错，大概又有人要开始闹事了。

梁宇加班加点地干活，终于在万众期盼之下，把分配方案拿了出来。

按照张晓舟的要求，这次行动所有的收获都被一一列了出来，并且尽可能地按照白垩纪的现实情况进行了估价。这一步肯定很难做到完美，但也没什么办法了，只能硬着头皮来。

总量统计出来后，按照所有参加行动的人数加上百分之二十五的税金比例直接一除，便得到了每个参与者能够得到的物资的定额。这个数字和联盟对每种物品的估值表都直接张贴在各区的宣传栏上，下发到各个团队，给人们两天的时间考虑要挑选什么东西。

随后便是对抽签顺序的确定。按照张晓舟在行动前公布的规则，每个队伍都公开评选出最遵守纪律，任务完成情况最好的先进分子，让他们第一批挑选。随后是整体任务和纪律执行得最好的队伍。后面的人则是自己到箱子里去抽签决定自己挑选东西的顺序。最后一批则是那些在行动中违反纪律，偷鸡摸狗，滥竽充数的成员。当所有行动参与者都挑选完之后，剩下的那价值百分之二十五的东西则归联盟所有，算是联盟在这次行动中获取的收益。

这个办法当然说不上公平，很显然，每个人的心里都有一杆秤，联盟的估值和他们自己的判断肯定存在差异，但联盟故意给他们足够的时间去讨论和考虑这种差异，目的就是要让他们感觉自己占了便宜，或者是有机会占到便宜。

有些人直接在宣传栏那里就大剌剌地讨论到底选什么东西升值潜力高，能保值，比联盟标出来的价值高，而什么东西联盟估价估高了，以后肯定要贴本。而更多的人则是躲在自己的团队里，反复拿着清单和目录，讨论和计算自己应该选什么才能收益最大化。

人们之前的不满和猜疑全都消失了，心思全都放在了怎么挑选上，甚至连执勤的民兵们都忍不住会在没人的时候讨论一下，按照自己的排位顺序，究竟应该选什么，能选什么，怎么选才能保证赚得最多。

最划算的当然是那些被评选出来的先进分子，按照某些好事者的计算，头十个人如果选择正确的话，他们拿到的东西的价值足足要比最后的十个人多出将近一倍！

“我也真是佩服他们了，”梁宇无奈地说道，“我怎么不知道我们定的价有这么大的问题。”

“这是难免的，”张晓舟笑着说道，“每个人的心理预期和判断都不同，你觉得有用的东西，他们未必会觉得有用。”

“照他们这么算，联盟最后留下的都是价值和升值空间最差的东西，价值缩水将近一半。”老常说道。他倒不是指责梁宇事情没做好，但这样的差额的确是有点儿惊人了。

“不会的，”张晓舟摇摇头说道，“最后给我们留下的肯定都是体积大，重量大，个人不容易保存也没法使用的那些东西。就像发电机，梁宇他们估个高价肯定没错，但对于个人来说这东西根本就没有什么用。你给张四海一块模具钢或者是弹簧钢，他恐怕要笑死了，可对于其他人来说，那东西和垃圾没什么区别。类似的东西还有很多，对于个人来说价值肯定很低，但对于联盟来说依然是很有价值的，而且能够借这个机会让所有人明白认真执行任务和偷奸耍滑的区别有多大，一定比我们反复教育要深刻得多！”

“这倒是，”高辉突然笑了起来，“至少我就知道两个被罚的人，这几天快被他们的老婆念叨死了。等到选东西的那天，他们脸上估计都要被抓花了。这么一来，我看要是再有下一次的话，应该不会有什么人还想偷奸耍滑了。”

这样的话终于让老常心里好受了一点儿，他们几个当然也都有一份定额可以去选东西，但他们都没什么心思去考虑这个问题。张晓舟和梁宇还好，自然有老婆帮他们考虑怎么挑，但老常和高辉这两个单身汉，都是打算到时候看还剩什么就随手挑几样。

“能折现吗？”高辉干脆问道。

“你要是保证在第二次玉米收获以前不花，那我就给你折现，”梁宇答道，“不过现在工分券的保值能力还很弱，你折现的话太亏了。”

“现在后悔没有成家了？要是你早点儿找个老婆帮你管着家，现在还用心烦吗？”

大家都拿他开玩笑，结果却真的让他郁闷了起来。

薛蕊她们到底调到了什么地方？为什么一直都没碰上？

他偷偷地看着梁宇，考虑着是不是应该放下面子找他问一问她们的下落，梁宇的表情却严肃了起来，问起了另外一个问题。

“真的要放弃东南区？”

张晓舟无奈地点了点头。

其实对于所有在远山居住的人来说，集中远山的所有人力在东南角修筑一道防线便足以把大多数恐龙和丛林生物都挡在丛林里，让远山成为人们可以安心工作和生活的地方。

但当前三家势力分散的现状却让这个构想很难实现，至少很难由联盟来推动。

联盟与地质学院的关系算是比较好了，以对方的情形，突然撕破脸对联盟发起攻击的可能性微乎其微。但何家营却始终是个不确定因素。

如果联盟占据东南区，那他们就必须放弃可以作为天然屏障，很容易防守的高速公路，把大量的人力投入到对东南区的守卫、控制和开发上。构筑防御设施将要消耗大量的人力物力，即便是顺利完成，那个地方一方面有来自丛林的威胁，另一方面则有来自何家营的威胁，得不偿失。

“居住空间城北已经足够了，如果要开发农田，丛林里的土地要肥沃得多，如果是为了物资，稍微有价值一点儿而又容易搬运的都被我们拿走了，”张晓舟说道，“占据那个地方只会让我们的力量被严重分散，变得虚弱。至少在短期内，几乎看不到控制那个地区有什么明显的好处。”

“总归有点儿不甘心啊。”梁宇微微叹了一口气，但却不得不承认，以联盟目前的人口，强行占领那个地方百害而无一利。

“就这么给何家营做了嫁衣？”高辉也觉得有些不爽。

“其实我们并没有留什么有价值的东西给他们，”张晓舟说道，“而且他们已经成功地杀了一只暴龙，那杀死另外一只也只是时间问题。我们抢先下手，最起码让他们少了一次吃肉的机会。”

高辉忍不住笑了起来:“好吧,对于我这样的吃货来说,这个理由勉强算是说得过去了。那下一步我们的重点又是什么?”

“盐!”梁宇和老常异口同声地说道。

## 第13章

# 孩子们

天还没有完全亮，严烨就从床上坐了起来。

他轻手轻脚地穿衣，打水洗脸，然后悄悄地听一听妹妹的房间，看她是不是醒了，要不要叫她起来一起跑步，但严淇的房间里照例是静悄悄的。

于是他便笑了笑，轻手轻脚地打开房门走了出去。

昨晚下过雨，空气湿漉漉的。

仅仅是耽搁了一会儿，外面的天空就已经大亮起来。有少数早起的人像他一样起身，拿着洗脸盆和牙刷口杯走了出来，准备到楼下的储水缸边去打煮沸后放凉的水。

牙膏已经变成了一种奢侈品，他们也没有用盐漱口的习惯和条件，但大多数人还是习惯性地用清水漱一漱口，用牙刷清洁一下牙齿。

夏末禅上台后，宣教部的宣传栏里增加了一个新栏目，教大家一些简单的养生知识和保养身体的办法。大家都清楚这个世界医疗条件非常有限，绝大多数人生病都只能硬抗，于是这个栏目变得空前受关注。不久前曾经有一期专门教大家如何保养牙齿，避免生牙病，许多人突然就开始爱护起牙齿来。

“小严队长，早！跑步呀？”

人们和他打着招呼，他也笑着对他们点点头，一路小跑着向楼下跑去。

他们这个队的生活区就在联盟控制区的东侧，距离东木城很近，他一路沿着玉米地里留出的小路向东，跑到悬崖边的那条主路，看看自己掌管的区域，然后向北，一路跑到北木城上面的那个悬崖，停下来看看其他两个队的进度，然后才又折返向西，一直跑到宏昌路这条联盟的中轴线主干道，然后转向南，一路跑回生活区。

就像是一头刚刚获取了领地的雄狮，每天早上巡视自己的领地。

北木城的两个队昨天的进度显然没有他们快，而和他们同样隶属于东木城的二队一直被他们远远落在身后，这样的情况让严烨的心情变得很不错，脚步也变得越发轻快。

虽然很少对其他人表露出来，但他对自己管理的队伍在丛林开发部四个队中的表现一直都很重视，吴建伟和秦继承一直都将一队作为丛林开发部的标兵，这样的荣誉对于其他人来说或许没什么，但对于他来说却很重要。

一开始的时候对于这条路他多多少少有些不满，在他最初的规划中，从来都没有砍树种田这样一个选项。但随着日子一天天过，当他一次次解决那些工作和生活中的琐事，以公平的态度去解决人们的纷争，当他越来越清楚地意识到自己的责任，他的心也就渐渐地平静了下来。

身体中依然有着冒险、成为英雄和焦点的渴望，但这样的生活，这些信任他、依赖他、支持和赞同他的人，却足以抵消那样的渴望。

以十八岁的年龄，管理联盟二十分之一的人口，并且成为丛林开发部这一千多人当中的佼佼者，这样的现状应该还算不错吧？

就像邱岳曾经对他说过的那些话，只要他继续保持这样的态势，在十年之后，还有什么人能够和他竞争？

进入后程，身体开始有些疲惫，但他却加快了速度，以近乎冲刺的速度跑进了生活区。

此时天已经彻底大亮了，绝大多数人都已经起床，洗漱完毕，开始准备去木城那边吃早饭，然后开始一天的工作。

许多人还在谈论着几天以前进行的那场“分赃大会”，他们这个队在四个队里排位比较靠前，算是占了便宜的那一拨人，但人们总是难免会在事后吃后悔药，一些年长者唠叨着自己当初应该选什么不应该选什么，而年轻一些的人却在拿他们开玩笑，故意逗他们玩。

“小严队长!”看到他进来,大多数人都笑着跟他打招呼,目送着他上楼。

严淇的房间还关着门,但严烨知道她肯定已经醒了。外面这么多人走动,这么大的声音她不可能听不到。他用水简单地擦洗了一下身体,然后便换上丛林工作的服装走出来,用力地敲了敲房门。

“知道了知道了!”严淇的声音在里面闷闷地说道。

“要去上课知道吗!”严烨大声地对她说道,“要是让我知道你又逃课,看我怎么收拾你!”

“知道了知道了!”严淇在房间里用被子蒙着头说道。

她静静地听着外面关门的声音,然后掀开被子跑到窗边去看着哥哥在下面的院子里整队离开,又重新爬回了床上。

其实她早就已经醒了,可她不愿意起来。

她蜷缩在被子里,看着外面的光线从暗变亮,听着哥哥轻手轻脚地起床,出门跑步,听着人们开始在外面走动,说话,相互开着玩笑,然后打水洗脸,弄出各种各样的噪声。潮湿的柴火燃烧时的烟味慢慢地飘进来,然后是玉米粥的香味,应该是住在附近的某个团队在做早餐。

肚子开始饿了起来。

这个世界不像以前,街上到处都是卖小吃的摊位。像她这样的小孩子,要么在自己的团队跟着家长吃,要么到学校里去吃难吃得要命的营养餐,要么就只能挨饿。

学校开设起来之前她还能派自己的小弟去什么地方偷拿一点儿玉米,甚至是弄一些虫子来,大家一起找个没人的地方烤着吃,但学校一开起来,所有还没有成年的小孩子就都被赶了进去,这样的好日子就再也没有了。

她不喜欢学校。

男孩太多,女孩太少,而且都是一些唯唯诺诺只会哭鼻子,讲小话,议论八卦的没用家伙。她真的没有办法理解,在这个世界上,议论那些东西究竟还有什么用?

因为她身边总是跟着一群跟屁虫,那些女孩已经很自然地把她孤立在了女孩的圈子外面。有几个不开眼的竟然还敢说她的坏话,散布一些不堪入耳的谣言,被她直接堵在学校外面抽了一顿。从那以后,再没人敢说她什么,但这样一来,她便越发无法融入她们的那个圈子了。

当然,她本来也不屑于加入那个圈子。

除了一个礼拜才各有一次的科学和艺术之外,大多数的日常课程都枯燥乏味,那些刚刚开始尝试当老师的人都只会照本宣科,他们这种教法,还不如自己看书。

以前上学是为了考个好大学,找个好工作,过上比别人好的生活。

但现在这个世界,这些东西还有什么意义?学得好或者是不好,他们也只能一辈子困在这个小小的世界里,幸运一点的成为联盟的工作人员,不幸运的种地或者是去砍树,一生也别想有什么变化。

尤其是女人。

嫁人,生孩子,带孩子,一想到这些,严淇就觉得自己的人生一片灰暗,毫无意义。

学这些东西还有什么意义?

但不去上学,还能去什么地方呢?

现在已经不像以前了,只要她跑出去,巡逻的民兵看到之后就一定会把她送到学校去。即使是小心翼翼地没有被民兵看到,因为哥哥的关系,到处都有熟人,一不小心也肯定会被抓到学校去。

但总不能在房里待一天吧?等哥哥回来,肯定又要唠叨了。

她深深地叹了一口气,终于从床上爬了起来。

“严淇,全班都在等你,”李思南站在学校门口对她说道,“快!”

但她还是优哉游哉地慢慢走过来,优哉游哉地走上楼去,根本不怕他这个教导主任。

真是让人头疼。

别的孩子多少还会怕老师,怕请家长,怕通报批评,但她却什么也不怕。

她太聪明,又太漂亮,关键是,太特立独行了。

和男生打架、迟到、旷课、上课不听讲、睡觉、自己看书或者是画画,他也曾经专门和她谈过,但没有能够说服她,反而被她几句话问得哑口无言。只能请她不要影响别人,尊重学校最起码的规则和纪律。

“真不愧是那个人的妹妹。”老师们都私底下说道。

这样的学生要怎么教？

不单单是她，学生中普遍存在的厌学情况甚至比他以前待的那些山区小学还要糟糕一百倍，对于这些曾经在之前那个世界待过的孩子来说，眼前这个世界无疑就像严淇曾经对他形容的那样，单调、乏味，毫无希望可言。

他不知道要用什么样的办法去激励他们，以前他曾经用过的那些对山区孩子有用的办法在这个世界根本就不适用。就像严淇所说的那样，他们现在就能看到这些孩子的未来，除了辛劳和苦难，看不到更多的东西。

成年人或许会明白知识传承的重要性，可这些东西对他们这些孩子来说有什么意义？

但这些孩子就是联盟的未来，如果他们毁了，那联盟也就毫无未来可言了。

该怎么做？

这即使是在以前那个世界也是一个社会性的难题，更不要说现在这个世界。

作为联盟中心学校的教导主任和事实上的负责人，李思南只能深深地吸了一口气，然后把它慢慢地叹出来。

“淇姐，下午放学我们干什么去？”齐峰的儿子齐涛刚刚吃完中饭就带着一群人满世界找严淇，好不容易才在四楼的平台上找到了她。

“我怎么知道你该干什么？”严淇没好气地说道，“还有，说了多少次了，别没事就来找我，我忙得很！”

“忙得很？”齐涛眼巴巴地看着她拄着腮帮子对着远处发呆，怎么也看不出她有多忙的样子。

“要不我们去工业区那边捡东西去换吃的吧？”另外一个经常跟他们一起的小男孩提议道。

“你就知道吃！”众人鄙视地说道，“值钱的东西早都被捡光了，现在还有什么好捡的？忙一下午顶多就能换一根玉米棒子，没劲透了！”

“都怪张晓舟他们那些人！”另外一个九岁的孩子老气横秋地说道，听他的口气，他的父母肯定没少说这样的话，“要不是他们禁止，我们自己到丛林边上就能找到不少吃的东西。淇姐，要不你带我们去东木城找烨哥玩？”

“要去你们自己去！我没空！”严淇没好气地说道。

就因为带他们这些熊孩子偷偷违反联盟的禁令跑到东木城去玩，不但她，就连放他们下木梯的那个守卫都被严烨狠狠地骂了一顿。

被骂倒是小事，但连累其他人的感觉太糟糕了。

“总不可能就回家吧？”几个孩子发愁地说道。回去早了多半都得帮着干活，要么就是被查作业问学校的事情，那可真是没劲透了。

学校下午四点半就放学，这个时间段本来是留给他们做作业的时间，毕竟天黑了以后就什么都看不见，联盟也不可能奢侈到给每个学生都配油灯，但大多数人的作业都是第二天早上临时到学校来抄，而像严淇这样的，作业基本上不做。

正说话间，邱岳的儿子拿着一本书从四楼平台的出口走了出来，但看到他们，马上又转了回去。

“邱骏，别走！过来！”齐涛大声地叫道。

两人都是十岁，分在同一个班，但齐涛在还没有开始发育的小男生里算是壮实的，而邱骏则明显是遗传了邱岳的体格，看上去有些单薄。

他假装没听到，快步离开，齐涛和另外几个人很快就追上去把他堵下来，硬拖了回来。

“你拽什么拽?！没听到我叫你吗?”齐涛很直接地给了他胸口上一拳，把他打得退后了一步。

“我真没听到。”邱骏不敢还手，而是求助地看了看严淇。两人也算是认识，邱岳专门带他去拜访过严氏兄妹，还特意介绍他俩认识，请她对邱骏看顾一点儿。

但她显然对小男孩之间的事情不感兴趣，连头都没向这边偏一下。

“你带钱了吗?”齐涛不怀好意地问道，“一会儿放学请淇姐和我们吃东西?”

他当然知道抢劫是很严重的事情，但联盟又没规定不能强迫别人请自己吃东西。

“我没钱。”邱骏看着围在自己周围的几个人，多少有些无奈。要是别的小孩，他还有办法对付，大不了豁出去打一架解决。但这几个要么是原来新洲那些人的小孩，要么是安澜大厦的小孩，领头的齐涛一直在学拳学枪术，身边的人又齐心，以他们父辈的影响力，就算是告诉老师也解决不了问题。

他还真拿他们没什么办法。

“装什么蒜?”齐涛说道,“你爸是副秘书长,你会没钱?”

几个孩子都笑了起来,孩子的世界是单纯的,但也是残忍的,他们当然不明白大人之间的斗争是怎么回事,但邱骏的爸爸被整了这件事情他们都清楚,要不是这样,他们也不敢专门找邱骏的麻烦。

“我爸我妈管得严,我没有零用钱,”邱骏说道,“家里的钱他们都藏着,拿也拿不到。”

“那我不管,你自己想办法!”齐涛故作凶狠地说道,“今天就算了,明天你必须带钱来请我们吃东西!不然就扁你!还有!明天开始,提前半个小时来上学!作业那么多,你来这么晚我们怎么抄得完?!”

“知道了。”邱骏只能先答应下来。

“滚蛋!”齐涛很霸气地一挥手,邱骏急忙一路小跑着走了。

就这小子,还想打淇姐的主意?齐涛得意地笑了。让他天天在淇姐面前吃瘪,学习再好顶个屁用!这个世界,还是拳头硬最管用!

他们这一代人早熟得很,别看才十岁,这些东西早就明白了,至少皮毛的东西早就明白了。

其实几个男孩子老是聚在严淇身边多多少少也有这个意思,只是严淇比他们都大,又凶得很,也不给他们好脸色看,几个人相互挤对,谁也没有胆子去真的试着拔虎须。

可严淇这么漂亮,他们也不愿意看到任何人接近她,于是便只能用这种笨拙的办法死死地守着她,期望能够等到自己长大后的某一天,严淇突然就眼瞎了看中他们当中的某一个人。

自家兄弟也就算了,绝不能便宜外人!

严淇不理他们,他们只好自己找乐子,几个人很快就聊到了未来要做什么事情上了。

“再过十年,特战队的头号英雄就是我!”齐涛很神气地说道,“我爸带我去见过杨老爷子了,他说我基础已经很不错,再过两年骨架子长开一点儿就让王叔收我入门!”

好几个孩子都是这个想法,之前的授勋仪式对于大人们来说或许没什么,但对于他们这些孩子来说，足以让他们热血沸腾了。更何况，还有严烨这么个例子摆在他们面前。又出风头，又有钱，还当官，在他们看来，简直就是他们的目标。至少在眼下，这已经是他们能看到的最好的榜样了。

当然，如果能更进一步成为亲戚，那就更好了。

"当兵有什么意思？死守着这么点儿地方，一辈子就跟个井里的青蛙没什么区别。要我说还是当两年兵就去当冒险家好！"另外一个孩子说道，"这个世界那么大，难道你们不想出去看看都有些什么东西？憋在远山这么个地方有什么出息？"

这也是男孩们最向往的出路之一，马上就有好几个人附和了起来。

对于他们这些孩子来说，联盟能够提供的目标真的太有限，这样的话题往往就只有不多的几个答案。种地或者是成为一个工匠？成为一个联盟编制内终日跑腿的事务员？这些对于他们来说半点儿吸引力都没有。

看着父辈成天忙来忙去他们都觉得厌倦了，更别说让他们以后接着干那些事情了。

"就凭你们？"严淇突然站了起来，"当个冒险家要懂医疗急救，懂勘测，懂植物学、矿物学、动物学一大堆东西，你们几个先把字认全了再说吧！"

几个男孩子急忙跟着她站了起来。

"淇姐，你去哪儿？马上要上课了！"

"叫你们这些小屁孩别老跟着我了！烦不烦啊！我去找雨欢姐，你们敢来吗？"严淇没好气地说道。

男孩们全都蔫了。

这么多人去找张晓舟的老婆，那不是找死吗？

"雨欢姐——"

李雨欢听到敲门声，打开门就看到了一脸可怜巴巴模样向她卖萌的严淇，忍不住重重地摇起头来："严淇，你又旷课了?！你哥知不知道?！"

"雨欢姐，拜托拜托啦，你也知道，那些课真的是太没意思了，纯属浪费时间……"严淇扑闪着大眼睛继续可怜巴巴地说道，"给我们上语文课的老师自己都只会照着书念，能教我们什么？"

李雨欢叹了一口气:“但你这样下去也不是办法啊。你才十二岁,不上学你能干什么?”

“反正现在也没有文凭的说法了啊……”严淇说道,“重要的不是我有没有去上学,而是我有没有能力养活自己,不是吗?老师教的那些,我自己看书就可以啊,效率还比在学校高多了。”

李雨欢摇了摇头。

漂亮的女孩子当然在任何时候都不愁活不下去,但严淇其实很聪明,学东西很快,她觉得严淇应该有更高的成就才对。可她转念一想,现在这个世界,就联盟中心学校那个平台,又能给她多好的教育呢?

“进来吧,”于是她摇摇头说道,“老规矩……”

“不乱动,不乱碰,不乱跑,”严淇马上说道,“我懂。”

这个房间算是联盟农林牧产部的实验室,就像在安澜大厦时一样,理论上的主管其实是张晓舟,但他一般没什么时间在这里,主要都是李雨欢和另外一个女孩在打理。好在玉米收获了一季之后,对于玉米种植的方法已经普及得差不多了,李雨欢他们只需要偶尔去不同区域的地里查看一下,在人们有需求的时候帮他们去解决问题,而不需要像之前一样长时间待在玉米地里,留在这里的时间也多了很多。

“哇……”严淇照例是一进门就感叹了一句。

以联盟现有的条件来说,这个地方可以说是一个很科幻的地方了。

桌子上放着大大小小的收纳盒改装的养殖箱,用来养殖各种各样从丛林里抓来的生物,其中大多数都是虫子。而在房间中心的位置,是四个相对独立的,用细细的网制成的生态箱,里面种植了从丛林挖来的植物,有的还放了一截树桩,目的是模拟丛林的自然环境,观察某些昆虫的生态。

在获得秀颌龙的蛋和种鸡之前,张晓舟曾经指望着能够从这些昆虫当中筛选出某些类似黄粉虫的品种,用来作为人们的蛋白质补充。

这样的迫切性现在当然已经没有那么重了,但前期工作已经做了那么多,张晓舟也不愿意就此放下。对于他来说,这些有可能要持续几年甚至是十几年才能出效果的工作,反而比联盟主席的工作更加符合他的理想。

他一直对李雨欢说,等他从联盟主席的位置上退下来,一定要好好地把这一块工作做起来。

“严淇来了啊?”在实验室里工作的另外一个女孩说道。

严淇甜甜地和她打了一个招呼,然后便像个小尾巴一样,跟在李雨欢背后,看她怎么观测和做记录。

“这个为什么要这样啊?”她时不时地问道,然后李雨欢便尽可能地把自己从张晓舟那里学来的东西转手教给她。

李雨欢大学里学的其实是市场营销,对于生物之类的东西可以说是一窍不通。只是在入职种子公司以后,被公司的前辈和那些专家像填鸭一样地灌输了不少东西,对玉米相关的东西有了一些认识。

她真正开始接触这些东西还是在来到安澜大厦之后,和张晓舟一起把她从种子公司里搜集出来的那些资料做了一个比较系统的整理,在这个过程中向张晓舟学了不少。

张晓舟当然不是搞粮食作物研究的,不过他之前供职的那家研究所也有研究牧草之类的东西,高中和大学时的基础也还有一些,勉强让她从一个科盲进化到了基本合格的技术员的水平。当然,只是针对少数特定的内容而言。她的科研能力为零,解决新问题的能力也几乎为零。

随后,联盟大量开垦土地并且普及玉米种植,张晓舟又忙于联盟的种种事情,终于让她被逼着走出办公室,带着公司用来带研究生的资料和教材到田间地头去解决问题。那段时间对她来说简直就是噩梦,白天的辛劳都是小事,她生怕别人问出一个技术性强的问题,一下子揭穿她的虚假面具。有时候,真的是会在睡梦中被这样的噩梦惊醒。

这样的恐惧让她拼命地找相关的书籍来看,没想到的是,在这样的压力下,再加上她主席夫人的光环,虽然也出了一些纰漏,但第一季玉米种植竟然就这样顺顺利利地完成了。而她也从一个伪技术员,进化到了普通技术员的水平。

虽然还是没有办法独立搞什么研究,但最起码,应付严淇这种程度的问题算是勉强可以做到了。

“好厉害啊!”听着严淇一次次这样说,脸红之余,她多多少少也有了一些为人师表的快感。

“如果你真的对这些东西感兴趣，我那里有些生物学和植物学的教材你可以拿去看看，不懂的再来问我……要么去问张晓舟。”

“真的可以吗？”严淇兴奋地问道。

“只要你别再逃课，好好地上学，放学以后来就行。”李雨欢答道。

“哎呀……”严淇的嘴忍不住又嘟了起来。

不过她的注意力很快就被一个养殖箱里的东西给吸引了：“这是……老鼠？”

“好不容易才抓到的，”李雨欢走了过来，“张晓舟说，整个实验室最有价值的就是这对褐家鼠了。”

她们当然早就不会因为看到这种东西而感到恶心或者是害怕了，在饥饿的时候，这种东西对于她们来说就是美味佳肴。

“不是拿来吃的吧？”严淇问道。

“当然不是，不过也可以说是，”李雨欢说道，“你知道吗？用来做实验的大白鼠就是从褐家鼠里培养出来的一个无菌的变种，张晓舟说他以前在实验室里养过很多。这种动物繁衍得很快，等到我们手上这一对繁衍出足够多的后代，就能从里面筛选出适合用作科学实验的品种，当然也能筛选出可以用来大规模饲养的品种。因为它们一年可以繁殖很多代，很多药性和毒性实验都可以用它们来做。对于联盟的未来而言，从那么多种植物当中找出可以用作药品的种类，这些老鼠可以起到很大的辅助作用！”

她说得很简单，但其实，要到那一步还有很远的距离，最起码，做这些实验所需要的检测设备和试剂他们就一概没有。

但有了这个东西，比一无所有要好太多了。

“嘴巴里面要淡出鸟来了……”

严烨听到这样的说法，只能摇摇头。

丛林开发部的生活条件当然不可能与新洲团队相比，新洲团队那时候几乎是以整个联盟的生产力和物资储备来供应着他们那几十个人，而到了这里，凭借他们从丛林里获取的一点儿东西，要像以前那样吃得好，根本就不可能。

这也是严烨当初没有把那些人都招纳过来的最大的原因。

人都是由俭入奢易，由奢入俭难，就算是他自己，当初被弄去劳教的时候吃那些东西也是吃得怨气冲天，很长时间之后才适应了下来。

最后过来的前新洲队员只有三个人，这实实在在地让他松了一口气，三家人的话，养活起来应该不是难事。

但如何让他们安心在这里待着，又不引起其他队员的不满，对他来说也是一个极大的挑战。

毕竟他们的身份现在也只是生产队的普通一员，他没有理由去给予他们额外的补贴，而且他那样做的话，那些从板桥开始就一直自愿跟随他的人又会怎么想？但如果不给他们好一点的待遇，有那几个冒险者小队的例子在眼前，他们又怎么能安心待得下来？

他这时候才稍微理解了梁宇之前为什么一直对新洲颇有微词，而张晓舟他们又为什么一直觉得已经给了新洲足够的回报。以他们现在可悲的生产力水平，要养活这些完全脱产的精锐战士真的不是一件容易的事情。

“一会儿去林子里看看那些兽夹有没有收获。”他对其中一个人说道。

二队前天幸运地在他们负责的区域发现了一只被夹子夹中的恐爪龙，这让他们那些人乐了一整天。

联盟之前杀死的那只暴龙当然让整个联盟的人都美美地吃了一顿肉，一只暴龙的肉虽然不少，可联盟的人口已经比之前那几次杀死暴龙的时候增长了不少，更不要说，还得分出一份来给地质学院收买人心，留出一部分来做成肉干。实际算下来，联盟六千多人平均到每个人头上真正能够分到的肉真的没有多少。

一只五六十公斤重的恐爪龙对于三百多人的队伍来说，已经和联盟分给他们的暴龙肉相差不了多少了，虽然他们还好心地分了一条大腿给严烨他们队煮在粥里过过吃肉的瘾，但看着别人吃肉丁，自己只能吃肉末，这种感觉还是让他们一队的人都感到很挫败。

要是这只恐爪龙是他们抓住的也就算了，运气好捡到的，这真是让人心情不爽。

“其实我们可以到吼龙岭去碰碰运气，”一个名叫王云海的前新洲队员私下里对严烨说道，“那个地方不是有很多装×龙吗？虽然味道不好，可毕竟也是十几公斤肉，比鸡还大一点儿。”

严烨马上就心动了。

虽然在附近发现有肉食恐龙出没后，联盟马上就颁布了命令禁止人们到丛林里去活动，即便是伐木和收集植物叶片、根茎和果实之类的东西也一定要有专门的队伍在旁边保护。

但这样的禁令在他看来是针对弱者的，对于他们这些从新洲来的人而言，应该根本就不存在任何问题。

吼龙岭那个地方说起来还是他们发现的，距离东木城不过四公里多，而且一路上都用草木灰和木条填出了明显的通路，当初武文达他们也对那片区域周边进行了大量的勘察，留下了不少路标，绝不会迷路。更重要的一点是，那个中继站还在，在那附近活动对于他们来说会很便利，也更安全。

“等两天，我去催催张四海，把装备拿到手再说。”他对他们说道。

新洲来的这三个人一直放在这里担任守卫也是一种浪费，如果他们能够不定期地弄一些猎物回来，给大家打打牙祭，不但能够改善大家的伙食，也能让队里的人们明白他们的特别之处，这样一来，即使是对他们差别对待，其他人应该也不会有什么话好说了。

有人吹响了哨子，把他们的注意力重新拉了回来。

“树倒了！”伐木的人们大声地叫道，然后用力地撬动被大龙锯锯开的地方，让那棵大树缓缓地向着之前他们砍伐出来的空地倒了下来。

一阵地动山摇，碎裂的树枝树皮漫天飞舞，这样的事情每天都要发生好几次，附近真要有什么动物，只要不傻，应该早就被吓跑了。

早已经等得不耐烦的人们拿着各种各样的工具一拥而上，抓虫子的抓虫子，摘嫩叶的摘嫩叶，砍分枝的砍分枝，剥树皮的剥树皮，一下子忙碌了起来。

“你们几个跑一趟，去食堂弄点淡盐水过来！顺便通知他们，中饭我们在这边吃了，”严烨对几名部下说道，随后对着所有人叫道，“大家抓紧时间！今天我们把这棵树处理完了再回家！”

忙碌中时间过得特别快，感觉只是一小会儿，便看到食堂的大姐大妈们用筐子挑着大锅和碗筷向他们这边走了过来。

严烨于是高声叫道：“先吃饭！吃完饭休息半小时！大家注意了！就在附近活

动，千万别走远了！”

人们于是放下手里的活计，向她们迎了上去，帮她们把东西放在周围那些被他们砍光之后特意用锯子和斧头弄平了作为桌子使用的巨大树桩上。

等到这里需要开垦成为农田的时候，这些树桩和下面的树根肯定要挖出来，皮做成树皮粉，而心子则砍成木柴烧掉。不过现在用来当大桌子挺好的。

严烨故意让其他人先去吃饭，自己则拿着弩在丛林边上守着。

作为团队的负责人，第一个干活，最后一个休息，这点觉悟他还是有的，不然的话，人们也不会这么短的时间里就对他这个过于年轻的队长心服口服。

但就在这时，桌子那边却爆发出了一阵不怀好意的笑声，然后他便看到薛蕊红着脸捧着一个碗向他这边走了过来。

“严队长！快点儿吃饭了！”有人挤眉弄眼地对他笑道。

“这样的待遇我也想要啊！”另外一个人在他身边笑着说道。

严烨微微舒了一口气，没有去理睬那些家伙，而是向薛蕊迎了过去。

他又不是白痴，这个女孩申请调到他这个队的原因还没有两个礼拜他就清楚了，大家也都不是傻瓜，在旁边看得清清楚楚。男有才，女有貌，虽然女孩的个子稍稍高了一点儿，年纪还比严烨大了几岁，但这样的事情大家都乐见其成，一直有意无意地撮合他们，顺便也拿他们开玩笑取乐。

严烨当然不会对她曾经有过的惨痛经历耿耿于怀，就像他曾经对人们所说的那样，她们遇到的事情并不是她们的错，而是那些欺凌她们的人的错，是这个世界的错。尤其像邓佳佳这样曾经为了保卫自己的贞洁而拼死抵抗的女孩，非但不应该看不起，反而应该给予足够的尊重才对。

只是因为严淇一直闹别扭，不高兴，说这样的女人配不上他，甚至大哭大闹说他这个哥哥是不是不要她了，他才没有把这层关系挑明，没有接纳薛蕊。

“以后别这样了，大家看着不好。”他主动把碗接过去，低声地说道。

薛蕊刚刚想回答，旁边的年轻人们却都哄笑了起来，让她的脸更红了，转身跑了回去。

于是他们笑得更开心了。

“你又不是不喜欢她，还考虑什么？”王云海在背后轻轻用拳头捶了他一下，“这么好的女孩子,你要是不下手,想下手的人可太多了!”

严烨迟疑了一下。

也许得找个时间好好地和严淇谈谈,然后让薛蕊和她好好地碰个面了?

# 第14章 厌 学

“严淇今天来找我了。”睡觉之前，李雨欢突然对张晓舟说道。

“哦。”张晓舟累了一天，对这个事情没什么关注。

虽然他和严烨算是彻底闹翻，两人见面基本上就没有什么好事，但李雨欢和严淇却意外地因为之前的那次接触而关系一直都不错。

虽然严淇对他的态度也不算多好，但起码，正常说话是没问题的。

“我觉得，她对生物这块挺感兴趣的，又有天赋，要不让她来跟着当个实习生什么的吧？”

张晓舟忍不住笑了起来：“她现在还不到十五岁吧？”

“好像是十二岁。”

“那不就结了？就算她真的对这个感兴趣，最起码也得等到她十五岁从学校毕业吧？还有三年，你急什么？”

李雨欢犹豫了一下，但还是说道：“但学校能教她什么？”

“这话是什么意思？”张晓舟这时候才觉出不对来了，“她是什么时候来找你的？”

“……下午。”

“她旷课了？！”张晓舟惊讶地说道，“一个小姑娘家的，怎么……哎，你这个当姐姐的怎么也不管管她！”

“但是……”李雨欢看到他的反应,都不敢告诉他这已经不是严淇第一次旷课到她那里去了。

“没有什么‘但是’。”张晓舟说道。他还兼着联盟中心学校的校长,只是因为事情太多,学校开办的那几天去得多一些,后面就几乎没关注这个事情了。没想到有人旷课这么大的事情,竟然没有人告诉他。

“这个李思南是怎么回事啊!”他忍不住说道。

“严淇说之前她和李老师谈过……”李雨欢感觉自己好像无意中把严淇给出卖了,心里突然有种深深的愧疚感。但她却丝毫也没有意识到,她这句话又把李思南给出卖了。

“谈过?那她怎么还旷课?”张晓舟惊讶地问道。

“她觉得老师教的太浅了,都是照本宣科……”李雨欢的声音越来越小,她都有点儿后悔为什么要说这个事情了。

“照本宣科?这算什么理由!”张晓舟真有点儿急了,要不是已经晚了,他真想现在就去找李思南问问到底是怎么回事,“她才十二岁,这个时候正是打基础的时候,她不上学,那她想干什么?老师的上课水平可能是不太高,可这几个老师都是我们认真考察过的,基础知识在我们当中都算是扎实的,教他们这些孩子绝对没问题!照本宣科也只是因为他们以前没当过老师,这个慢慢调整就行了啊。不行!明天我得到学校去看看!”

学校的事情对于他来说关系重大,可以说,他的理想能不能实现,能不能传承下去,学校的作用至关重要,但严淇这样的女孩子旷课竟然没人管,也没有人告诉他?

这个事情搞得他一晚上都没睡好,第二天一早就匆匆忙忙地去了学校。

他的到来显然让很多孩子都吓了一跳,尤其是齐涛他们几个,张晓舟和他们熟得很,一眼就看到他们正在埋头抄作业。

他忍不住想要把他们叫出来,但孩子那么多,他最后深深地吸了一口气,向教师办公室走去。

李思南的宿舍就设在办公室旁边,张晓舟怒气冲冲地走进来时,他正在修改教案。

“李思南!”张晓舟忍不住叫道。

“张主席?”李思南有些吃惊,急忙放下手里的东西站了起来。

“我问你,下面那些孩子在干什么你知道吗?”

李思南沉默了一会儿,然后微微地点了点头:“是在抄作业吧?”

“你知道也不去管他们?”这样的回答让张晓舟气不打一处来,自己是不是看错人了? 这个李思南原来是个毫无责任心的家伙。

“怎么管?”李思南却苦笑了一下。

这个问题反倒一下子让张晓舟愣住了,你当教导主任的不知道该怎么管,来问我?

“张主席,我们现在布置的作业都尽量是要记背的东西,他们自己抄一遍,起码在脑子里能有个印象,”李思南无奈地说道,“你只看到他们在抄作业,但他们肯抄,说明他们至少还知道这是自己的一项责任,是必须要完成的。这就比那些不交作业的要好得多了。”

“还有不交作业的?”张晓舟简直无法相信自己的耳朵,学校这才开起来多少天!

“不多,但也不算少,”李思南说道,“年纪越大的那些孩子,交作业的就越少。”

“是不是还有旷课的?”张晓舟问道。

“是有几个。”

张晓舟真的憋不住想骂人了,你还有脸这么淡定地回答?

“那你们不管?!”

“怎么管?”李思南轻轻地摇了摇头,“特别是那些大孩子,打不能打,也不一定打得过,骂了他们就当耳旁风,请家长,家长就让我们别顾忌,该打打,该骂骂。张主席,你说我们该怎么管?”

张晓舟震惊了。

“你勉强把他们留在学校里,他们没事就给你找事,反而对其他学生,尤其是对那些肯学的学生造成很糟糕的影响,”李思南深深地叹了一口气说道,“张主席,你以为我愿意让他们旷课跑到外面去? 可我们就这么几个老师,要管这么多孩子,还要上课,真的没有时间和精力去花费在他们身上。管了他们,其他学生我们该怎么办?”

“那你怎么不来告诉我?”张晓舟说道,“这才开学几天?”

“联盟可以解决这个问题吗?”李思南说道,“我一直想拿出几个整改的方案然后再去找你，但我想了好多天，一直都想不出来。”

“学校的问题还不仅仅如此，”他继续说道，“最严重的问题是厌学，这是所有问题的根源，很多孩子来上学的原因仅仅是他们没有别的地方可去。但他们根本不知道自己要为了什么而去学习。”

“思想品德课上不是有这些内容吗？”张晓舟问道。

“张主席，你觉得他们愿意听，能听得进去吗？”李思南再一次摇了摇头，可以说，他几乎一直都在摇头，“以前那个世界，我们可以告诉他们，学好了可以读一个好大学，找一份好工作，赚钱，成家，立业，组建一个幸福美满的家庭。可现在，我们能告诉他们什么？”

“同样是这些啊！”张晓舟说道，“他们今天努力学习是为了以后能够让大家过上更好的日子，是为了让我们的文化和文明、我们的科学成果延续下去！他们肩上的责任甚至更重了！他们肩负的是远山所有人的未来！”

“张主席，你告诉他们这些，他们只会更厌学，”李思南苦笑了起来，“就连很多成年人都没法理解你说的这些，更不愿意承担你说的这些责任，你觉得他们这些孩子会理解，会愿意承受？这么重的责任压在他们身上，你不觉得太残忍，太沉重了吗？”

“我曾经和其中的好几个孩子谈过，”他对张晓舟说道，“但我真的没有办法回答他们的问题。张主席，你我的人生当中，多多少少还有些不一样的东西，我们就算是没有到外地求学，至少还去旅游过，见识过广阔的世界。就算这些都没有过，至少我们生活的那座城市还有足够的空间和不一样的东西，有着许多种不同的可能性，可能会碰上不同的人，尝试不同的东西，即便是足不出户，也能通过网络和整个世界连接，知道外面的世界在发生什么。但他们呢？我不想承认，但我们这一代人，他们这一代人，甚至是下一代人也许都没有办法走出这片丛林了。远山剩下的这些人很快就会相互认识，人们很快就能闭着眼睛都知道每一条街道该怎么走，有些什么东西。每天，每年，甚至是十年二十年之后会发生什么，现在就能想象出来。每天面对着同样的人，做着相同的事情，被困在这个小小的地方里。也许费尽千辛万苦能够复制出某件东西、某种技术，但却永远都只是在努力靠近之前的那个世界，永远也不可能回去。他们现在就能看到自己的未来，最好的结果也不过是成为联盟某一方面的负责人，或者是成为某个方面的技术人才，一生都在忙碌和努力中度过。”

"他们永远也吃不到冰激凌,吃不到蛋糕,吃不到记忆中的那些东西,永远也不会有新玩具,不会有新衣服,看不到电视,上不了网,"他对张晓舟说道,"张主席,他们只是孩子,而且是在网络时代长大的孩子。你应该感到庆幸,他们只是厌学,还没有失去生活的勇气。"

孩子们在楼下打闹着,已经过了上课的时间,但李思南这个教导主任还没有下去打铃,这让他们兴奋得乘机闹了起来。

一名老师急匆匆地向这间办公室走来。

"李主任……"她疑惑地叫道,但看到张晓舟在,她马上就收了声。

"刘老师,麻烦你去打一下铃,"李思南说道,"另外,麻烦你到七八年级的教室去,告诉他们这节课先自习。"

张晓舟觉得这个女子有点儿眼熟,但他没有多说什么,而是侧开身子让她拿着铃先走了出去。

很快,铃声就响了起来,孩子们的打闹和喧哗声也渐渐消失了。

"张主席……"李思南转过头说道。

这些话其实已经在他心里憋了很久,让他如鲠在喉,日夜不安。张晓舟把这个重任交给了他,相当于把联盟的未来也交给了他,而他却只感到深深的无力。

"你刚刚说的那些,真的是和你谈话的学生说的？还是你自己的想法？"张晓舟看着他,缓缓地问道。

李思南再一次摇了摇头:"我不知道,也许都有吧。"

张晓舟这时候已经知道问题出在了什么地方。也许李思南是他们手上唯一有教育背景的人,也许他的基础知识,尤其是数学和物理方面的基础知识很牢固,也许他也一定程度上认可了自己的理想,但他们之前在面试时唯一没有考虑到的,却是他的心理状态。

张晓舟不知道他曾经经历过什么,但显然,执掌联盟唯一一所学校的压力已经让他快要崩溃,变成了一个彻头彻尾的悲观主义者,这种悲观的态度让他在对学生的管理上大失水准,甚至让他们放任自流。

这样的人即使是在一个团队中也是强烈的负能量源泉,让他继续待在学校,继续担任教导主任,是对所有学生的不负责任。

“对不起,”他对李思南说道,“但我完全不认同你的看法。”

李思南默默地点点头,但却什么也没有说。

“你说的也许都是事实,但却全都是从你悲观的角度看出去的事实,”张晓舟说道,“我们也许永远也没有办法把我们的生活恢复到现代,但这并不意味着一切就没有指望了。联盟六千多人都好好地活着,为了我们一起努力所取得的哪怕是任何一个微不足道的成果而感到高兴。他们当然吃不到以前的那些东西,再也回不到以前的生活了,但大多数人并没有失去希望,没有放弃,依然在努力,在奋斗!”

“我不认为这些孩子会因为没有冰激凌吃,没有游戏机玩,因为不能上网而就失去对生活的希望。因为那些只是我们过去生活的一部分,并不是生活的全部,”他对李思南说着,“我们这些人在以前那个世界绝不会拿着锄头去翻地,去自己沤农家肥,但现在每个人都会这么做。以前我们绝不会因为得到一双旧皮鞋、一件新 T 恤而感到兴奋,但我们现在会。人的适应能力远比你想象的要强得多,也要有韧性得多。我们为了自己亲手种下的玉米收获而感到兴奋。我们因为杀死暴龙,获取了安全的生活环境而感到自豪和骄傲。我们因为成功地走出丛林,解决了粮食的困局而对生活充满了希望。我们因为解决了工作中的某个难题,完成了某个使命而感到满足。旧的乐趣当然没有了,而且很有可能永远都不会再回来了,可如果你不去找,不去发掘,不抛开过去的一切,还抱着以前的那些旧观念,那你就永远找不到新的乐趣,看不到我们的成功,看不到我们的未来,也永远不可能找到希望。”

“对不起,但我必须暂时解除你的职务,重新评估你的任职资格,”他对李思南说道,“如果你对未来都充满怀疑,无法正视,满脑子困惑和悲观失望,不能正确地去看待它,那你又怎么可能去教育和说服这些孩子,把积极乐观的信念传递给他们?”

李思南自嘲地点了点头。

“没问题,”他低声地说道,“那我去什么地方? 回生产队去吗?”

“你先留在学校,做一些辅助的工作,但暂时不要再直接和学生们接触了,”张晓舟说道,“我会尽快派人来和你交接工作,希望你能尽可能配合好他的工作。”

“那没问题,”李思南说道,“谢谢。”

张晓舟看着他,但他却勉强地挤出了一个微笑。

“这是真心话，”他对张晓舟说道，“你说得没错，也许我是真的不适合再做这个事情了。这段时间我是真的感到很无力，又很无助，不知道应该怎么把这个责任承担下去。也许我高估了自己，你们也高估了我。现在解放出来，我感到轻松多了。”

张晓舟不知道该说什么，伸手拍了拍他的肩膀，然后快步走了出去。

李思南自己也许有一部分问题，但他作为校长同样有问题，他把这些事情想得太简单，但显然，在联盟无根无蒂的李思南根本就没有办法镇住那些已经十几岁的孩子，更没有办法让家长负起应负的责任。

如果他能够投入更多的时间在学校，问题也许就不会在这么短的时间里发展成现在这个样子。但现在的问题是，他作为联盟的最高负责人，真的无法丢下其他工作专心来做他同样也不擅长的教育工作。

应该让谁来呢？

他一边向联盟的总部快步走去，一边在心里思考着。

人选很重要，但更重要的是，必须把学校当前的乱局扭转过来。

李思南的话显然没有说完，他说“最严重、最根本的问题是厌学”，这句话背后的意思很明确，还有其他问题，而且应该还不少。

一个个人名从张晓舟的脑海中飘过，但他们不是手上已经有了很重的任务，就是同样存在威望和资历的问题。

“张晓舟，你跑哪儿去了？我找了你一早上了！”高辉迎面走了过来。

“什么事？”

“地质学院那边开发丛林的方案出来了，万泽刚刚派人送过来，说是请我们帮他们看看。”

这并不算什么急务，更多的是在表达一种态度，张晓舟随意地点点头，把他手上的文件接了过去，但他看着高辉，心里突然做出了决定。

此时此刻，有精力和时间，有资历，有足够威望，熟悉联盟的情况，又支持他的理想，能够确保不把路走歪的人，似乎也只有高辉了。

他经常不靠谱，但也做过很多靠谱的事情。

“高辉你不讨厌小孩子吧？”他突兀地问道。

“那要看是和谁生的了。”高辉莫名其妙地看着他，口中也随意地就给出了一个莫名其妙的答案。

“你去接替李思南，把学校的事情管起来，行不行？”

这话让高辉吓了一跳：“你开什么玩笑！”

“我不是开玩笑。”张晓舟一把拉住明显是想溜的高辉，半拖半拉地把他带进了自己的办公室。门口早有几个工作人员等着他签字，他让高辉在对面的沙发上坐好，然后便一一询问落实，陆续把字给签了。

“张晓舟，张哥，别开玩笑了，我早饭都还没吃呢！”

“这件事现在只有你能干。”张晓舟说道。

“你病了吧？”高辉说道，“就我？我可是学渣！而且我是出了名的经常不知道自己在干什么说什么，你让我去教学生？这不是害人吗？”

“你可以不用给他们上课，只要把学校管起来就行，”张晓舟说道，“李思南垮了，他在联盟没有根基，我们本来就不应该把这么重的担子直接压在他肩上。”

其实很多人都是这么过来的，安澜大厦的时候不算，夏末禅、龙云鸿，甚至严烨都可以说是被赶鸭子上架，但他们坚持了下来，慢慢走上了正轨，而且可以说都做得不错，而李思南显然没能成功。

“我不行的，我……”高辉拼命地拒绝。

“那些半大小子只有你才镇得住，那些家长也只有你才搞得定，各方各面的关系你都能协调。但这些都不是最关键的，最关键的是，你是一个乐天派，对联盟的未来充满了信心，而这恰恰是我们最需要传递给孩子们的！我宁愿他们是一群文盲，宁愿他们是一群冲动且中二的单细胞动物，也不愿意看到他们变成一群自我放逐，没有目标和希望的悲观主义者！”

“你这……到底是在夸我还是骂我啊？”

“教学的事情可以继续让李思南来，你就负责把关，听老师讲课的情况，抓品德教育和纪律！”张晓舟说道，“学校就是联盟的未来，这个责任，现在只有你能肩负起来。”

“这么严重……”高辉显然又想打退堂鼓，但张晓舟一把抓住了他。“我相信你！”他看着高辉的双眼说道。

“好吧……”高辉无奈地说道，“但如果搞出什么事情来，你可别怪我。”

“你不会的。”张晓舟说道。

“别给我压力啊，我可警告你，我也会崩溃的！”高辉说道，随即深深地叹了一口气，“我先去看看是什么情况吧。”

# 第15章

# 二次元拯救教育

几个小时之后，高辉便回来了。

“那个地方就像是一个坟场，死气沉沉的，老师一脸便秘的表情，小孩子一副坐牢的样子。别说那些小孩子了，如果是让我去那里读书，我也肯定逃出来了。”

“你别太夸张了，”张晓舟说道，“好好说话。”

“我现在觉得，你把这个事情交给我是对的！”高辉说道，他手里拿着一本写得满满的本子，很显然，他在上面记录了很多想法，“看来看去，真的也只有我能拯救他们了！”他右手握拳，一脸坚毅地说道。

“好好说话……”张晓舟再一次无力地说道。

“好吧，”高辉无奈地说道，“我已经有想法了，而且我觉得肯定能改变现在这种局面，但我需要你的支持。”

“等一下。”张晓舟说道，随后去把老常、梁宇等在办公室里的联盟高层都叫了过来。

“学校现在问题比较严重，”张晓舟简单地介绍了一下自己了解到的情况，然后说道，“我决定让高辉去暂时抓一下学校的事情，他上午去学校那边调查了一下，现在有点儿想法，我们一起来听听。”

“好吧。”老常说道。

高辉这个人平常还是靠谱的，联盟的教育这么大的事情，他应该不会乱来吧？

“那我开始讲了？”高辉清了清嗓子然后说道，“这个计划，我命名为‘远山学园拯救计划’！”

“说正事！”

“嗯，简单来说，就是要让我们的下一代愿意去上学，并且能够从学校学到他们想学的东西。”

“说来听听。”张晓舟说道。

这句话说起来简单，但从古至今多少教育学家抓破了脑袋，也未必就达到了这个目标。

“首先，我们必须要搞清楚一个观念，学校到底要教他们什么？我们教育的目的是什么？”

“当然是完成基础教育？”梁宇说道，“之前那次开会你应该在啊？”

“但基础教育的标准是什么呢？”高辉追问道，“我们现在的整个社会构成都完全不一样了，为什么我们的基础教育还是以之前那个世界的标准作为我们现在的标准？换句话说，我们现在的教育真的需要和以前的标准一样高吗？”

“那个标准已经很低了啊！”梁宇说道。他儿子七岁，刚刚入学，他可不希望高辉乱搞，把他儿子给教废了。

“一点儿也不低！”高辉说道，“我们就这么点儿人，未来究竟需要多少个大学水平的毕业生？我们能给多少人这样的岗位？”

“这当然是越多越好。”张晓舟说道。

“NO！NO！NO！”高辉摇摇头说道，“对于你们来说当然是越多越好，最好是连个砍树的都有研究生水平，但对于那些孩子来说，并不是这样的。平心而论，我觉得一个年龄段能有十分之一的孩子喜欢读书，喜欢研究，那都已经是谢天谢地了。就算是以前的那个世界，基础教育的成才率也没有这么高吧？我们现在这样的条件，你不能非要求每个孩子都成为某个方面的专家吧？”

张晓舟想要反驳，却被高辉打断了：“张晓舟同学，我完全理解你想说什么，你的想法是好的，但并不是每个人都愿意认同和接受你的理想，也不是每个人都愿意去肩负这么重的责任。如果他们就是不喜欢读书，未来的理想就是当个伐木工人，那他们看得懂安全规程，看得懂丛林工作手册，明白上面的条款是怎么回事，为什么要这样做，知道计算自己一个月干了多少活，该有多少收益，那就已经足够了。对于他们来说，身体健康才是实现理想的最重要的决定因素。你非要逼着他们去学物理化学生物，这不但是在为难他们，也是在为难那些本来就不专业，不知道该怎么教书育人的老师。就算是你拿刀逼着他们学了，可他们真的用得上这些东西吗？我们之前那个世界叫应试教育、填鸭教育叫了一辈子，难道我们现在还这样？”

“你这是歪理！”张晓舟说道，“按照你的说法，人人都不想学，那怎么办？我们的下一代就靠砍树种玉米过一辈子？永远都不进步了？”

“只要有十分之一的孩子愿意学就行了，”高辉说道，“即使是我们几个人里，真正懂这些的又有几个？你算一个，然后呢，其他人还记得多少物理化学生物的知识？难道这个世界就要毁灭了，再也没有希望，永远都不能进步了？”

张晓舟一下子愣住了。

“现在我们的专业技术人员在所有人里占的比重也不到十分之一，如果我们的学校真的能在现在这样的条件下还有这样的成才率，我觉得你都应该颁发杰出贡献勋章给我了。”高辉继续说道，“你们一开始的时候指望的那种全民精英教育的思路根本就不对，或者说，想法是好的，但根本行不通！”

人们真的有点儿惊讶了，他们都想不到，高辉还能说出这么直指要害的话来。

“那你的思路是什么？”

“我们的学校根本就不需要教那么多东西，”高辉说道，“只需要教语文、数学、体育和思想品德四门课就行了，而且标准都应该降低。语文课只要保证大家能读会写，有一定的阅读理解能力和逻辑表达能力就行。数学课只要教到会解方程式，懂点儿基本定律，有点儿逻辑思维能力。思想品德其实就是让他们懂一点儿做人的基本道理，让他们记住联盟的规章制度，顺便讲点儿历史故事之类的，不要让他们忘记了我们这些人的根子在什么地方，懂点儿常识，也就可以了。最重要的其实是体育课，现在这个世界，缺医少药的，身体健康才是重中之重。”

梁宇真心有点儿接受不了，要是学校变成这样，那他儿子还不如留在家里他自己教了。他张口就想反驳，但张晓舟却拦住了他。

“这才是符合我们现在这个世界真实水平的基础教育，”高辉越讲越兴奋，手舞足蹈了起来，“只教这些内容，那学校每天的正课时间只需要放在早上就行，老师的工作量少，有更多的时间去关注学生的身体和德育情况，学生的负担也轻，有足够的时间去做自己感兴趣的事情！对了，家庭作业这种东西，一定要坚决地取消掉！”

“然后呢？就放羊了？”梁宇没好气地问道。

“当然不是！”高辉彻底兴奋了起来，“我正要讲到精髓的地方！”

所有人都看着他，不知道他又想搞什么幺蛾子了。

“下午的时间，才是真正属于培养人才的时间！”高辉说道，“人在什么时候学得最快？最学得进去？要么就是在干自己感兴趣的事情的时候，要么就是在能给自己带来最大好处的时候！我们当然没有办法给他们什么好处，但我们可以让他们玩啊！给他们足够的空间让他们玩，好好地玩，玩出效果，玩出精粹来！”

人们的注意力终于真正被他吸引了。

“我的举措是，下午是社团时间！”高辉得意扬扬地说道，“任何人都必须参加至少两个社团！如果不参加，那就到学校的自留地去种玉米！”

“学校有玉米地？”夏末禅疑惑地问道。

“联盟从学校附近调拨一块不就有了？”高辉毫不在意地答道，“不用太大，我就不相信，还真有多少学生宁愿种玉米也不愿干自己感兴趣的事情！”

“你继续说。”张晓舟说道。

“每个社团至少得有五个学生报名，找到联盟的两个正式成员愿意做辅导老师才能成立，而且必须接受学校的监督。当然，也必须符合联盟的实际情况，具备开设的条件，”高辉继续兴奋地说道，“可以是篮球社、武术社、枪术社、未来冒险家协会这样的肌肉型社团，也可以是数学社、文学社、小说社这样的脑力型社团。当然，还可以有动物养殖协会、机械加工小组、武器研究同好会，甚至是缝纫机研究中心、玉米怎么做好吃研究会这样的兴趣小组，如果有人喜欢而又能找到辅导老师，成立一个‘新大陆发现部’或者‘SOS团’也无所谓。”

他照例又开始吐出让人完全听不懂的东西了，但好在，他的意思大家都基本清楚了。

“所以，真正的教育其实是放在社团活动里？”张晓舟喃喃自语地问道。

“这就是精髓之处了！”高辉咧着嘴，享受着“这些东西只有我懂”的快感，继续说道，“兴趣是最好的老师，我们可以挑一些学生们感兴趣的社团大力支持，让它自然发展壮大，这样不就变相地起到了引导的目的？我们还可以让他们自己竞选学生会，自己安排学生纠察队，选风纪委员自己管理自己！一方面减轻了学校的师资压力，让学生们自己去找要学的内容，自己去找可以教他们、愿意教他们的人，另一方面，还可以通过社团活动培养他们的组织能力和沟通协调能力！每年我们还可以搞一到两次学园祭，让各个社团把自己的活动成果展现出来给整个联盟的人来看，让大家投票，末位社团自然淘汰！”

他的眼睛散发着极度兴奋的光芒：“寓教于乐，这就是最适合我们这个时代，最适合远山学园的教学模式！”

张晓舟等人都在琢磨，但梁宇却忍不住站了出来，开始反驳高辉的话。

在座的只有他一个人有孩子，而且正是刚刚要开始接受基础教育的时候，没有人比他对这个事情更上心，也没有人比他对这个事情意见更大。

之前的那种教育方法或许死气沉沉，但最起码，那种方法是经过以前那个世界长时间大范围运行验证过的，能够保证把最基本的知识教给孩子的最靠谱的办法。

在他看来，厌学是正常的，这个世界上就没有不懒、不贪玩、不厌学的孩子，但只要老师和家长配合，总能把这种苗头压下去，让他们老老实实上学，把该掌握的知识掌握住。

那些真学不进去的，也是他们自己的选择，是他们自己没有办法适应社会竞争，让他们退学或者是单独开个班容纳他们就行了，没有必要去采取这种标新立异根本就没有经历过验证的办法。

高辉的构想听上去也许不错，但即使真的运作成功，也不过和以前的办法效果类似，但如果失败，威胁的就是所有的孩子的未来，甚至是联盟的未来。

冒这样的风险根本就没有理由。

“梁大哥……”高辉连尊称都用上了，梁宇虽然从来都不是张晓舟最信任的人，但他的话一直都是张晓舟会认真参考的意见，他还真怕梁宇把他的远山学园计划给搞黄了，“说到底，你的意识还是停留在以前，根本就没跟上现在的现实啊。”

“我怎么没跟上现实了？”他这么一说，梁宇反倒不服气了。

“刚刚我就已经说了，以前的教育成才率也没高到个个都成为人才，以我们现在的师资力量和教学条件，你真觉得有可能复制以前的那种做法吗？”

“如果复制已经运行了几十年的方法都没法成功，那你这种突发奇想又有什么用？”梁宇反问道。

“哎……”高辉无奈地说道，“首先，我这个不是突发奇想，以前国外有这样的做法，而且也是运行了很多年的。其次，我这个提议最起码能够保证教育出来的孩子身体健康，心理也健康，不是文盲，对未来不悲观，可以成为我们现在所需要的基本劳动力和士兵。而其中的少部分聪明而又肯学的，我们可以集中精力去培养和引导他们，让他们成为我们所需要的高端人才。我们就只有这么几个老师，你觉得是让他们集中精力去教十个有潜质愿意学习的孩子效果好，还是让他们去教三百个厌学的孩子效果好？”

“你的意思要是放弃大多数人？”张晓舟却皱起了眉头，这和他的构想简直南辕北辙了。

“不是放弃大多数人，而是因材施教，让他们自己选择自己的未来，”高辉不得不耐心地解释道，“每个人的兴趣和天赋都不一样，如果按照我们之前所经历的那种做法，其实也不是在培养人才，而是不管他们的天性，把他们的棱角全部磨掉，批量生产出许多工业化社会所需要的螺丝钉，你们同意吗？”

大多数人都点了点头。

“但我们现在第一没有这样的需求，第二没有这样做的条件，第三没有浪费任何一个孩子天赋的本钱。如果一个孩子的天赋和兴趣明明是研究动物，但我们却非要按照我们的想法去把他强行培养成一个工程师，那结果是什么？我们失去了一个很可能非常出色而且联盟也非常需要的动物学家，获得了一个平庸的工程师，甚至只是一个平庸的工人。”

“有兴趣就一定能成才吗？”梁宇反驳道。

“当然不一定，但肯定会比强逼着去做他们不愿做的事情效果好。”高辉答道。

“你怎么知道他们喜欢的就是他们擅长的？”梁宇说道。

这其实已经有点儿强词夺理了，但高辉还是答道：“你儿子才七岁？那他到十五岁毕业之前，有八年时间可以去参加不同的社团了解自己喜欢什么，擅长什么，难道你觉得这比一开始就按照你自己的想法给他规定的路好?”

梁宇这下也不说话了,但他考虑了一下,又一次说道:“但就像你说的,我们哪有这么多资源来培养每一个孩子? 连学校专职的老师都没有把握把他们教好,你让其他人抽一点儿空余时间来教他们,这就能教好了?”

“那要看你定义的‘教好’是教到什么地步了,”高辉说道,“如果你的标准是大学毕业生的水平,那肯定不行,再怎么努力怎么拼命都不可能。但如果只是让他们明白这是什么,为什么这样,让他们感到好奇,觉得有意思,产生兴趣,愿意进一步研究和努力下去,那当然可以!

“我一直在反复说反复说,但你们总是在犯同样的错误。我们现在根本就不需要很专业的人才,第一没能力培养,第二培养了也用不上。我们需要培养的是他们对某个方面的知识和技能的兴趣,需要培养的是他们自己钻研和想办法自学,想办法解决问题的能力! 暂时用不上的知识我们强塞给他们有什么用? 我一肚子计算机语言的知识,可我们也许要几十年甚至上百年之后才用得上这些东西,现在就传给他们有什么用? 还不如写下来,妥善地保存起来。当我们的科学技术恢复到必须要重新编写程序的时候,自然会有对这个感兴趣的孩子会来找我写的这本书,自己研究它是怎么回事,然后试着去做。”

人们再一次沉默了。

“我再举个例子吧,”高辉继续说道,“比如,某个孩子喜欢玩刀,邀约了四个小伙伴成立了一个‘军刀爱好者协会’,那他们要找谁来当辅导老师? 在他们来找我这个园长递交申请的时候,我当然就会推荐张四海! 但我不会直接去找张四海让他来负责这个事情,而是会告诉他们这是联盟最好的老师,让他们自己去想办法说服他。你们觉得这里面没有锻炼他们的人际交往和解决问题的能力?

“然后呢,他们想要漂亮的刀,总要自己设计,要自己画图吧? 总不可能路边随便捡一块铁来敲扁了就心满意足吧? 这就需要几何和数学的能力了,甚至还要一点儿艺术方面的能力。张四海只要稍稍有点儿这方面的意识,就能引导和鼓励他们去主动学这方面的东西,即便只是皮毛,但他们也学了一些有用的东西不是吗? 他们要不要学着分辨钢的材质? 要不要掌握一些和物理相关的知识? 加工的时候要不要考虑怎么用料最省? 要不要考虑工艺? 要不要懂得安全方面的常识? 从成立协会到成功地把自己的刀做出来，其实他们已经学了很多东西，而且知道了要怎么去一步步地解决问题。如果他们愿意更进一步，也许他们当中就有人能成为机械工程师，成为设计师。如果他们中有人想要让刀的材质更好更锋利呢？那我们是不是有可能继续鼓励他往这方面发展，成为一个有志于从事冶金方面研究的人才？即使他们就是只想做几把刀玩，这个过程应该也让他们学会了相互之间怎么协调配合，学会了做人做事的方法，而这才是最重要的。”

“你这个想法太一厢情愿了，”这样的描述当然很有诱惑力，但梁宇很清楚自己家的孩子是个什么水平，“大多数孩子根本就不可能像你说的这么努力，他们很有可能就是一时兴起，然后发现有这么多困难就马上放弃了。”

“这就看我们怎么引导了，”高辉说道，“我们以前的那个世界的家长和老师包干的太多，让孩子们自己动手尝试努力的机会太少，他们一开始的时候当然会这样，但我相信，不会每个孩子都这样。他们也会看也会学，只要身边的人获得了成功，难道不会影响他们，不会帮助他们建立起信心？难道不会让他们慢慢地开始尝试和摸索？你们小时候难道没有过自己解决某件事情、做出什么东西后的快乐和成就感？我相信只要在适当的节点给予足够的鼓励，让他们逐渐树立信心，他们就一定能执行下去。别忘了，这不是任务，不考核也没人会催他们，这是他们自己的兴趣，是他们自己找乐子的游戏，他们一定会想办法去解决的。

“最坏的结果也不过就是什么都学了一下，但什么都没学会。或者是参加了一些没有什么实际意义的社团白白地混了日子。但他们起码能有一个健康的体魄，一个不那么压抑的童年，有一定的文化基础，懂得基本的道德和规矩。这样的孩子即使当不了尖端的人才，起码也能成为联盟的基石。”

梁宇依然在缓缓地摇头，却不那么坚决了，而其他人几乎都已经被他说服了。

“但现在学校已经变成这个样子了，你准备怎么去改变？”张晓舟问道。

“简单得很！”高辉听出了他话里的意思，心里的石头终于放了下来，“从龙云鸿那里搞两个人来，让他们给这些小东西军训！标准降低一点儿，但全都一起来。先搞两个礼拜，如果还不服，那就把刺头单独拉出来军训，训到知道听命令守规矩为止！这段时间，正好把学校的格局调整一下，弄点儿有意思的东西进去。”

张晓舟再也没有任何顾虑，对他来说，这也许是高辉从跟他走出安澜大厦，成立新洲团队之后最靠谱的一次了。

“有些项目要有年龄限制，太小的孩子不能参加有危险性的社团。”他对高辉说道。

“放心吧！”高辉说道。

“我支持高辉的设想，你们呢？”张晓舟于是说道。

## 第16章

## 爱情故事

“严队长!”严烨刚刚从伐木场那边过来，就听到有人怪声怪调地叫他，这让他感到有些奇怪，抬起头，却看到高辉笑嘻嘻地站在从地面向下走的那道木梯上，正对他招手。

“你这家伙!”严烨站在原地等他下来，和他拥抱了一下后才摇着头说道，“难得见你过来，怎么，有什么事情?”

虽然都在联盟，而且地方不大，但各有各的事情要忙，平时也很少有机会见面。两人是在一起给张晓舟做助理的时候结下的交情，对于严烨来说，高辉算是他的好兄弟之一。

“没事就不能来你这里看看?”高辉说道，不过他马上就忍不住揭露了谜底，“我升官了，张晓舟让我去当学校的常务副校长!”

“常务副校长?”严烨有些吃惊，但却并不感到有多高兴，在他看来，以高辉的资历和能力，即使是做武装部副主任，或者是直接来当丛林开发部的主任都没问题。

去当一个孩子头？不会是得罪张晓舟被发配了吧?

但看高辉兴高采烈的样子，又不像是被贬职的样子。

“真是恭喜你了!”他只能勉强地挤出一个笑容说道。虽然算是兄弟，但有时候他也没法理解高辉的想法。

高辉却马上就看出了他的想法，于是摇了摇头："哎，你不懂的。学园，那可是学园啊！"

严烨茫然地看着高辉，他以前算是一个热爱学习的乖宝宝，父母对他管得很严，游戏、漫画、动画这些东西，他从初中以后就几乎很少接触，和高辉这样的程序员宅男其实并不在同一个频道上。

学园是什么他当然明白，当初为了能和同学有点儿共同的话题，他也曾经上网搜索几部热播新番的情节简介和人设来看看，以免自己什么都不知道显得太落伍，但他真心不觉得那些东西有什么好看的，当然也没法理解高辉在激动什么。

"算了。"好在高辉早已经习惯了周围的人全像傻子一样，当然，这是他的看法，他绝对不会认为这是因为别人看他就像傻子一样，"龙云鸿这段时间都是从你们东木城这边出去吧？我来找你，顺便等他回来和他说点事情。"

事实当然是刚好相反，不过严烨虽然不喜欢龙云鸿，但也不至于因为这个而对高辉有什么不满。

"在我这儿吃晚饭吗？"他对高辉说道，"虽然没有联盟总部的食堂好，但你天天吃好的，偶尔来体察一下民情也不错啊。"

"狗屁！严淇现在可是落在我手上了，你小心我拿她出气！"

"那真是拜托了！"严烨笑着说道，"那丫头现在简直没人能管得下来，你要是有本事好好收拾她一顿，那我可真要好好请你吃一顿谢谢你了！"

两人一路斗着嘴，向严烨的办公室走去。

说是办公室，其实也不过是用粗加工过的原木搭成的房子，里面有些他们自己没事的时候试着做的木头桌椅，还有从联盟搬来摆放文件的铁皮柜子。墙上挂着几张图表，是严烨用来记录和评比自己手下几个小组工作进度和出勤情况的。

"挺不错啊！"这间屋子建好后高辉还是第一次来，他四处打量着，随口夸赞了起来，"吴工把你夸得不行，我还以为他是在给你脸上贴金呢，看起来倒不是吹的。"

"只看了个办公室你就这么给面子夸我？那我真谢谢你了！背后可别躲着骂我！"严烨笑着给他找杯子，然后对着食堂那边叫了一声，"刘婶，麻烦给我弄壶开水过来！"

"还是你舒服啊，自成一体，独立王国……"高辉满口不过大脑的话随意地往外冒着，但等他转过身来，却突然一下子像是被人一把掐住了脖子，脸涨红了，张口结舌，连一个声音也发不出来了。

薛蕊看到他也感到有些意外，她当然知道高辉的身份，但她并不认为高辉会是专门来找她的，应该是有什么公事吧？

“放那儿吧，谢谢！”严烨微笑了一下说道。

薛蕊的脸红了一下，对着他俩笑了笑，转身走了出去。

“我们找到一种叶子，泡水喝味道挺不错的，和茶叶很像。”严烨一边说一边倒水，抬起头来，却看到高辉的眼珠都要鼓出来了。

“你怎么了？”

“她……她……她怎么会在你这儿？！”高辉好不容易才缓过神来。难怪他几乎找遍了整个联盟都没看到她！

“已经来了一个多月了，”他的样子让严烨微微地皱了皱眉头，“怎么？”

“没……没什么。”高辉恋恋不舍地看着薛蕊高挑的背影，心神不宁地说道。

“你尝尝我们这种树叶茶。”严烨说道。

“哦……啊！”高辉心不在焉地把杯子拿起来就往嘴里倒，一下子被烫得惨叫了出来。

“你这家伙……”严烨急忙找毛巾来给他，但他的眉头再一次皱了起来。

高辉的心里在想什么，就算是傻子也看出来了。

“你喜欢她？”他低声地问道。

“啊？”高辉这时候才反应过来，“没有的事！你……你别乱说！”他慌慌张张地掩饰着，任何人都看得出来，他现在的智商余额应该不到五。

“你这家伙，”严烨摇了摇头，“你要是有意思，那就大大方方说出来，我一定帮你。不然的话，被人抢了我可就帮不了你了。”

“有人在追她？！”高辉马上紧张了起来。

“看把你吓的，”严烨苦笑了起来，他马上就做出了决定，“这件事包在我身上了，可你也控制一下自己，看你这个样子，别把人吓跑了！”

高辉一下子扭捏了起来，支支吾吾地说不出话来。

严烨无奈地叹了一口气：“拿出你杀恐龙时的气势来啊，你连死都不怕，还怕一个女孩子?”

“可是……”高辉明白自己这是又犯病了,可他真的拿自己没办法,“你忙吧,我先走了!”他突然慌慌张张地站了起来。

“你不等龙云鸿了?”

“我……我到特战队的驻地去等他!”

“哎……高辉! 高辉!”严烨一把没拉住他,他便匆匆忙忙地跑了,叫也叫不回来了。

严烨看着他的背影,摇了摇头,他转过身,却看到薛蕊和邓佳佳各自提着一捆劈好的柴火向食堂这边走了过来。

她的脸或许是因为太阳和劳动而变得红红的,泛着诱人的光,让每个看到她的人都会有种忍不住想要去采摘的冲动。而她的笑容却能让大多数人都望而却步,只想静静地就站在原地这样看着她,欣赏她的美好。

远远地看到严烨在看着她,她的脸越发红了,但却勇敢地对着他笑了笑。

“花痴!”邓佳佳在旁边骂了她一句。

严烨感觉自己的脸有些僵,他在原地愣了一下,随即快步走回了办公室。

“严队长?”

邓佳佳出来倒水,看到门外有个人蹲在那里,吓得差一点儿就把整盆洗脚水泼了过去。要不是严烨及时叫了一声“是我”,现在已经是落汤鸡了。

“你鬼鬼祟祟的在这里干什么?”她疑惑地说道,随后笑了起来,“噢……我知道了,我去帮你叫人!”

“别!”严烨却一把抓住了她的手腕,“我找的就是你! 你跟我来。”

“干什么啊? 放手放手! 你弄疼我了!”邓佳佳一路被他拖到屋顶的天台,天已经黑了,这个时间段,没人会到这里来。

她倒也不怕严烨干什么,联盟不像何家营,任何人都不能强迫女性做她们不愿意做的事情。她们来了这么久,还没听过有女孩子被欺负的事情发生。而且在严烨手下工作了一个多月,虽然没有太深的相处,可她也知道严烨虽然年轻,但做事情很有分寸,很公平,不是乱来的人。

更何况，他对就差没有剥光了自己送上门的薛蕊都老老实实客客气气的，又怎么会对她这个破了相的女孩动手动脚。

“对不起。”严烨低声地说道。

因为已经准备要睡觉了，邓佳佳已经换上了轻薄的睡衣，黑暗中严烨看不清她的脸，却能借着月光看到她峰峦起伏的姣好身体，想到自己马上要说的话，他突然变得有些紧张起来，就像是又成了那个刚刚步入象牙塔，做错了事情被老师抓住的大男孩。

“到底什么事？你想打听薛蕊的事情？”邓佳佳手里拿着那个盆，笑吟吟地问道。

这个家伙，也算是开窍了。

真是的，这两个人，站在旁边看着都替他们着急。

“邓佳佳，”严烨始终不是高辉，那样软弱的念头在他心里只是盘踞了短短的一瞬，马上就被他赶了出去，“薛蕊是你最好的朋友？你也是她最好的朋友？”

“那当然。”邓佳佳忍着笑说道。

“她没有别的朋友了？”严烨问道。

“你问这个干什么？”邓佳佳觉得有些奇怪，但她还是说道，“她就只有我这个好朋友，所以啊，严队长你可要放明白点儿，过不了我这关，我可不会让我家薛蕊——”

“果然和我之前想的一样，”严烨却有些不礼貌地打断了她的话，“真是太糟糕了。”

“太糟糕了？”邓佳佳不明就里。

严烨微微沉默了片刻：“我就是怕她误会，怕影响你俩之间的关系，所以才一直都没有说，可现在误会却越来越大，我真的是没有办法再这样下去了。”

“严队长，你在说什么啊？”邓佳佳诧异地说道，“什么影响我们的关系？”

“我喜欢的人是你，”严烨低声地说道，“一直都是你，你明白吗？”

这几个字就像是雷声一样，震得邓佳佳一下子完全失去了意识，她像个木偶那样站在原地，愣愣地看着严烨，许久之后才终于挤出几个字：“你……你说什么？”

“我一直喜欢的都是你，”严烨向前走了一步，抓起她的左手，尽可能温柔地说道，“从你们来的那一天，我就喜欢你了。”

“你……你疯了吗！”邓佳佳就像是被电了一下，浑身抽搐了一下，随后猛地向后退了几步,屋顶上满是用来种玉米的遮雨棚,她的脚一下没踩稳,差一点儿就摔了下去,严烨急忙上前一步扶住了她的腰。

“你……你放手!”邓佳佳感到自己的脑子里晕晕的,就像是被人往里面硬塞了一万只蜜蜂,嗡嗡嗡的,什么也听不到,什么也想不了,只能看到严烨在黑暗中的脸离自己那么近,下意识地就把右手里的不锈钢脸盆抡了起来。

几分钟后,严烨的鼻血才终于止住了,但脸上被盆的边缘砸中的地方还是紫了一块。

“对不起……”邓佳佳惴惴不安地说道。她终于稍稍清醒了一些,虽然脑子里依旧是乱糟糟的,但终于能够正常说话了。“谁让你……谁让你乱开玩笑的! 你明明知道薛蕊喜欢你,还开这样的玩笑! 你,你太过分了!”

“没关系,我就是喜欢你这一点,”严烨说道,“而且我也真的不是在开玩笑!”

邓佳佳恼怒起来:“你还想找打是不是?”

“我真的不是开玩笑。”严烨看她要走,果断地一把抓住了她的手。

她的手已经因为劳动而变得有一些粗糙,但握在手里,却依然能够感觉到一种令人心情异样的柔滑。

“你不信的话可以去问问,在你们第一天来的时候,我就已经对大家说我喜欢你了。”

这样的事情即便是邓佳佳这样大大咧咧的女孩子也不可能真的去找人核实,更何况,他当时确实说过这样的话,虽然那时候只是用来消除大家的尴尬而随口说出来的一句开玩笑的话,但非往这上面套也不是不行。

最起码,足以证明他当时心里的首选并不是薛蕊而是邓佳佳。

邓佳佳的心一下子又乱了,甚至忘了要挣脱出来。

“可你……为什么……”

“一开始是没有机会说,我不想让你觉得我太猴急,怕吓到你,到后来,薛蕊她……”严烨斟酌着词语说道,“你也说了,你俩是最好的朋友,而且是唯一的朋友,我不想因为这个事情让你俩之间有什么误会,影响你们之间的关系,希望能够让她自己知难而退。但现在,她的误会越来越深,我觉得不挑明不行了。”

“但是……但是你……”

“如果我喜欢她，有必要这么一直拖着吗？”严烨低声地说道，“邓佳佳，我喜欢的是你，你明白吗？”

邓佳佳脸上的表情明显是已经迷糊了，这或许说明她其实对严烨并不反感。这让严烨心情变得越发复杂了起来。

其实他早就应该这么做了，为什么非要等到这一天，非要等到这种时候呢？

虽然结果也许是相同的，但在感情上，总让他觉得自己是在欺骗和利用这个女孩，有点儿淡淡的内疚感。

如果高辉在追女孩子方面稍稍像样一点儿，那他根本不用在这个时候站出来做这种事情，直接找个机会明确拒绝薛蕊就行。至于未来的发展是什么，他作为兄弟只要在旁边远远地帮忙出出主意就行了。

但白天时高辉那种失魂落魄的表现让他明白，这个家伙很喜欢薛蕊，喜欢到了沉迷的地步，但同时，他根本就没有勇气也没有能力去追求薛蕊。

这种毫无理由的自卑是怎么回事？

但对于严烨来说，兄弟的困难，就是他的使命。

正常的做法是对薛蕊冷淡下来，让她自己知难而退，甚至是找她挑明，然后给高辉创造机会去追求她。但很明显，高辉没这个能力和勇气。严烨这边一冷淡下来，薛蕊那边一伤心，说不定队里那些单身的小伙子就前仆后继地上了。

高辉的条件再好，他自己不敢踏出那一步，严烨作为兄弟也不可能像张晓舟之前追李雨欢那样，直接先向全世界宣布这个女孩属于高辉了，谁也不准动脑筋。

如果什么都不管，只是直接拒绝，他这边退出了，高辉不敢行动，被别的人乘虚而入捷足先登的可能性太大了。严烨甚至可以断定，百分之百会这样。

必须要想办法给高辉创造机会，让他行动起来！

但如果不马上对薛蕊冷淡下来，一方面是她那边继续投入感情，事情更难收场；另一方面，以高辉的性格，一旦知道她喜欢的人是自己，很有可能就直接放弃，黯然退出了。

薛蕊这个女孩当然很好，但对于严烨来说，她的存在远远比不上高辉这样的兄弟。更何况，他们之间根本还什么都没有发生，他也只是对她稍稍地有一些好感，不抗拒她的好意，远说不上有什么感情可言。

其实他更喜欢邓佳佳那样的女孩。也许在以前那个世界,他会本能地喜欢薛蕊这种文静温柔的女孩,但在白垩纪这个世界里,在经历过那么多次生与死的交错之后,他的观点已经发生了根本性的改变。

不然的话,他也不会看着严淇变成了野丫头之后,反而觉得这样也许更好。

不坚强的人没有资格在这个世界上活下去,没有勇气的人必然会被这个世界无情地淘汰,如果他将在这个世界留下后代,那他当然希望孩子的母亲会是一个坚强、自立而又勇敢的人。这样的话,她带出来的孩子,应该也会拥有相同的品质。

他可以放心地把家里的一切交给她,当他必须拿起武器出去冒险的时候,不必每时每刻都担心着家里,不必总是担心着他们是不是能够照顾好自己。

薛蕊那样纤细的女孩其实更适合高辉这样的人,严烨完全相信,高辉如果真的能够和她在一起,绝对会把她小心翼翼地呵护起来,不让她受到任何一点儿伤害。

他俩如果能够在一起,彼此应该都会感到幸福。

他对高辉说这件事包在他身上,但在高辉离开之后,他一个人考虑了很久,才发现这真的不容易。

这件事情有几个关键点。第一点,要让薛蕊放弃对他的好感,这件事情不难,毕竟他们从没开始,也谈不上有多深的感情。唯一的问题只是适合的时机,从薛蕊的角度考虑,越早越好。但从高辉的角度出发,却需要在他做好准备之后才能这么做。

第二点则是要怎么才能让高辉这样对女孩子极度缺乏勇气的人有机会接近并且取得她的好感?要怎么才能让他有勇气去追求薛蕊?在严烨看来,这是最难的。

而第三点则是,不能让高辉知道薛蕊喜欢的人是自己。以严烨对高辉的了解,一旦那个二愣子知道这个事情,那他就根本不会再有任何这样的念头。他甚至有可能会极力地撮合自己和薛蕊,并且认定这是对所有人都最好的结果。然后,自己跑到一边去默默地舔舐伤口,自怨自艾。

这种事情严烨绝对不能容忍!

首先必须要介绍他们认识,让他们说上话,这是毋庸置疑的,不然的话,高辉连接近和照顾她的一丁点儿可能性都没有。

这应该不难做到。

然后找个合适的时候拒绝薛蕊,让她情感受挫,孤苦伶仃,激发高辉的保护欲和去照顾她安慰她的勇气。

这需要足够的契机，有点儿困难，但也不是不可能。其中的一个关键是，要想办法让她没有办法或者是没有机会去找邓佳佳倾诉。不然的话，两个妹子自己躲起来就把伤口抚平了，还有高辉什么事？

最后，要怎么才能让她不告诉高辉，她喜欢的人是自己呢？

这个问题为难了严烨很久，直到吃晚饭的时候，他故意避开薛蕊去邓佳佳那里打饭，才突然冒出了这个念头。

其实绝大多数问题都可以一起解决。

只要追求邓佳佳就可以了。

甚至于，连他自己的个人问题也可以一并解决了。

他一边吃饭一边偷偷地看着两个女孩，越来越觉得，这或许是最好的办法。

“你……你别乱说，我就当这是个玩笑！”邓佳佳纷乱的心情终于稍稍平静了下来，随即意识到自己的手还被严烨握着，急忙把手抽了回来，“我要走了！”

看到她这样慌张的表现，跟平日里那个和谁都敢吵几句的小辣椒比完全像变了个人，严烨忍不住微笑了起来。

“等等。”他抢先一步挡在了邓佳佳前面。

她的眉毛终于竖了起来：“严烨我告诉你，别得寸进尺啊！我是看薛蕊的面子才没有叫，你再敢动手动脚的，我就喊人了！”

“行！行！你别激动，我就再说几句话，就几句话，行不行？”严烨摊开双手，表示自己不会再动手了，但还是挡在了她的面前。

表白看样子是失败了，但他不愿意就这么放弃，至少，该说的话要说完。

邓佳佳站住了，这时候她才发现自己的衣服太薄，于是把脸盆抱在胸口，挡住了自己的身体：“要说什么就快点儿，但那些疯话我不想听！”

她的态度让严烨微微地叹了一口气，难道真的弄巧成拙了？

“你认识高辉吗？”他于是问道。

“怎么了？”

“你应该知道他的身份，他最近又要兼联盟中心学校的常务副校长，在年轻一代里，他应该是最有前途的一个了。”

“那和我有什么关系？”邓佳佳警惕地问道。

“和你当然没关系，”严烨没好气地说道，不知不觉，之前那些话所造成的尴尬局面就这么消失了，“他是我的好朋友，是个性格很不错的人，对人很好。今天我专门把他叫过来，就是想把他介绍给薛蕊，把她和我的误会消除掉。”

邓佳佳突然又沉默了，于是严烨继续说了下去。

“薛蕊是你的好朋友、好姐妹，我也不想她找个莫名其妙的男人，过得不幸福，不然的话，你肯定不会接纳我。高辉已经是我能够想到的最适合她，最有可能带给她幸福的人了。”

邓佳佳沉默了一会儿，突然问道：“然后呢？”

“什么？”严烨反倒愣了一下。

“你把他找来，然后呢？”邓佳佳微微有些恼羞成怒地问道。

她也不知道自己为什么会这么问，但她突然对答案很好奇。

“他原来早就见过薛蕊，而且还很喜欢她，只是没有勇气向她表白，”严烨的眼睛亮了一下，这是什么意思？“薛蕊进来给我们送开水，他看到她就慌慌张张地跑了。”

有人说，说谎的最高境界就是以九成的真相来掩盖一成的事实。严烨不知道自己的这番话算到了什么境界，但他相信，除了他之外的三个当事人都不会知道真相是什么。

但这样的谎言是为了让大家都获得幸福，所以应该是没问题的吧！

黑暗中看不到邓佳佳的表情，但毫无来由地，严烨觉得她不说话一定是在腹诽着高辉的懦弱。

“你们以前见过他吗？”

“没有。”邓佳佳马上答道。事实是那时候她们所有在档案室里整理书籍和资料的女孩都隔着门见过高辉，但他没胆子进来，当然就算没见过。

作为薛蕊最好的姐妹，也是唯一的好姐妹，她当然知道薛蕊心里在想什么。她从来都没有承认过，也没有挑明过，但她的一切表现都让邓佳佳清楚她在憧憬着什么，渴望着什么。严烨在薛蕊心里不仅仅是一个优秀的男孩，更是把她们从火坑里拯救出来的恩人，正是因为如此，她才会完全违背自己的本性，生平第一次厚着脸皮去对一个男孩主动示好。

这个高辉也许是个老实人，也许他还是联盟炙手可热的钻石王老五，但薛蕊不喜欢他，那又有什么办法？

也不知道为什么，她忍不住轻轻地叹了一口气。

“我们应该撮合他们！”严烨突然说道，他忍不住又想去握住邓佳佳的手，但终于还是在伸出手之前忍住了，“这对大家都是最好的！”

“我不知道你是怎么想的，但我不喜欢薛蕊，这是没办法的事情。她在我这里得不到幸福，既然是这样，又何必让她越陷越深，一直困在这个囚笼里，让我们三个人都痛苦呢？”

“什么三个人？你别把我扯进去！”

“你是她的好姐妹，难道你希望看着她就这样下去？哪怕只是尝试一下，看看她愿不愿意接纳高辉，给她一个新的选择和新的机会，难道不好吗？也许她就找到真正的幸福了呢？世界上的事情都是旁观者清，也许她根本就不明白什么才是对自己最好的，作为她的好姐妹，难道你不该帮帮她？”

邓佳佳的脸突然有些热了起来，但她很快就说道：“真搞不明白你到底想说什么！薛蕊有什么地方不好了？为什么你口口声声不喜欢她？我看你的样子，根本就不像你说的一样！”

“她不适合我。”严烨急忙说道，他之前对薛蕊的态度确实是一个大问题，但那时候他还不知道高辉的想法。俗话说“女追男隔层纱”，这样一个漂亮的女孩在一个多月的时间里一直对他示好，他没有理由非要拒绝。

当然，这样的话现在绝对一点儿也不能流露出来。

“她的个子比我高，年纪也比我大……”

“我也比你大啊！”邓佳佳鬼使神差地脱口而出。

“你不一样！”严烨马上答道，“我不喜欢柔弱的女生，我喜欢像你这样坚强独立有个性的女生。不对，不是像，我喜欢的就是你。”

“你又来了！”邓佳佳的耳朵一下子烧了起来，“别再说疯话了！薛蕊是你能够找到的最好的女孩了，她这么喜欢你，你还犹豫什么？我俩才是不可能的，我劝你好好想想，别再傻了。她真的什么都很好，你只要向她敞开心扉就会明白了，你俩一定会幸福的!”

她低着头就往严烨身边的空当走去,严烨想要拦住她,却被她推开了。

她匆匆跑到楼下,却看到薛蕊正在门口四处看。

“你跑哪儿去了?”看到邓佳佳回来,她大大地松了一口气,“吓死我了! 再找不到你,我就要叫救命了!”

“我去楼下走了走,”邓佳佳低声地说道,“睡觉了。”

“楼下?”薛蕊突然笑了起来,“不会是偷偷地在下面和什么人见面吧? 快点儿老实交代! 到底是谁!”

“哪有? 没有!”邓佳佳微微有些慌张地说道。

“不老实!”薛蕊看出她脸上的慌张,笑着伸手去挠邓佳佳,却被她反过压在床上挠得叫救命,“我错了! 不敢了,我真的不敢了!”

邓佳佳终于放开了她。

两人仰着头并排躺在床上,邓佳佳侧过脸,看着薛蕊近乎完美的侧脸,用手摸着自己脸上那道长长的伤疤,心里突然微微地酸楚起来。

“佳佳你怎么了?”薛蕊敏感地觉察到了她的情绪。

“没什么,明天还要早起,快点儿睡吧!”邓佳佳低声地说道。

# 第17章
# 约 会

“那么，像这样调整你觉得可以吗？”龙云鸿快速地在纸上把刚才高辉提出的那些东西变成了文字，然后重新递给了他。

高辉的精力有些不集中，过了几秒钟才重新连线到了当前的状况。

“啊？噢……”他接过那张纸快速地过了一遍，然后点了点头，“这样分段我觉得可以，按照李思南的说法，本来不听话不遵守规则的就是年纪大的这些，多操练他们一下也是好的。”

龙云鸿于是点点头说：“那么，明天一早我就把这份方案报给钱部长，只要他批准，我这边的人没问题。”

“不会影响你们现在的进度吧？”高辉问道。

“把正常轮换回来休息的人派几个去学校就行，不影响。”龙云鸿答道。

“情况怎么样？”高辉顺口问道。

但龙云鸿却摇了摇头：“抱歉，这个我只能向齐队长、钱部长、常秘书长和张主席汇报，如果你想知道，可以向他们去了解。”

死板！

高辉忍不住腹诽道，但他也没法多说什么，于是便站了起来：“那我就不打扰你了。”

龙云鸿送他离开，然后回来把之前修改过的计划誊抄了一遍，但他的心情却越来越不好，笔迹也越来越乱，最后直接把纸都给划破了。

找盐的进度非常不理想。

武文达那个队之前那次任务付出了惨重的代价，最终的成果只是确定了那片水域是一个淡水湖，这对求盐若渴的联盟，乃至对于远山来说都是一个坏得不能再坏的消息。

武文达提出了一个猜想，认为那些沼泽中有着丰富的植物，足够那些鸭嘴龙食用，它们完全没有理由从相对安全的沼泽地跑到陆地上来。那些动物晚上从沼泽地里出来最有可能的理由，应该就是为了补充在沼泽地不太可能存在的盐分。

张晓舟支持了他的这种猜想，对于联盟来说，这也是最快捷最有希望的一个途径。于是在完成了丛林探索的实战演练之后，重新整合之后的特战队便开始了以这个猜想为基础的探索行动。

在人们的预想中，他们只需要找到沼泽边缘的那些兽道，然后沿着兽道行进，应该就能找到那些动物所到达的目的地。

但结果却令他们极其失望。

他们首先要面对的是沼泽地区复杂的地形，通路经常会被突如其来的水域或是泥潭阻断，那些身材巨大的动物可以轻松地在这些地方穿行，但对于参与勘察的特战队员来说，这却是极其艰难的事情。

他们不得不经常面临反复绕行寻找通路的情况，或者是使用木筏摆渡。对于泥潭来说，以木筏通过也是一件非常困难的事情。有时候，他们不得不花费大量的时间停下来砍伐树枝，把它们铺在泥潭表面，以此来通过这些危险而又复杂的地形。

但在付出了这么多的努力之后，长途跋涉、艰难追踪的结果却往往只是被引向另一片沼泽，那些丛林中的兽道在绝大多数情况下，只是那些在沼泽中生活的群居动物定期迁徙时留下的通道。

他们唯一的成果只是证明了，除了在那片湖岸周边，这片丛林里还星罗棋布地存在着大量的沼泽地，至少在远山城东侧的那条分水岭以东和以北的地区，全部都是这样的地形。

“我们甚至很有可能在几年内都找不到任何矿产，”一名地质学院派过来接受丛林训练的老师有些悲观地说道，“丛林地带植被茂密，降雨频繁，岩石物理和化学风化特别强烈，以致土壤层极发育，岩石露头稀少，矿区基本上都属于典型的覆盖区。像印度尼西亚和亚马孙的那些著名金属矿藏几乎都在几十米甚至是上千米深的地下。如果周边的地形全都是这样的密林和沼泽地，那以我们现有的地勘设备，寻找矿产将是一件非常困难的事情，几乎可以说是完全靠运气。即便是真的那么幸运找到了宝贵的矿产，在这样的地形下要成规模地采掘也会是一个巨大的难题。”

但即使面对再大的困难，他们也只能硬着头皮继续寻找，因为这是他们唯一的出路。

高辉从新洲酒店下楼，不知不觉地走到了严烨那个队的营地，此时已经是晚上九点多，对于辛劳工作一整天的人们来说，这个时候已经可以说是很晚了。

他在附近徘徊了很久，不知道自己究竟应不应该再去找严烨问问关于薛蕊的事情，但最终却还是选择走回了康华医院附近自己的宿舍。

地上有一张纸条，他惊讶地拿起来，却发现那是严烨给他的留言。

“找你不在，只能留字条了。明天下午五点，东城上口碰面。一定要来！PS：稍稍打扮一下，带点儿吃的东西，不用太多。”

高辉一下子兴奋了起来。

这个意思应该是他会把薛蕊约出来？

不不不，那样的话太尴尬了，应该是把她和她身边的那个朋友一起约出来！

那就是标准配置两对情侣的四人行？

这小子，真够意思的！

他开始兴奋地在房间里走来走去，考虑着应该带什么东西，然后把自己所有的衣服都找了出来，开始一件一件地摸黑试了起来。

他算是幸运的，因为之前住的地方离安澜大厦很近，大多数衣物和个人物品都被他一趟趟带了过去，然后又带到了现在的房子里。漫画，手办，各种海报和碟片，甚至还有以前邮购的抱枕等等东西都被他小心翼翼地保存了下来。

但作为宅男的他却没有几件衣服，而且风格也相当单一，这让他试来试去也找不到一件满意的衣服。

真该死！为什么以前就没有想过要买点好看的衣服呢？

他懊恼地揪着头发，突然又想到了另外一个问题：“发型！发型！”

现在当然已经没有理发店存在了，但因为太热，其实大多数人还是经常剪头发，只是动手的通常都是自己身边的亲朋好友，头发也往往被剪碎混在土里作为肥料使用。

高辉上一次让张晓舟帮他剪头发已经是两个月之前的事情了，他用手摸了摸头发，就像杂草一样茂盛。

还有胡子！因为嫌麻烦，已经很多天都没刮过了！

他慌乱了起来。

该死！怎么没有灯！来不及了！来不及了！

只有很少的人发现了邓佳佳的异样，毕竟对于绝大多数人来说，一天中更重要的事情是如何完成自己的工作，而不是去观察别人。

但严烨和薛蕊无疑都是这少数人中的一个。

薛蕊小心翼翼地观察着周围的人，想要找出究竟谁是邓佳佳极力想要隐瞒的那个人，而严烨则小心翼翼地同时观察着她们两个，考虑着应该怎么开口邀约她们，才既能让她们答应，又不至于让薛蕊因此而有更多的想法。

但他的首要任务当然不是这个，而是保证人们在安全高效的前提下完成一天的工作任务，于是他一直等到中午午休的时候，才找了个机会，把到仓库里去取东西的邓佳佳拉到了一个没人的地方。

邓佳佳被吓了一跳，张嘴就要喊，但看到是他，硬生生地止住了。

她的脸涨得通红，像是要滴出血来，严烨这时候才发现，她一改平时的发型，小心地用一缕头发遮住了自己脸上的那道伤疤。

也许她自己都没有意识到这代表了什么。

“你疯了吗？”她焦急地说道，“快点儿放手！被人看到了怎么办！”

“你并不是不喜欢我，是吧？”严烨问道。

“你乱说什么！”邓佳佳又羞又怒地说道。

她整个晚上都没有睡好，一直在想严烨说的那些话，但她却怎么也想不出来，严烨这样的人究竟会喜欢自己什么。他只是在开玩笑，一定只是在开一个恶意的玩笑！

但等到早上起来，看到严烨的身影像往日那样从营地一路跑出去，她的心却不知不觉地跟着他跃动了起来。

对于薛蕊来说，严烨是把她们这些女孩从火坑中救出来的恩人，但对于她来说又何尝不是呢？也许对于她来说，这样的恩情意义甚至比对于薛蕊这样不必经历太多的女孩更加深重。

两个女孩在一起的时候总是会忍不住对严烨评头论足，尤其是在薛蕊迟迟不肯招供的情况下，邓佳佳总是会故意给严烨挑刺来取笑她，但在薛蕊一次次替严烨辩解的过程中，严烨这个人其实也早已经深深地烙入了她的心扉。

尤其是在知道严烨曾经在背后为了维护她们的名誉而做过什么之后，她很难不对这个比自己还小三岁的男孩心生好感。

但她是有自知之明的。

就算是大家都心照不宣地不去提起以前的事情，但它毕竟发生过，已经无法抹去，永远成为她们心里的一根刺，也许永远都会给她们带来疼痛。

更不要说，她毁了容，那条暗红色的伤疤就像是永远在提醒着她曾经发生过的一切，也在提醒着其他人在她身上曾经发生过的一切。

薛蕊比她高挑，比她漂亮，比她干净，薛蕊温柔、善良而又包容，如果不是她，邓佳佳早就已经被那些人活活打死了。

她理应得到最好的对待。

但严烨却再一次握住了她的手，一股电流从两人肌肤相触的地方瞬间穿透了她的身体，让她的脑子再一次当机，身体也一下子软绵绵的，失去了所有抗争的力气。

他的身体靠了过来，让邓佳佳的心里越发混乱了起来。

怎么办？他想干什么？他要亲我了吗？我是应该踢他一脚还是给他一个耳光？不行不行！如果被人看到就完蛋了！可是，难道就这么看着他……他是真的喜欢我吗？可是薛蕊她……

他的手温暖而又有力，让她完全没法生出抵抗的念头，但严烨却没有像她想象的那样做，而是在她耳边轻声地说道："我约了高辉，下午五点整在上面的出口那儿见面。你叫上薛蕊，准备点可以烤着吃的东西，好不好？你们两个一起来，让他们先接触一下，好不好？"

他的呼吸轻轻地扫在她的耳根，让她全身都酸软无力，甚至连一句话都说不出来。

这样的异状很快就让严烨觉察到，邓佳佳娇羞欲滴的样子让他克制不住心里突如其来的一股冲动，突然就用一只手捧住她的脸……

“啪！”

几分钟后严烨的鼻血才终于止住了，邓佳佳狼狈地站在旁边，看着他用她的手帕堵住鼻孔，血流了一地。

“你还真是……”严烨无奈地说道。

“谁让你不知死活的！”两人之间分开足够远的距离，又没有了身体接触之后，邓佳佳终于恢复了正常，至少是表面上的正常。

“谁让你……”严烨叹了一口气说道。

邓佳佳的眉毛马上竖了起来，眼睛也瞪得圆圆的，但看上去与其说是可怕，倒不如说是可爱。

“是我的错……”严烨急忙举手表示投降，“但晚上你和薛蕊一定要来，人我已经约好了。就算没有那个意思，高辉这个人本身各方面的条件都很好，人也很有趣，认识一下交个朋友不好吗？”

邓佳佳没有说话，严烨有些着急了，高辉那边不知道是什么情况，但肯定会很重视这次碰面，如果就这么给高辉放了鸽子，那可就……

“什么都没有，能带什么？”邓佳佳却在这时低声地问道。

“你们就弄几个玉米好了，其他的我来想办法！”严烨马上说道。

邓佳佳低着头快步地走了出去，严烨愣了一下，才发现她的手帕还在自己手上拿着，但上面满是血污，也不好就这么还给她。

“说她是小辣椒，还真是一点儿错都没有。”他自嘲地笑了笑，等邓佳佳走远之后，才从那个角落走了出来。

“严队长？你这是？”马上有人惊讶地问道。

“这个……有点儿上火了。”严烨只能尴尬地答道。

……

“高辉？躲在这里干什么啊？我靠！你这是？”

高辉万万想不到自己躲在角落里还会被熟人看到，脸一下子就红得挂也挂不住了。

这种时候，他真恨自己为什么要认识这么多人。

“我这个……呵呵，就是……”

“明白明白！”对方往往露出一个心照不宣的笑容，用力地拍拍他的肩膀，给他一个大拇指，“我看好你！加油！”

几次这样的偶遇就把高辉搞得身心俱疲，压力巨大，他恨不得马上转身就走，但脚下却有个什么东西死死地拉着他，让他一步也迈不出去。

好在只等了两个小时，就看到严烨提着一小捆柴火和一个桶走了上来。

“高辉！你小子！来得这么早？平时没见你这么准时过。”

“我也是刚来……”高辉讪讪地说道。

“看不出来，你小子其实打扮一下还挺像样子的！”严烨放下手里的东西，打量了他一下，笑着摇了摇头。

平心而论，因为来到白垩纪而被迫走出家门，接受训练又远离了以前的那些垃圾食品，高辉瘦下来，结实起来之后，卖相比起大多数人都好，至少一米八的身高就在这儿摆着，一高遮百丑嘛。

尤其是在刮干净了胡须，又央求李雨欢和王蓁蓁帮他剪了头发，搜刮了好几个人的衣柜替他配了一套衣服之后，高辉几乎可以说得上是一个白垩纪的型男了。

“她们呢？”高辉没心情被他调侃，心情忐忑地问道。

“她们在后面，”严烨说道，“别担心，万事有我！你只管表现自己最好的一面就行了！”

果然，薛蕊和邓佳佳的身影很快就出现在了后面的人群当中，严烨没有和她们打招呼，而是远远地挥了挥手，然后便拉着高辉向附近的一幢厂房走去。

虽然仅仅是远远地看到薛蕊，但高辉就像是中了某种诅咒，动作突然又变得僵硬了起来。

“高辉，你好歹也是二十多岁的人了，拿出点儿样子来行不行？”严烨无奈地说道。

“我真的是不行啊！”高辉哭丧着脸说道。他感觉自己脑子里就像是有几百只羊驼在跑来跑去，身上所有的毛孔似乎都在流汗，不但让他的动作变得僵直，就连呼吸也困难了起来。

严烨突然狠狠地当胸给了他一拳，让他一下子愣住了。

“看看你自己！”严烨恨铁不成钢地说道，“你到底在怕什么？难道你没手没脚？还是你那个地方不行？给我拿出点儿样子来！”

高辉几秒钟之后才意识到他的话是什么意思。

“你那个地方才不行！我……我行得很！”

“那你就拿出点儿样子来！兄弟一场，别让我看不起你！”严烨说道，“一会儿你别太猪哥，不要一个劲地盯着人家看知道吗？第一次见面，随意一点儿，自然一点儿，别什么都盯着薛蕊，多找点儿话题大家一起聊聊天，把你的优点和强项一点点展露出来！你平时话题那么多，各种各样的事情知道得那么多，随便露一点儿出来，她没有理由不喜欢你！对了，你要是不好意思和薛蕊说话，可以多和邓佳佳聊聊，她要大方一些，容易接触，话题打开以后，相处就容易了。不然总是僵着，事情就麻烦了，知道吗？”

其实他也没谈过恋爱，但总比高辉强一点儿。而且他也必须要想办法控制一下高辉的行为，免得露出马脚来。

高辉点点头，经过这一番打岔，终于让他稍稍忘记了紧张，跟着严烨走进了那幢厂房，然后和他一起沿着楼梯爬到了厂房顶上。

白垩纪的世界对于孩子来说很无聊，其实对于年轻人来说同样是一场灾难。

没有电影院，没有 KTV，逛街的话只有那么一条所有人都已经逛了无数次的短短的商业街，吃饭也只有联盟总部食堂办的那个小餐馆。

没有图书馆，没有公园，没有运动场，什么都没有，这让他们即使是想要找个地方约会，想要找个地方打发时间也变得很困难。

不过话又说回来，联盟甚至都还没有正式的休息制度，只是各个部门自己安排轮休，联盟大多数成员每天都面临着繁重的工作，即使是有这些地方，他们也不会有时间去。

但第一次约会，总不可能就到谁家里去做饭吧？

严烨想来想去，唯一可行的，大概也只有来个简单的野餐了。

附近的情况他比别的人都要熟悉一些，于是便选择了这个僻静而又比较开阔的厂房，作为他们这次行动的地点。

果然和他记忆中一样，楼顶上除了种满玉米之外，还有一块小小的空地，保留了原来砌筑的石桌石凳。旁边有一个蓄水池，里面应该是雨水，看上去还算是干净。

“我生火，你把桌椅打扫一下。”他习惯性地开始指派任务，高辉愣了一下，摇摇头按照他的话行动了起来。

没过一会儿，两个女孩也上来了。

高辉的动作马上就停住了，他愣在原地，看着那张自己朝思暮想的秀美脸庞，脑子突然又当机了。

“我给大家介绍一下，”严烨这时候已经把火点了起来，正在往上面加柴，于是他没有站起来，只是转过头说道，“薛蕊，邓佳佳，都是我队上的大美女。这是高辉，我的好兄弟！”

其实他们之间早就认识，但在这么近的距离面对面还是第一次。“你好！”邓佳佳有些好奇地打量着高辉，而薛蕊则微笑着对他点了点头。

高辉的整个人都几乎被这个微笑融化了，他呆呆地“嘿”了一声，然后便僵在了那里。

“都别闲着，”严烨急忙出来救场，“高辉，你和薛蕊看看我们都有点儿什么，要怎么弄，邓佳佳，你去看看那些水能不能用，要是没问题的话，拿那个不锈钢脸盆打一盆过来给我。”

这样的安排看起来很随意，但却是经过他精心设计的。

今天只是高辉和薛蕊的第一次碰面，第一次接触，他不能做得太过，让薛蕊产生抗拒和逆反心理。但他也不能让薛蕊有机会对自己有什么表示亲密的机会，这样高辉再傻也肯定会怀疑。

他只希望，邓佳佳能帮他一把，别一开始就把这件事情给搞黄了，让他平稳地把计划执行下去。

薛蕊稍稍迟疑了一下，邓佳佳告诉她有这么个事情的时候，她心里一下子激动了起来，石头人也终于被焐暖了吗？

有那么一个瞬间，她甚至委屈得鼻子都酸了一下。

但在整个下午的时间，她有足够的时间来回味这个事情，突然就有些困惑起来。为什么是邓佳佳来告诉她这个事情，而且还有其他人一起？

她微微有些迟疑，尤其是在知道来的人是高辉的时候，越发如此。

应该是给邓佳佳牵线吧？她这样对自己说着，心里却有点儿莫名地忐忑了起来。但邓佳佳下午的事情似乎特别多，薛蕊甚至没有找到机会审问她一下。

气氛稍稍地有些诡异，高辉慌张地把自己带来的那个包里的东西一样样拿了出来。

"黄桃罐头？"邓佳佳打着水走回来，有些惊讶地说道，"豆豉鱼罐头？午餐肉罐头！"

"厉害！还是你有办法啊！"严烨毫不吝啬地竖了一个大拇指。

"哪里，哪里！"高辉有点儿紧张地笑了笑。

这些东西在当前已经是绝对的奢侈品，即使是张晓舟想要弄到也绝对不容易，他也是求爷爷告奶奶找了好多人，把自己的工分券花了一大半才搞定了这些东西，但只要是给薛蕊吃，那在他看来就是绝对值得的！

"今天有口福了，"严烨说道，"薛蕊你们带了什么？"

这样主动的问话让薛蕊心里的石头稍微往下落了一点儿。"我们只带了几个玉米，几个番薯，还有一点儿嫩叶子。"她微微有些不安地说道。

"没关系，今天下午我抓到一只巨蜘蛛和不少虫子，"严烨说道，"罐头直接加热，玉米煮，番薯烤，然后把蜘蛛和虫子烤一烤，足够我们好好地吃一顿了！高辉，来帮我一下。薛蕊、邓佳佳，你们处理那些吃的吧！"

两个女孩在食堂干了那么长时间，这些事情对于她们来说都是驾轻就熟，反倒是高辉有点儿笨手笨脚的，一方面是紧张，另外一方面，他也很久没自己动手做这些事情了。

他帮着严烨把一个简易的铁架子立在了火堆上，把那盆水先放上去烧着。

而严烨则趁着这个机会提醒着他："别忘了刚才我和你说的那些注意事项！"

"不会的，"高辉急忙说道，"我都记着呢！"

"佳佳，到底是怎么回事？"薛蕊也在那边悄悄地问道。

"我怎么知道，他又没说。"邓佳佳有些心虚地答道。

“不会是给你相亲吧?”薛蕊低声地问道。

“你要死了!”邓佳佳一下子心虚地叫道,“给你相亲还差不多!”

两个女孩打闹了起来,让高辉又看得发愣了。

“管他是什么事情,反正就冲着这些吃的,今天就算是鸿门宴我也认了!”邓佳佳说道。

“你呀!”薛蕊摇摇头,心里的不安终于消失了。

两人一边弄一边说悄悄话,高辉在旁边想去帮忙但又帮不上手,不知道该干什么,严烨便拖着他过去和她们聊天。他小心翼翼地控制着局面,不让薛蕊有机会流露或者是表露出什么来,但这样说话真的是太累了。

他不由得暗骂起来。

这样的聊天又持续了一会儿,高辉终于鼓起勇气说了几个笑话,而薛蕊因为觉得这是在替邓佳佳牵线搭桥,也帮着活跃气氛,变相地让高辉得到了鼓励,也终于有了一点点信心。

这时候,下面终于有人大声叫道:“严队长? 严队长?!”

“我在这儿!”严烨大声地答道,“什么事?”

“有人找! 说是急事!”下面那个人大声地回答道。

“我马上下来!”严烨松了一口气,大声地回答道。随后抱歉地转过头来,对着其他三个人说道:“你们先弄着,我去看看是什么事,马上就回来。”

三人看着他的身影和那个来找他的人一起消失在东城的方向,少了他这个黏合剂,本来就不熟悉的三个人之间,气氛突然又变得尴尬和僵硬了起来。

尤其对于邓佳佳来说更是如此。

过了一会儿,严淇不知道从什么地方冒了出来,一脸不情愿地说道:“我哥突然有事不能来了,让我来告诉你们一声,我们先吃,别管他。”

她自顾自地坐在了空出来的那个位置上,对高辉他们说道:“各位哥哥姐姐,有什么东西能吃了吗? 我肚子好饿!”

严淇的出现终于让渐渐陷入僵局的三人又重新活了起来。

对于高辉来说,她就像是自己的妹妹,而对于薛蕊和邓佳佳来说,因为她经常在东城出入,彼此之间也不陌生,更何况,她还是严烨最宠的妹妹!

很快,她就变成了所有人的中心。

番薯被埋进了炭火堆,玉米被放在盆里拿到火上去煮,早已经处理好,蜘蛛肉被挑出来和那些虫子小心翼翼地放在一个铁盘子里放在火上烤了起来。至于那些罐头,只要倒出来热一热就能吃,就更简单了。

高辉甚至直接把唯一一个黄桃罐头也打开放在了她的面前。

“这是你专门带来给这两个漂亮姐姐的吧?”严淇却笑了起来,“我可不敢吃!”

三人都有些尴尬,对于唯一明白真相的邓佳佳来说更是如此。好在严淇并没有盯着这个话题不放,而是拿出自己带来的小碗,小心地把罐头分成四份,分别递给了他们。

“要不要给你哥留一份?”薛蕊有些不好意思地说道。她看了高辉一眼,这是他专门带来讨好邓佳佳的东西,自己似乎没有权利去分配,可是,这东西实在是难得……

“对对!给他留一份!”高辉急忙说道。

“不用!”严淇却有些气鼓鼓地说道,“那个坏家伙,不用管他!”

把自己拖出来当枪使,自己却找借口跑掉!这样的哥哥,活该他吃不到这些好东西!

但严烨也是没有办法,这次聚会他如果不出现就组织不起来,但如果他一直在场,很难保证薛蕊不做出什么向他表露好感的举动,甚至是说出什么话来。他也没有办法突兀地打断某些有可能揭露真相的话,那样更容易露馅。

但他离开之后,又没有办法确保事情像他计划的那样运行下去。甚至于,这三个人匆匆忙忙地吃完了东西就各奔东西了也说不定。

他想来想去,只能由严淇来充当黏合剂。她的出现一部分代表了自己,可以让这个聚会正常地进行下去。薛蕊也许会对她表露一些什么,但因为他们始终还没有发生什么,也不可能太夸张,完全可以理解为姐姐对妹妹的关心和照顾,这样一来,露馅的可能性就小多了。

更重要的是,严淇作为一个小孩子,可以随意地引导话题,甚至是打断话题,别人不会觉得突兀或者是有什么猫腻在里面。她的到场可以保证聚会一直持续下去,可以让高辉有机会尽可能地表现自己,因为聚会里只有他一个男生,他也会自然地获得更多的发言机会和关注。

为了帮高辉，严烨可以说已经把自己所有能想到能做的事情都做了。

如果这样还没有达到效果，那他也没有什么办法了。

“高辉哥，听我哥说你要来我们那里当校长了？”严淇虽然因为被当枪使一肚子不高兴，可把薛蕊这个狐狸精推给高辉似乎也不错，省得她一天到晚惦记着哥哥。于是，她在吃了两口久违的黄桃，心情变得舒畅了一些之后，终于开始按照严烨昨天晚上编的剧本行动了起来。

“这个……嗯，是有这么个事情。”这对于高辉来说，是与建立冒险者工会不分上下的伟大成功，他在其中获得的满足感和成就感甚至远远超过了当初参与建立新洲团队。虽然还是觉得有点儿紧张，但他还是忍不住把自己认为最得意的地方说了出来。

毕竟不是谁都能够凭借自己的博学多才和完美口才，把一开始几乎全部持反对意见的联盟高层一一说服。

就算没有出任常务副校长这个奖励，仅仅是这个过程也足够他感到兴奋和满足了。

“真的吗？好棒啊！”严淇一半是演、一半是真地不时赞叹着。她早就对死气沉沉的学校绝望了，但如果按照高辉的搞法，学校说不定会变得有趣起来。

这么说来，高辉这个平时看起来不怎么靠谱的家伙这次干得还真不赖，确实应该要奖励他一下才对。

于是，腹黑少女越发把话题向高辉擅长而又喜欢的方向引，让他不知不觉地克服了紧张，开始像往常那样大谈起来。

“我也可以成立社团吧？”严淇问道。

“当然可以！”感觉自己已经成了这次聚会的中心，三个女孩子的注意力都集中在自己身上，高辉前所未有地感到兴奋。这对于他来说，真的还是第一次。

原来女孩子也没有那么可怕嘛……

“不过，你不会弄个 SOS 团出来吧？”

以他对严淇的了解，这真的很有可能啊！

“什么 SOS 团？”严淇疑惑地问道。

坐在对面的薛蕊和邓佳佳却忍不住轻轻笑了起来。

“你们知道这个?”高辉有些兴奋。这个梗张晓舟等人都听不懂,这虽然让他有一种众人皆醉我独醒的快感,但也有一种曲高和寡的孤寂感,现在终于有人明白他在说什么,就像是敌占区失散多年的地下工作者终于找到了党组织,心里的那种兴奋和冲动溢于言表。

我果然没看错,她就是我要找的完美女孩!

“嗯嗯嗯!”严淇急忙站出来控制局势,要是高辉一下控制不住自己开始对薛蕊直接大献殷勤,破坏了当前完美的误会局面,严烨的策划可就完全失败了,“你们三个都明白,就我不明白! 这可不行! 高辉哥你讲给我听!”

高辉笑了起来:“这是一个关于和你差不多彪悍的女孩子的故事……”

“我哪里彪悍了?”严淇举着拳头抗议道。

……

严烨在东城处理了一点儿遗留的事情,在食堂随便吃了一点儿东西,又小心翼翼地往回走。聚会的那幢厂房顶上还有微微的火光,说明聚会还在持续,这让他一直提着的心稍稍放松了一点儿。

有严淇这个人小鬼大的小家伙在,事情应该会顺利吧?

他干脆绕路去找了一趟张四海,落实了一下后续的那些装备的事情,磨蹭了两个多小时然后才慢慢地转了回来。

但严淇却还没回来,这让他担心了起来,可他跑到那幢厂房附近,却看到那团火光依然在微微地抖动着。

怎么回事?

好奇心就像是一只猫那样在心里挠着,让他迫不及待地想要知道,究竟发生了什么,竟然让他们一直聚会到现在,远远超过了他的预期。

不会是他们忘了灭火吧?

可他小心翼翼地走到附近,却听到高辉的声音隐隐约约地传来,虽然听不清在说什么,但可以明显地听出他很兴奋,严烨的心终于落地了。

这小子……

他心里稍稍地有些失落和嫉妒,但更多的却是替高辉感到高兴。

但让他没有想到的是,一直等到他折回宿舍以后又过了一个多小时,才听到了严淇和薛蕊、邓佳佳的声音。

“真有意思！”严淇兴奋地说着，“下次你们再活动一定要叫上我！还有，等高辉哥把书拿来，大家要平分！”

“都先给你看行了吧？”邓佳佳的声音说道。

“那倒也不必，我们轮着看就行了，高辉哥不是说他有很多书吗？”严淇说道，“我一个人又看不完。”

“你哥回来了吗？”薛蕊的声音问道。

“不知道啊？”严淇答道，“应该回来了吧？他那么大的人了，不用管他！”

有人开始用钥匙开门，严烨急忙躲到了自己房间里，假装打呼。

“我哥已经睡着了。”严淇小声地说道。

“那你也早点儿睡吧。”薛蕊的声音明显有些微微失望，但听上去还好。

“晚安！”“晚安晚安！”三个女孩道别离开，严淇刚刚关上门，就听到严烨打开了自己的房间。

“怎么那么晚？”他迫不及待地问道。

“高辉哥在给我们讲故事，薛蕊姐一直在等你，以为你还会回去。”严淇打了一个大大的哈欠说道。来到白垩纪之后，她的作息时间一直都是天黑过后顶多一个小时就睡觉，今天真的是睡得太晚了。

“顺利吗？”

“你说呢？有我在，还有什么搞不定的？”严淇得意地说道。

“快点儿给我讲讲！”

“拜托！全给你讲一遍？”严淇不满地说道，“干这个事情很累的！我好困了！反正都是按照你的计划，一点儿偏差和意外都没有。高辉哥大大地露了一个脸，给我们讲了好多有意思的东西，大家也聊得很开心，应该算是朋友了。啊……真的好困！”她再一次打了一个大哈欠，摸索着向自己的房间走去。

“刷牙！洗脸！”严烨没好气地说道，“凉开水早就给你倒好了！”

“嗯。”严淇答应着，却走进房间，直接倒在床上，赖着不起来，就这么睡着了。

严烨摇着头微微地叹了一口气，伸手帮她把鞋子脱了，又帮她调整了一下睡姿，轻手轻脚地走了出去。

“哥,晚安!”严淇突然迷迷糊糊地说道。

严烨的脚步稍稍停了一下,心里的那一点点嫉妒和不高兴都随着这一声晚安而烟消云散了。

“晚安。”他低声地说道,随后小心地关上了门。

## 第18章

## 临时任务

虽然不知道具体情况怎么样，但自己的妹妹严烨当然信得过。既然计划执行得顺利，那接下来的事情就简单了。

只要再聚会一两次，让薛蕊和高辉再熟悉一点儿，就可以直接挑明自己喜欢的人是邓佳佳，那样的话，薛蕊既感到伤心失望，又不可能来继续纠缠自己，还失去了可以倾诉的对象，高辉在这种情况下如果还不能得手，那他真的可以去死了。

到时候让高辉自己想办法把薛蕊调到学校去双宿双飞，免得大家天天碰面难看。自己和她毕竟什么事情都没有过，等过一段时间，他俩的关系稳定下来，一切应该就不会有问题了。

怀着这样轻松的心情，严烨小心翼翼地保持着与薛蕊的距离，也没有再去惹邓佳佳，而是故意把生产队的事情交给了副队长，自己带着王云海他们三个从新洲过来的队员，佩戴上刚刚从张四海那里弄到的装备，偷偷向吼龙岭出发了。

张四海给他们弄的护甲是用八号铜线和带网孔的薄钢板编成的，透气性不错，对身体的保护看上去也很到位，外观甚至比他替特战队做的那一批护甲还要好得多。严烨去收货的时候他专门当着严烨他们几个的面试给他们看，防护力也绝对不差。唯一的问题只是重量，但严烨他们本身也只是打猎时使用，经常有休息的机会，所以这对于他们来说倒不是什么很大的问题。

严烨熟门熟路地带着他们沿着那条在这个世界已经可以说得上是大道的通路向吼龙岭的木屋走去，龙云鸿带着特战队的人之前曾经以这里为基地待过一段时间，但随着他们行动的推进，这个地方已经被他们放弃了。

撒过草木灰的道路上已经长出了很多植物的新嫩芽，也许用不了一个月，这些植物就会重新把这条路湮没掉。

“上面情况不错，罐子里的水是满的，看着也干净。房间里也收拾得整整齐齐。”王云海沿着绳梯上去看了一下情况，满意地对他们说道。

笨重的东西都留在了这里，他们只带着武器和从张四海那里弄到的兽夹，开始向周边进行搜索。

结果没过多久，便听到了暴龙的咆哮声。

“这些家伙又在装逼了。”王云海笑着说道。

严烨却还是让所有人保持戒备，随时准备爬树避险，但过了一会儿，便看到那些大大小小的吼龙从丛林里蹿了出来，快速地向别的地方跑了。

他们总共只来得及射出两箭，因为距离太远，又不知道它们会从什么地方跑出来，只是下意识地扣动了扳机，根本就连它们的影子都没有射到。

“下几个夹子。”严烨于是说道。路上他们抓住了一些虫子，可以把它们放在夹子里作为诱饵。以前他们就已经发现这些吼龙和秀颌龙一样都是杂食性的动物，这些东西对于它们来说也是美味佳肴。

他们都不是猎人，但接受了这么长时间的丛林训练，相关的知识多多少少有一点儿。他们努力辨认着吼龙留下的足迹，把这些陷阱小心地布置在它们的通道上，然后小心地用植物遮掩起来。

“在高处做好记号，要是被这些东西夹住自己的腿，那这辈子都抬不起头了。”

他们在周围的树林里绕行了一圈，把带来的十二个兽夹全都找到合适的地方布置了下去，这才回到树屋去休息。路上虽然又远远地看到了那些吼龙在周围行动，但根本没有射击的机会，只能忍受着它们震耳欲聋的恐吓，看着它们在远处跑来跑去。

“叫叫叫！总有一天让你们全变成桌上的菜！”一个队员没好气地说道。

“真是怪事，为什么丛林里就只能看到秀颌龙和这些鬼东西，其他恐龙呢？”王云海说道，“白垩纪难道不是应该遍地恐龙吗？”

“数量多可能只是相对的，往整个世界一分，平均下来也就没多少了，”严烨一边往火堆里加柴一边说道，“沼泽地里倒是有不少，但就凭我们四个，跑那么远就真是不拿自己的命当命了。”

“其实我们可以试试能不能钓到鱼，按照李根的说法，那些沼泽地里应该有很多类似食人鱼的东西，弄点带血腥的东西去，说不定很容易就能搞到。”

“太远了。”严烨依然摇了摇头。

到吼龙岭的这段路对于他们来说已经很熟悉，不容易迷路而且路也好走，关键是，因为地势比较高，积水少，蚊虫之类的东西少，相对于他们这支私自行动的小分队来说安全性还算有保证。在这条路上走个来回也不要太多时间，可以保证早上过来，天黑前就回去，中间还有足够长的时间能够用来设置陷阱和打猎。

但如果再继续往丛林里深入，危险性马上就会十倍百倍地提升。如果是为了执行什么重要的任务或者是救人那当然没有别的选择，但仅仅是为了改善伙食，这样的风险和收益未免也太不对等了。

“吃过饭休息一下，我们去之前看到它们的地方看看能不能伏击到它们，”他对另外三个队员说道，“安全第一，天黑以前就回去。”

几个人在高高的树屋里煮了几包玉米当作午饭吃掉，养精蓄锐之后，便重新潜入丛林。

但那些可恶的东西精明得很，也许是嗅到了他们身上的气味，也许是看到了他们，当他们在丛林里走动的时候还能看到它们的身影，当他们在某个地方停留下来，却根本等不到它们过来。

就连射出一箭的机会都没有找到。

天色渐渐暗淡下来，他们又沿着之前的道路去检查了一遍所有的陷阱，然后便一无所获地踏上了回程的道路。

“没关系，本来打猎就很难保证收获，”满怀期待一直在等消息的人们明显有些失望，但还是尽力安慰他们，“要不然，也不会有打猎采集不如养殖农耕的说法了。”

“明天我们再去看看，运气好的话，夹子里也许能抓到什么东西。”严烨只能这样对他们说道。

邓佳佳和薛蕊远远地站在人群外，没能挤进来，严烨有点儿心虚，急忙去处理白天积存的事情了。

“高辉这个该死的混蛋！气死老娘了！”

严烨看着怒气冲冲的严淇，一脸惊讶。

“枉我那么帮他！他竟然没告诉我今天开始要军训！而且还帮着那些变态折磨我！”严淇气急败坏地说道，“还有那个什么龙云鸿，哥我终于知道你为什么不喜欢他了！那就是个喜欢折磨人的变态！”

“变态?”严烨愣了一下，差一点儿就跳了起来，好在他还听到了前面的词，“军训?”

“就是啊！你说我们还这么小，又不当兵，军训什么?！要训也是男生的事情啊，拉上我们女生干什么?”严淇大声地说道，“明天我不去了！”

“这，可以吗?”严烨有点儿汗颜。

虽然不知道军训是怎么回事，但按照他的看法，严淇他们这些小孩子也确实是需要人来修理一下了。之前他们竟然试图偷偷地违反禁令跑出去找虫子，还把严淇拉来打着他的名义当挡箭牌。如果不是被他及时发现，万一真的出点儿什么事情，不知道要怎么向他们的父母交代。

严淇的脾气也是一直见涨，自己这个哥哥的话对她来说也是越来越没有分量了，有时候甚至还被她说得哑口无言。

她甚至还动不动就逃课旷课。

这怎么行?

这还不单单是她一个人的问题，严烨在中午休息的时候没少听到关于这帮半大孩子的劣迹，虽然还不算非常严重，但这样发展下去，真的很让人担心。

军训一下，打打他们的脾气，多少有点儿好处。

这样的话他当然不敢在严淇气头上说，他顺着她的话头一起骂了高辉和龙云鸿几句，终于明白发生了什么事情。

今天高辉正式上任，而他宣布的第一件事情就是全校军训两个礼拜。今天还只是对他们进行整编，分班分排，然后进行了一下基本的队列和向左向右转之类的训练，结果严淇和其他几个刺头习惯性地不肯老老实实按照教官的吩咐做，被单独从队列里抽了出来。

那几个男生被勒令跑圈，而严淇则被勒令做下蹲，他们当然都不肯，磨磨蹭蹭地不执行命令，结果就是，中午没饭吃，也不准离开，饿得两眼发黑，最后只能向教官妥协，这才吃上了饭。

“我还以为高辉会偷偷给我送点儿吃的！结果他连看都没来看我一下！”严淇咬牙切齿地说道，“死高辉！你等着，我现在就上楼去把你的事情搅黄了！”

高辉不知道会怎么样，但严烨却被吓了一跳，急忙拉住了她。

事情好不容易才到这一步，要是严淇真的去捅破了真相，那就完蛋了。

“你千万别冲动！他也是不得已吧。”他急忙对严淇说道，“你想想，他第一天上任，要是对你另眼相待，那他以后还怎么当校长？没人服他了吧？你就当给我个面子，帮他撑个面子，大不了我们改天让他请客？”

“可他也不能这么坏吧？一点儿情面都不讲？”

“他那个人你还不知道吗？傻乎乎的，也许他根本就没想到这一点，”严烨连忙说道，“我一会儿就去骂他！让他放明白点儿！你大人有大量，别和他一般见识。”

好话歹话说了一箩筐，严淇才终于消了气，她也累了一天，没一会儿就去睡了。

这个事情看来不能拖了，拖则生变。既然高辉比他预想的表现要好得多，那应该可以直接跳下一步了？

他悄悄地跑到楼上邓佳佳和薛蕊的寝室外，等了好一会儿，才看到邓佳佳拿着脸盆出来了。

“邓佳佳。”他低声叫道。

“你怎么……你怎么老是这样？”邓佳佳又被吓了一跳，忍不住说道。

“我们到天台上去，我有话和你说。”严烨看了房间里一眼，低声地说道。

“我不去。”邓佳佳的脸突然红了，好在黑暗中严烨肯定没看到。

“那我就告诉薛蕊了。”严烨说道。

“你疯了吗？”邓佳佳一下子着急了。

“佳佳？”薛蕊在房间里说道，“你说什么？”

严烨站了起来，邓佳佳迫于无奈，用力地点了点头：“你先去！我一会儿想办法出来！”

“别骗我。”

“你快点儿走啦!”邓佳佳用力地推了他一把,快步走回了房间。

严烨转身上楼,过了几分钟,邓佳佳披着一件薄外衣也上了天台。衣服把她的身体遮得严严实实,显然,她已经吸取了上次的教训。

“你要说什么,快点儿!”

“你觉得高辉有机会吗?”严烨问道,“我妹妹说那天你们聊得很开心。”

邓佳佳不知道这个问题应该怎么回答。

那天高辉的表现在她看来算是不错了,在现在这个环境下,如果严烨没有在薛蕊心里先入为主,那他也许很有希望。但薛蕊一直把高辉当作是严烨的好朋友来看待,甚至还一直误会那天的聚会是要撮合他和邓佳佳,好几次差一点儿就把撮合的话给说了出来。

要不是严淇及时在旁边转移了话题,事情说不定就暴露了。

但如果严烨真的明确拒绝了薛蕊……她的脑子突然又混乱了起来。

别傻了,即使是这样,她也不可能马上喜欢上另外一个人啊！作为她的好姐妹,你更加不可能马上就和他……不,不是不可能马上,而是永远都不可能。

那对于薛蕊来说必定是沉重的打击,对她来说,这绝对是最残酷的背叛!

更何况,你和严烨根本就不可能!

别傻了,别傻了……

“为什么你就不明白呢?”她沉默了几分钟后才终于说道,“薛蕊喜欢的人是你,她是不可能突然喜欢高辉的！她那样的女孩子,即使是你拒绝了她,她也不可能喜欢上高辉！我真的不明白,她究竟有什么地方不好？你上次说的那些根本就都是借口!”

“也许是借口,但我喜欢的是你,你怎么能逼我去喜欢另外一个人呢?”

“那你就可以逼薛蕊去喜欢一个她不喜欢的人？逼我喜欢你？你不觉得说这样的话很可笑吗?”

“逼你喜欢我?”

“难道不是这样吗？为什么你莫名其妙地突然找上门来说一些莫名其妙的话,我就必须要接受你?”

“那你想看到什么样的结果?”严烨问道,“我拒绝薛蕊,你拒绝我,薛蕊再去拒绝高辉,所有人都痛苦,是吗?”

“根本就不是那样的！你只要接受薛蕊……”

“然后呢？你不愿意看到薛蕊痛苦，就愿意看到高辉痛苦？看到我痛苦？你自己也痛苦下去？为了她一个人虚假的幸福，牺牲我们三个人？为什么不能是牺牲她一个人，成全我们三个？而且她和高辉在一起就真的不会幸福吗？我可以保证，高辉会是这个世界上最爱她、对她最好的人！为什么明明有大路不能走，却偏要让我们所有人都走到悬崖上？”

“我不明白你在说什么！”

“不！你明白的！”严烨突然伸手抓住了她的左手，她的右手下意识地扬了起来，却也被严烨抓住了。

“你……你快点儿放开！”

“我不放！除非你说老实话，不要再骗我，更不要再骗自己。”

“我刚刚就已经说了！我不可能喜欢你！”

“你撒谎！”严烨说道。

邓佳佳用力地挣扎着，两人的身体在拉扯中不知不觉地离得很近了。

“你快点儿放开！我要喊人了！”

“那你喊吧，让所有人都知道，我喜欢的人是你。”

邓佳佳一下子愤怒了起来：“你，你这个混蛋！”

“如果喜欢你就是混蛋，那我愿意成为这个世界上最可恶的混蛋！”

邓佳佳一下子愣住了，她的动作突然停了下来，严烨迟疑了一下，看着近在咫尺的那双迷惘的双眼，看着那丰润的嘴唇，一股冲动突然就涌了上来，让他无法克制自己，狠狠地吻了上去。

无法形容那种滋味。

就像是在无边无际的沙漠中绝望地行走着，喉咙马上就要烧起来，却突然看到了一杯冰水，然后痛快地一饮而尽。

就像是身处高考考场，脑子里却空空如也，所有题目都没有思路，没有答案，十二年寒窗苦读眼看就要成为泡影，在痛苦中煎熬了整整两个小时，恨不得推开窗户直接跳出去，却在最后一秒钟突然发现自己的答题纸上已经工工整整地写好了答案。

就像是有一道电流从他们肌肤相触的地方迸发，迅速麻痹了他的整个身体，让他无法思考，无法行动，只感到无穷无尽的畅快驱使着一只怪兽，在他心里轻轻地挠着，挠着，让他整个人都酥软，沉醉，不知不觉地飞了起来。

这是他人生中的第一次，而他却恨自己为什么一直等到今天，而不是在看到她的第一眼就这样做……

剧痛突然从嘴上传来，他下意识地放开了手，脸上迅速地挨了一个巴掌，打得他头晕目眩，几秒钟后才又重新恢复了意识。

“你，你怎么敢……”邓佳佳几乎不忍心去看他被打蒙了的样子，她突然感到自己的心又酸又痛，就像是有什么东西在里面狠狠地搅着，撕扯着，践踏着，“你这个臭流氓！”

她转身想要离开，但严烨却突然抓住了她的手，把她狠狠地拉到自己的怀里，开始一次次地亲吻着她。

“不要骗自己了，”他在她耳边低声地细语着，“也许你不肯承认，也许你自己都没有发现，但我都看在眼里。你喜欢我，而且非常非常地喜欢。”

“不，不是……”她想要辩解，却被他火热的吻堵了回去，随后便彻底迷失了。

“今天有点儿不对劲啊……”严烨和其他人一起蹲在食堂旁边的空地上吃树皮粉做的粉条，却听到好几个人这么说道。

“怎么了？”旁边有人问道。

“小辣椒竟然对我笑了一下！”

“对啊对啊！我说怎么今天早上觉得什么地方不对呢！”另外一个人也惊讶地说道。

“你们这些人……”严烨完全无语了，“难道非要被瞪被骂你们才高兴？”

“小严队长，话不能这么说，难道你不觉得反常吗？”那个人振振有词地说道。

“大概是谈恋爱了？”

男人八卦起来也这么恐怖，严烨既心虚又听不下去，急忙几口把自己的粉条吃光，匆匆忙忙地带队向吼龙岭中继站赶去。

一路无话，他们像昨天一样，把沉重的装备放在中继站的树屋里，开始向昨天布置的兽夹走去。

第一个丝毫没有被动过的迹象，陷阱里的虫子已经变色，发臭，他们把它换了一个位置放好，继续向下一个走去。

结果依然如此。

第三个、第四个……失望渐渐让他们的脚步沉重起来。

“这应该是常事，”严烨尽力把不快从自己脸上挤出去，对其他人说道，“要是那么容易就能抓到猎物，我们的老祖宗就不会被逼着去养殖牲畜了。”

话是这么说，但大家的情绪还是高不起来。

“等一下！”当他们走向第七个陷阱时，走在前面的王云海终于发现了什么。

所有人戒备了起来，他小心翼翼地走向那个兽夹，发现它已经合了起来，夹子上和地上都可以看到污血和羽毛的碎片，但被夹子夹住的那个东西却不见了。

严烨用手摸了摸夹子上的血迹，还是湿的。

“小心！”他低声地对其他人说道。

这时候他们才意识到，那些总是叽叽喳喳叫着，或者是模仿暴龙吼叫的恐龙一直都没有出现过。

有某种让它们感到危险的东西在附近。

“怎么办?”有人低声地问道。

“嘘……”严烨低声地说道，同时把身体伏了下去。

站在这里，只能听到风儿吹过树梢的呼啸声，远处的虫鸣，树上水滴落下的嗒嗒声。

除此之外，什么声音都没有。

“加倍小心。”严烨对他们说道。他把那个兽夹换了一个地方重新布置下去，然后带着队伍，放慢了速度，小心翼翼地向下一个陷阱的位置走去。

第十一个陷阱同样有被动过的痕迹和血迹，但夹子上的血迹已经干涸了，应该是在更久以前发生的。不同的地方在于，他们在这里找到了一片翠绿色的羽毛。

“怎么办?”等到他们回到树屋，点起火堆烧着水，人们才终于把心完全放了下来。

盗走他们猎物的生物很有可能是一只羽龙，但就他们在远山城所见，这种极其聪明的动物最少也是以五六只一群的数量在活动，而较大的群落甚至达到十五只以上。

如果它们突然从某个角度向他们发起攻击，凭借他们四个人的力量真的能全身而退吗？

“你们说，它们会还在附近吗？”王云海问道。他下意识地压低了声音，似乎是在担心着会不会把它们引过来。

“很有可能。”严烨说道。

身处在远离其他人的丛林当中，才真正会有那种战栗的感觉。这些东西他们曾经杀过很多，但也正是因为如此，他们才明白它们行动起来会有多可怕。

它们身上的羽毛在远山钢筋水泥的丛林里很难遁形，但如果是在周边的丛林当中，几乎可以说是隐形的。

“会是曾经到过远山的那些吗？”另外一个人说道。

据说野生动物通常不会对从没见过的东西贸然发动攻击，但如果它们曾经成功地杀死过人类，那结果往往会非常糟糕，很多猛兽甚至会转变为专门以人类为食。

“希望不是。”严烨摇摇头答道。

“我们现在怎么办？回去？”

它们已经两次偷走了夹子上被抓住的猎物，那就有可能发生第三次、第四次，即使他们不惧怕这些动物的偷袭，他们也不可能一直留在这个地方，时不时地就去看一遍那些夹子。

体力不允许，也太过危险。

如果设下这些陷阱最终却变成是替它们作嫁衣，那他们就丝毫没有继续下去的意义了。

“先回去。”严烨点点头说道。

人们惊诧于这支狩猎小队那么早就回来，有些人看到了他们的表情，猜测着究竟发生了什么事情。严烨没有向他们解释，而是快速地把要处理的事情过了一遍，然后向机械加工厂走去。

张四海正带着手下的工人们制作民兵所需要的装备。按照武装部的计划，未来每个民兵都要装备半身甲、长矛和砍刀作为基本装备，部分人员装备弓弩或者是投矛，这个计划对于他们这个不到三十人的纯手工作坊来说，真的有点儿太过于宏大了。

好在钱伟并没有强行规定他们什么时候完成，而是让他自己来控制进度，武装部的人时不时来看一下。

“严烨？怎么现在过来了？”他微微有些惊讶地问道，“不是告诉你后面的货要等等了吗？”

“不是那个事情。”严烨说道。两人因为严烨的大采购而已经很熟，他便把话题直接引入了正题。

“你希望我帮忙抓恐龙？”张四海不由得哑然失笑，“你开玩笑吧？”

“不需要你自己去，只要你教我们怎么设置陷阱，给我们提供一些必要的配件就行，”严烨说道，“不管我们抓到了什么，都给你一份分成，怎么样？”

当初联盟搞丰收节猎杀那只镰刀龙的时候，就是张四海和龙云鸿两个人指导大家制作陷阱，但那时严烨主要是作为向导，王云海等人则都是护卫，并没有参与到陷阱的制作当中去。他们对这些东西有概念，但并不了解其中的诀窍。

凭借弓弩在丛林中捕猎在严烨看来已经被证实了不太现实，也许只有陷阱才是唯一的出路。既然他与张四海之前合作得不错，当然没有理由去找龙云鸿那个讨厌鬼。

“让我考虑一下，”张四海说道，但他并没有让严烨久等，几分钟后他便点了点头。“两成？”他问道。

即使是严烨不给他好处，只要联盟的领导们开口，他也只能把这些东西教给别人，不可能把这些技术藏着掖着。

严烨这种做法算是蛮有诚意了。

“两成没问题，”严烨说道，“但你要保证教会我们，而且要持续设计和制作更好用的陷阱，算你技术入股。”

“这没问题，”张四海说道，“我们可以到现场去安装几次给你们看，到你们学会为止。”

“成交！”严烨向他伸出了一只手说道。

“我考虑了一下，对于你的要求来说，弹力绳套陷阱是最合用的，”张四海对严烨等人说道，“只要控制好绳索的长度，套中猎物之后就能把它们高高地吊在空中，防止被其他猎食动物发现。即使是发现，它们要想把吊在半空中的猎物偷走也不容易。”

“这个你说了算，”严烨点点头说道，“要怎么弄？”

身边除了王云海等三个前新洲队员之外，还有他从板桥劳工当中挑出来的几个比较勇敢，头脑比较清楚，执行力也比较强的人，加在一起有十来个人，应该足以应对一般的情况。

大家对于这个事情都比较感兴趣，吃完了饭之后马上就兴冲冲地跟着他去找张四海，甚至把这当作是严烨对于他们的一种肯定和奖励。

别的东西在这个世界或许作用不大，但设置陷阱这种技能，在这个世界应该是最实用的技能了！

他们在机械加工厂后面的一块空地上聚集起来，兴致勃勃地等待着张四海的讲解。

“思路其实很简单，依靠有弹性而又足够坚韧的树枝作为弹力来源，用带有枝节的小树枝相互卡在一起形成微妙的力量平衡，当猎物踏中套索或者是触动了平衡杆破坏了这种平衡，树枝就会猛地向上弹起，收紧套索，从而把猎物吊起来。”

张四海一边说一边用旁边的一棵小树做了一个示范，类似的陷阱其实有很多人都做过，但却没有他示范的这种这么简单。

“绳子的材质很重要，”张四海说道，“如果是要抓羽龙、驰龙这样的大型猎物，最好是用细钢绳，以免它们的爪子或者是牙齿把绳子弄断。当然，我们不可能有那么多钢丝可用，但最起码，绳子的前端应该用上细钢绳。”

陷阱设置好之后，他让其中一个队员用一根木棒试验了一下，小树猛地弹起，把那根木棒从他的手里猛地扯了出去，把他吓了一跳。

“力量很大对吧?”张四海把那根木棒拿回来，给他们看细钢绳猛然收缩时在树皮上勒出的印子，“如果是真正的陷阱，就这一下，很有可能就把踏中它的动物的脚或者是脖子弄骨折了。你们也要小心，别以为会像电影电视剧里那样只是被吊起来就没事了，那一瞬间的力量很大，足够让你们骨头脱臼甚至骨折!”

大家都点点头，于是他开始教大家做另外一种陷阱，陷阱周围用细木棍围起来，让恐龙能够看到里面的诱饵，但却必须要把头伸进套索才能吃到它。当它的嘴一碰到串着诱饵的那根机关棒，“嘣”，它就肯定逃不出去了。

如果高辉在的话，一定会想起张晓舟曾经教他做过的那个陷阱，原理上其实是完全一样的。

“大致就是这样，”张四海又演示了另外一种更为复杂的踩踏触动的陷阱，“这个东西重要的就是思路，因地制宜，如果是一条明显的兽道，那显然用踩踏式的比较好，如果手上有诱饵，那第二种的成功率肯定会比较高。细钢绳我可以提供一部分，但绳索得你们自己去找了。一定要结实、轻便，最好是能用植物的汁液泡一泡，一方面是去除味道，另一方面是给它们染染色，免得被那些恐龙看出来。等到你们做好准备就通知我，我和你们一起去。”

“好！”严烨说道。

王云海等人一开始因为张四海要拿两成而有些不满，但细钢绳这东西他们还真不好弄，这样一来，张四海相当于贡献了技术和重要的材料，这个抽成比例他们也就勉强能够接受了。

人们开始自行实验起来，在这里做的当然只能算是个模型一样的东西，但很快，所有人都理解了这几种陷阱的做法。

一群人就像是找到了有趣的玩具，玩得不亦乐乎，一直到天黑才慢慢地走回了营地。

严烨进了门，却没有看到严淇，正当他觉得奇怪时，却听到了她轻轻的打呼声。

这丫头明显是白天的时候被教官操练得累了，一进门就直接倒在床上睡着了。

严烨叫了她几声都没有动静，只能帮她脱了鞋子，打水来随便擦了擦脸和手。

看她的样子，学校的军训应该搞得很充实，高辉会不会没有时间来处理薛蕊的事情？但如果等军训完了，他会不会又要忙着推广学校的新规章制度？

邓佳佳的身影很快就溜进了他的脑海，一想起昨天晚上的那个吻，他的身体又火热了起来，但昨天晚上邓佳佳最后还是没有明确地答复他，只是突然推开他就跑了，这让他感到有些无奈，又微微地有些头疼。

不管了！这些事情都是快刀斩乱麻最好，拖泥带水，只会让事情越来越复杂。

也许明天？

他这样对自己说道，随后便简单地洗漱后上床休息了。

但他却料不到，邓佳佳此时却在两层楼上的过道里，心情复杂地走来走去。

“佳佳？你干什么呢？”

“没什么……”她慌慌张张地说道，最后看了一眼空荡荡的楼道，恨恨地跺了一下脚,失望地进了房间。

“老实交代,这几天晚上你到底去哪儿了?”薛蕊笑着问道。

“都说了上厕所啊!”

“上厕所怎么会那么长时间?”这样的借口显然不可能让薛蕊相信,“不会是高辉吧?”

“你要死了!”邓佳佳脱口而出道。

“那到底是谁?”

“跟你说了是上厕所啦!”邓佳佳恼羞成怒地说道,爬上床去挠她,很快就让薛蕊败下阵来,上气不接下气地求饶起来,“让你再乱猜!”

“我错了,佳佳姐我错了! 不敢了!”薛蕊一边竭力抵抗一边笑道。

邓佳佳毕竟心虚,只是做了个样子,很快就放过了他。

“其实他真的还不错啊,”薛蕊不知死活地又凑了过来,“个子高,老老实实的,懂得多,对人也和气。在联盟,他应该算是不错的了,你真的不喜欢他?”

“他要是真的这么好,你自己为什么不上?”邓佳佳说出这些话的时候,心突然颤抖了一下。

“要死了你! 你明明知道的……”

“如果,我是说如果,如果没有严烨,你会考虑他吗?”邓佳佳咬着牙,缓缓地说道。

“当然会喽!”薛蕊却没有感觉到她的异状,开玩笑地说道,“这么好的男人,你可要小心了,要是……要是他不要我,我可就把你的男人抢走了哦!”

“死丫头!”邓佳佳抓过枕头向她扔了过去。

“救命啊! 救命啊!”薛蕊笑着逃开,却被她一把抓住。

“不敢了不敢了!”她拼命地挣扎着,却没有发现,邓佳佳深深地吁了一口气,似乎轻松了很多。

然而,生活中总是充满了各种各样的意外。

第二天一早,严烨刚刚晨跑到联盟总部大楼附近,就被吴建伟拦了下来。

“我算着你也差不多该到了。”他笑着说道。

“吴工? 有事?”严烨稍稍有些心虚,再怎么说,违反联盟的禁令私自跑出去打猎都是不能拿到台面上的事情,难道有人告状?

“我昨天去看了一下,你那个队的进度已经超出其他三个队一大截了,你确实干得不错!”吴建伟说道。

这是严烨最自豪的事情,但为了鼓舞士气,他手上的那些工分券也在慢慢地变成各种各样的吃的,一天天消耗着。

不过对于他来说,那些东西远远没有这样的成就感带来的愉悦重要。

但也正是因为想要继续把这样的领先优势保持下去,他才会想要通过打猎来给自己手下的队员们获取一些额外的补给,不然等他手上那些工分券用完,事情就不好办了。

毕竟人只靠吃树皮粉、蕨根粉和玉米为主食,树叶果实和少量的虫子为辅,对于身体来说其实很有问题。脂肪和蛋白质这些东西,对于人们来说是不可缺少的营养。仅仅依靠少量的虫子和联盟不知道过多久才能分发一次的肉类,完全没有办法满足人们的需求。要让人们保持足够的精力和体力,不能长时间缺乏这些营养。

另一方面,当别的队伍都还在老老实实吃着那些东西,自己的队里却能隔三岔五地有肉吃,他相信这样的对比必然能够给自己的队员们带来强烈的归属感和认同感,工作效率也才有可能一直这样保持下去。

“过奖了,”但他还是说道,“其他几个队其实干得也很不错的。”

“你啊!年纪轻轻的,别一副老气横秋的样子!”吴建伟摇了摇头,“联盟那边有个任务下来,主要由我们丛林开发部和武装部配合,加上机械加工厂的少数技术人员完成,因为任务很急,他们要求派出最好的队伍。我唯一想到的就是你这支队伍!”

“没问题!”严烨马上答道,“你放心,我们一定完成任务!”

不管是出于公心还是私心,这样的任务对于他来说都是多多益善。另一方面,吴建伟对于他的赏识和夸赞他已经在很多场合听人说过,在联盟当前的高层当中,吴建伟也许是唯一一个极力顶他的人,他不想让吴建伟失望。

“你都不听听是什么任务?”话虽这么说,但严烨这么给自己面子,让吴建伟很高兴。

“这是为了配合特战队的任务,”他对严烨说道,“你应该也知道,他们现在搜索的方向已经从东面转到北面,为了提高效率,龙云鸿希望联盟能够在西北方向大概四公里的一个山岗上建立一个中继站。要求的时间比较急,我们不准备搞得太大,就按吼龙岭的中继站来做。两层或者是三层都可以,只要能满足一个小队宿营就行。当初钱伟动用了五十个工人和二十人的护卫队,加上修整道路一共用了六天时间,现在我从其他三个队调三十个人给你,你自己队里的人你自己安排,看能出多少人,联盟再派五个当初参与过吼龙岭中继站建设的技术人员给你,三天完成,行不行?安全保卫你不用考虑,钱伟那边会派一个小队的民兵过来,还会让两个冒险者小队也帮忙。"

"没问题!"严烨马上答道。这种时候怎么能说不行?

荣誉是一方面,他也想学学怎么建筑树屋,说不定以后什么时候就用上了。

"好!"吴建伟很高兴地拍了拍他的肩膀,"如果能够按时完工,我一定找张主席给你们请功!"

这句话对于严烨反而没有什么作用。他和吴建伟约好了集合队伍的时间,问清楚了后勤和工具怎么解决,由谁负责,然后便匆匆忙忙地回到营地,把自己手下的副队长和几个小队长都召集在一起,安排这个事情。

他手下有将近三百二十人,其中不到三分之一是妇孺老弱,这个比例在联盟来说已经不算高了,但如果抽出去的人多了,他这边的工作也就没有办法保证了。

毕竟砍树的时候,后勤、安全保护等等工作都需要人,对这些东西进行粗加工甚至是精加工也需要更多的劳动力。

"我们的进度比其他队快很多,哪怕停上几天也没有关系。"他考虑了一下说道。

两边的工作不可能同时开展,两边都想搞好,最后的结果也许反而是两边都出问题。这种时候,抓住重点、集中突破才是唯一正确的选择。

"既然要干,那我们就干脆一点儿!别的队的人我们都不要了,免得到时候指挥不动,功劳不好分,万一他们出了什么问题还不好处理。我们自己来!朱哥,我把一队二队三队全都带上,剩下五个队和后勤留给你,你们这三天就别出木城了,留在城里处理之前砍的那些树,不行的话,把那些树皮粉处理一下,全都做成粉条。"

"没问题。"副队长点点头说道。这样的安排在他看来没什么问题。一队到三队是他们这个生产队的骨干,全是十八岁到三十五岁之间的青壮年,把这些人调走之后,他们的实际工作能力和自保能力其实很低了,留在木城里保证安全这是慎重之举。而这一百人一起出去,相互之间又是配合熟了的同伴,效率和安全都应该能够得到最大的保障。

严烨让他们去传达命令组织队伍，自己则又匆匆忙忙地赶去找吴建伟说明自己这边的想法，听说他们准备一次性投入一百人，不要其他队伍的人，吴建伟稍稍吃了一惊，但随之而来的却是高兴和满意。

“那就交给你了！”他对严烨说道，“你跟我来，我带你去找梁主任批条子领物资。”

梁宇看到吴建伟带来的人是严烨，稍稍有些惊讶，但也没说什么。反倒是钱伟听说这个事情之后，专门跑来找他反复交代了安全注意事项，让他严格按照之前那次的经验行事，不要自己想当然地搞发明创造，更不要擅自行动。

这样的态度让严烨稍稍有点儿不高兴，但还是低着头等他说完，然后才去找张四海要人。

“怎么又是你？不对，应该说，怎么老是你？”张四海笑了起来，“我们俩现在怎么天天打交道啊？”

严烨也笑了，张四海摇摇头，随即把之前就已经安排好的技术人员介绍给他，又把建筑树屋所需要的长螺栓、钢管、角钢等材料和长手钻、滑轮等工具用小车推了出来让他签收。木工工具严烨他们本来就有，不需要专门配。

“其实比建木城简单多了，就是在树枝上搭几个平台，在上面搞几个违章建筑而已，就那种小棚子，根本就不费什么力气，”张四海对他说道，“唯一的难点只是没有固定的设计，要看你们选定的那棵树的形状再决定具体怎么施工，高空作业也比建木城的时候稍稍危险一些，不过只要把平台搭起来，那就不会有多大问题。”

“三天时间够吗？”严烨虽然对吴建伟打了包票，但其实心里还是没底。

“你准备用多少人？一百？那绝对够了！根本要不了那么多人！你觉得一棵树周围能站多少人？如果不把修路的时间算上，一百人两天都足够了！”

正说话间，严烨的队伍已经过来了。

“细钢绳我已经弄到不少了，”张四海悄悄地说道，“等这个事情弄完，你顺便过来拿就行了。”